幸好，爱你还来得及

陆茸·等 著

天津出版传媒集团
百花文艺出版社

图书在版编目（CIP）数据

幸好，爱你还来得及 / 陆茸等著 . -- 天津 : 百花文艺出版社，2018.5

ISBN 978-7-5306-7313-3

Ⅰ . ①幸… Ⅱ . ①陆… Ⅲ . ①故事 - 作品集 - 中国 - 当代 Ⅳ . ① I247.81

中国版本图书馆 CIP 数据核字 (2017) 第 192286 号

责任编辑： 魏 青
策划编辑： 曲盛闻

出版发行： 百花文艺出版社
地址： 天津市和平区西康路 35 号 **邮编：** 300051
电话传真： +86-22-23332651（发行部）
+86-22-23332656（总编部）
+86-22-23332478（邮购部）
主页： http://www.baihuawenyi.com
印刷： 廊坊市长岭印务有限公司
开本： 880 × 1230 毫米 1/32
字数： 211 千字
印张： 8.75
版次： 2018 年 5 月第 1 版
印次： 2018 年 5 月第 1 次印刷
定价： 39.80 元

目录
01

目录

02

幸好，爱你还来得及

作者：轻薄桃花

1

当时，任染已经同片方接洽过，对方对她的形象非常满意，只等试戏走个过场就把合约签下来。

那一日，试戏的同学从办公室一直排到操场，但没有人比她更适合那个角色。就在片方准备一锤定音，她即将走上人生巅峰的时候，不承想，一个倾国倾城、娇柔妩媚的大美人华丽丽入场了。

那样的绝色，足够片方拍案而起，激动之下连声说："你，就是你了！"

任染的心情在那一刻是崩溃的，输给表演系同一届的校草她情何以堪！

没错，就是校草，草！

素闻叶景起扮女装美丽妖娆，即使任染很想指着他鼻尖骂"那么多男一号的角色等着你去试装，你却跑这里试女人戏是几个意思"，她也不得不承认，叶景起确实好看……

叶景起凭借这部戏的反串角色一炮而红，从此走上了演艺圈的康庄大道，成为炙手可热的明日之星。然后签约国内最大的CT娱乐公司，受公司力捧，戏约不断，身价水涨船高，稳坐一哥宝座，岿然不动。

任染呢？

与重要角色失之交臂，眼界又高，挑挑捡捡，小角色不愿意演，女一女二轮不到她，慢慢心灰意冷回归家族事业，雄心壮志、青春梦想在钢筋水泥和数字金钱中消磨殆尽。

即使时隔多年，叶景起拿下影帝大奖时，任染还是会痛心疾首地指着屏幕说，“如果不是这厮，站在领奖台的人就是我了。”

为此辗转反侧难以入眠。

然而在大会议上，经过投票表决，无论任染如何心有不甘含蓄诋毁，今年的代言人还是落到叶景起身上。

大姐甚至意味深长瞥了她一眼说，“公私要分明，叶景起如今是实至名归的影帝，势头正足。况且，他的皮肤是公认的光滑水嫩零毛孔，代言护肤品再适合不过。”

任染面含微笑，“我知道。”

哼，娱乐圈里皮肤水当当的男艺人多了去了，凭什么要叶景起？这样一个卑鄙无耻却运气忒好的男人，她没有机会落井下石就算了，凭什么要锦上添花啊？

一想到自家人人争抢的代言机会给了叶景起，任染就郁卒得想吐血。

没想到叶景起礼貌拒绝了，他通过经纪人委婉转告任氏高层，“我是演员，只拍戏，不接广告。”

这是真的，叶景起自出道起就没接过一个广告，这是他的原则。

真是矫情。

任氏却是不想错过这样一个把品牌推上更高峰的机会，大手笔投资了一部电影，点名叶景起主演，任染可以想见这部电影一定到处都是广告植入。

就在任染各种怨愤的时候，任家诸人终于想起任二小姐曾经是个差点成了演员的表演系毕业生。于是慷慨赐了她一个十八线的角色，

“女主角的小跟班，性格很讨喜，你要不要试试看，也圆一圆你当年的梦想。”

这是一个性格再讨喜也红不了的角色，不然任家哪里放心她去演？任染翻了翻剧本上寥寥可数的台词，忽然抿嘴笑起来，“当然，我当然要试一试。”

2

这个计划在任染心中很久了，一直是模糊的雏形，而今，忽然清晰了起来。

叶景起此人，作风端正，无不良嗜好，在娱乐圈好似穿了金钟罩的武林高手，叫人无从下手。唯一的软肋，听说他有女朋友，不知是什么了不得的人物，连他的公司都是默许这段恋情的。

虽然对外称单身，瞒得密不透风，但不是没有蛛丝马迹，任染认识的圈内人多，稍一打听叶景起的感情生活就出来了。

曝光叶景起的恋情给他沉痛一击？不不不，这种级别的手段太小儿科。

以演员自称的叶景起是公认的演技派，从眼神到肢体，连头发丝儿都是戏。这种级别的全情投入使叶景起有一个习惯，但凡一部戏杀青，必歇上两个月，慢慢抽离情感，以防假戏真做。

这两个月内，他不会与合作过的女主角有任何联系。

如果，任染嘴角勾起坏笑，如果已经有女朋友的叶景起在戏中走不出来以假乱真爱上女主角，那是多么有趣的事啊。

呵呵呵……

一定是她笑得太阴险，白窈窕蹙眉夺过她手里的衣服挂回去，“你演人穷志穷的小跟班，不是趾高气扬的小公主。”转头吩咐店员，

“将你们过季清仓的衣饰排出来。”

她致力成为任染的经纪人，决心把任染打造成明日之星，打从任染接了这个小角色她就开始上窜下跳。

任染由她折腾，百无聊赖地在商场里转悠。

驻足间，她看见了叶景起，坐在vip等候区，架一副大墨镜，朝她的方向看过来。

他露出一个颠倒众生的笑容，虽然看不清墨镜后面的眼神，但那宛如上弦月弯起的好看薄唇，足够让任染相信此时此刻叶景起的眼神一定温和友好。

和窈窕在楼下喝咖啡时，任染还在为这个笑容困扰，对比之下，深感自己的计划卑鄙无耻阴险狡诈。

窈窕最没人情味，不屑道：“任家是投资商，他不对你笑难道朝你哭啊。”

“叶景起才不是轻易折腰权贵的人。”不是任染了解他，这在圈子里并不是秘密，叶景起多次拒绝富商贵女邀约，即使对方威胁利诱也无动于衷。

这般高风亮节，使得他的口碑蒸蒸日上，讨厌他的任染也不得不承认他是娱乐圈少有的白莲花。

“是吗？”窈窕扬眉，“我看见他替我们桌子结账了，难不成他是看上我了或者是看上你了？”

任染深感惊讶，连忙去前台确认，窈窕的话果真得到了证实。叶景起这场面功夫真是做得滴水不漏，任染感慨间，又遇上CT公司王高层自包厢出来，意味深长地同任染打招呼说：“小叶真贴心……”满脸是掌握第一手八卦秘闻的神秘。

任染有片刻的茫然，琢磨到最后她得出结论：“窈窕，叶景起可能真的看上我了。”

窈窕乐了，喷她一脸口水：“做梦吧你。”

3

叶景起是挺一本正经的人，在剧组也不见得多活跃，话不多，特低调，一看就是只专心演戏的男子。

独独对任染比较特殊。

这个特殊是任染的自我感觉。

开机的黄道吉日，那么多人聚在一起拍照，不管队形如何变化，他永远站在她身后，好似隐隐护着她不叫旁人碰撞。

几位重要人士轮流发言，演说稿又臭又长，她听得不耐烦，又是他时不时递来稍安勿躁的眼神。

任染才不是自作多情，她去茶水间，叶景起也跟过来，擦身而过间变戏法似的塞给她一个红扑扑的苹果。

错愕间，他回眸微微一笑，低声说：“开机仪式从来都是繁琐的，忍一忍就过去了，晚上可是有大餐吃。”

垂首接水，侧颜静谧美好，任染心头微动，真的想过与叶景起一笑泯恩仇。

结果晚上在饭店吃饭，一百来号喝酒划拳，任染微醺，抹了把脸提前退场。

人人酒酣耳热，无人注意她那边的动静，唯有叶景起，长身玉立走过来。廊下是晕黄的罩灯，他的声音喃喃似情人低语：“这么晚了，我送你回去。”

雪白墙面映出灯影绰绰，两个人的影子看上去亲密无间，任染找不出拒绝的理由，略一踌躇，终于上了叶景起的车。

就是在叶景起这辆黑色宾士里，任染热血沸腾，打算以表演系的同学情谊打开话题，聊一聊校庆舞台上两人合作过的《白雪公主和七个葫芦娃》，最后将话题引向那次选角，敞开心扉，解开多年心结。

结果任染还没开口，温和低调人淡如菊的叶景起的画风忽然变了。

“下车！”毫无预兆，叶景起靠边停车，冷冷开口。

黑灯瞎火前不着村后不着店，叶景起就是要求她在这里下车！她不敢相信双耳，抬眼望去，只见叶景起双眸浮起碎冰，一脸深恶痛绝，就差没在额头上刻着“我讨厌你”四个大字了。

任染幡然醒悟：“你处心积虑把我骗到这里，究竟意欲何为？”

叶景起不屑，“谁有空骗你？”一抬脚，把她从车上踢下去，扬长而去。

任染在瑟瑟寒风中伫立良久，深深吸了一口混合着汽车尾气的空气，从牙缝挤出一句粗话：“浑蛋！”于是她给窈窕打电话：“老娘遇上一精神分裂，现被抛于荒郊野外，尔等速来救驾。”

越想越不甘心，指天大骂：“叶景起，等着落入老娘的坑里爬不起来吧！”

第二日她就感冒了，鼻子嗅得通红。好在她戏份不多，也影响不到其他人。

叶景起不愧是影帝啊，隐藏在眸底的担忧眼神欲言又止，暗中吩咐助理出去买感冒药，得了空偷偷塞到任染手里，很是关切：“若撑不住就回去休息，不碍事的。”

任染刀锋似的眼神在他脸上刮来刮去，声音不大，她还是懂得分寸的：“既然讨厌，别来招惹我就是，明里整这些虚的做什么？叶景起本就是性子淡的人，谁也不会说你什么。”

他充耳不闻，露出一个近乎宠溺的浅笑：“多喝水多晒太阳好得快。”

任染几乎怀疑昨天晚上那个叶景起是幻觉了。不不不，他不过是善于两面三刀。一旦现场没有第三个人，比如深夜她去买宵夜，昏暗走廊里遇上叶景起，他眼角都不带斜一下，木着脸就过去了。

比如在化妆室狭路相逢，他漠然扫她一眼就把门“嘭”地关上了。

除了有病，任染真不知如何形容叶景起此等行径了。

4

一日收工后，剧组几个人呼朋唤友出去聚餐，叶景起喝多了坐在角落里打瞌睡。他的助理过来拜托任染：“染姐，麻烦你送景起回去，你也知道他的公寓不允许旁人进去。”

她不知道！

“我就不是旁人啦？”

助理笑：“染姐怎么好算旁人？”叫人扶了叶景起，推搡着任染上车，又把钥匙塞进她手里。

车子开出去，夜间浮光掠影拂过叶景起面容，安睡的男子似海市蜃楼中最美丽的王子。任染把车停在上次他踹她的路边，凑过去轻声问：“叶景起，你为什么讨厌我？”

连问了好几遍，叶景起方微醒，蒙眬着睡眼睨她一眼道，“你有钱，我仇富，一看见你我就——”他张了张嘴，“特别恶心……”

任染躲闪不及，叶景起“哗啦啦”吐了她一身。她气急败坏，一抬脚把叶景起踹下去，叶景起这才醒透了，只是不知发生了什么事，茫然环顾四周。

“我会打电话叫林薇来接你的。”林薇是电影女主角，正值双十年华，青春貌美，拍戏期间同叶景起甚是友好，在片场倒是经常能看到二人窃窃私语。任染从窗户里朝叶景起摇摇手，很解气地踩油门窜出去。

可惜第二天没有叶景起携林薇共回爱巢的新闻。不过不要紧，任染也不是想要这样一条绯闻，她要的是真爱，好戏还在后头。

任染这厢精神抖擞，叶景起却是格外憔悴。他一向素颜上镜，今日也不得不扑粉描睛。

任染笑嘻嘻同化妆师说："景起妆容简单，不如我来替他化，左右我闲来无事。"她看向叶景起，眸子晶莹闪亮：你不是喜欢人前同我扮好朋友吗？好，我同你演。

她朝叶景起撒娇："叶景起，好不好？"

叶景起静静看着她，好一会儿微微点头。她便上前替他画眼线，目光落在他长长睫毛上，声音低不可闻："你上去很累，怎么，昨儿纵欲过度啦？"

她的气息迎面袭来，他微微侧过脸，压低的声音中有隐忍的怒火："昨天我身上没有手机没有钱，走了三个小时到家，自然疲累。"

"你可以原地等林薇啊，她没接到你不知道多失落。"任染笑颜如花，旁人还以为他们聊得很开心。

叶景起狠狠瞪她一眼，她离得更近了，发丝好像柔软笔端一样滑过他的面颊："你在躲林薇吗？你一定打算电影杀青后同林薇保持距离吧？怎么办？若是有大导演邀你和林薇吃饭喝酒唱歌商谈下部戏你去不去？哎哟，不能去，人家感情还没有抽离，万一爱上林薇怎么办？可是大导演的约不是说推就能推的……"

任染正把叶景起的心理分析得丝丝入扣，叶景起忽然挥开她的手站起来，头也不回地走出了化妆室。

她握着画笔的手僵在半空，这一幕好熟悉。

许多年前她在学校参演校庆节目《白雪公主和七个葫芦娃》，她演其中一个葫芦娃，同时兼任化妆师。

在替白雪公主叶景起化妆的时候，她并没有和他说过分的话，那时他们也不熟，不过点头之交。也是这样，妆化到一半，叶景起忽然起身，一句话也不交代就走了。

那副光景，同学们皆以为她同他吵架了，其实任染自己还云里雾里呢。

任染把画笔放下，迎着剧组几道疑问的目光淡定地笑："没事，景起大约是尿急了。"

5

她和叶景起说的，确实是她的计划。瞧，她也不是不厚道的人，算是提前通知了。

电影杀青后，她就紧锣密鼓地联系几位有交情的大导演，同时和叶景起的助理建立了深厚友谊。隔三差五和小助理聊天，听他在电话里汇报："王导很欣赏景起……""同时启用景起和林薇主演……""约了在琼斯会所吃饭，景起一早就去了……"

完美。

任染没想到后来出了纰漏，小助理心急火燎都找上门来了："景起出车祸了，已经送到医院。虽然没有大碍，但要留院观察几日。"

他抓住任染的手："染姐你不要担心，现在我去医院照看景起，你去他家给他收拾几件换洗衣服。"

一串钥匙塞进任染掌心，小助理风风火火地走了，后头传来任染弱弱的声音："我……不担心……"

她哪里想不到这是叶景起的缓兵之计？他对自己可真够狠的，一不小心祸及性命可就玩大了。可是——任染摇了摇手里的钥匙，为什么要她去收拾换洗衣服？这种事情不是应该女朋友去做吗？

但她到底去了，心底有一丢丢挥之不去的小愧疚啊。

叶景起的公寓处处看得出两个人生活的痕迹。玄关处是两双情侣拖鞋，茶几上是一对卡通水杯，浴室中有不少女性用品，衣橱里也有三两件连衣裙。

任染觉得不对劲。

单单衣裙款式及尺码就同她家中的一模一样，何况那些化妆品护肤品统统是她用惯的牌子。家具摆设一应是她的品味，床头柜摆有一帧倒扣的照片，她翻过来，赫然是她的一张生活照。

墙上挂着一本日历，她生日的那个日期，画了一个大红的圆圈。

一切，就好像她在这里生活过，但她确定自己没有这样的记忆。

她简单收拾了几件衣服去医院。

叶景起换了蓝色条纹病号服，显得格外消瘦。她把钥匙连同衣服一起交给他。他指尖微颤，晓得她是去过了。

她等着他开口解释，但他并没有这种打算，只是坐在临窗的沙发里，沉默看着窗外。

于是天马行空任她行了。“我竟不知道你暗恋我至这种程度。你又不是长得很寒碜的人，喜欢你就说啊，你不说我怎么知道？你把屋子布置成那样，假装和我生活在一起，天长日久迟早有一天会疯掉。因为暗恋我而疯，我得多不好意思啊……”

他终于把脸转过来，嘴角浮起一抹讥诮的笑：“我有没有和你说过我很讨厌你，很讨厌很讨厌。”

“说……说过……”滔滔不绝的她突然有点不知所措。

“我家里穷，母亲身体不好，长年吃药，毕业那年我还欠着学校学费。有一天你大姐找到我，说只要我穿女装去和你竞争同一个角色，就替我还清债款并付我一大笔钱。”

他冷笑了一下，目光似利刃出鞘：“你大姐看过我们出演的《白雪公主和七个葫芦娃》，她说我的女装扮相一定能将你挤下来。瞧，她看角色还是挺准的，导演一下子就把我定下了。

“我因女角儿而红，那些人，那些色欲熏心的人……仗着有钱要我陪饭局，借酒装疯，咸猪手摸来摸去，我一想起来就浑身起鸡皮疙瘩……”

任染的心情从大姐背后插刀的震惊迅速转变成对叶景起的怜惜，可惜这份怜惜还没表现出来，就立马被叶景起扼杀了。

“所以我一看到你就会想起这些龌龊的事，我就觉得特别恶心，和你一起拍戏我都觉得脏了自己！你也点过男星陪你吃饭吧？也许还睡过——”

“你大爷的！”听到后面任染忍无可忍，终于抄起手边一个花篮砸下去，气呼呼地摔门而去，门还未摔上，就见CT的王高层拎着水果来探病。

任染撒气地骂道：“你们公司真是什么人都有啊！”

6

任家财势雄厚，走哪儿面子都大。任染在外头从来没有摆过大小姐架子，这会儿是气惨了。

王高层也明白任染的为人，意识到事态严重，放低了姿态只管赔笑。

事后任染想起来也觉得过了，特意托父亲去打招呼。

只是叶景起无论如何不能原谅。

她还委屈着呢，平白无故丢了角色一度怀疑自己的水平，哪里想到是自家人的手笔？

她着实消沉了几天，在酒吧里和窈窕大吐苦水，喝得微醺了摇摇晃晃往回走。

叶景起在楼下等她，单薄的病号服外面罩一件开衫，更深露重的，他站在树下倒有点儿形影萧瑟。

任染嘿嘿笑了，“哟”了一声道，“看见我就想吐的叶大咖来了。怎么，吃撑了想吐吐不出来找我帮忙来了？”

叶景起眸子展开，眼神近乎阴狠，大步流星逼过来。

任染这才有些怕了，一直退到墙角：“你……你想干什么？”最后一个音节将将落下，他就紧紧按住了她的双手，冰冷的唇毫无预兆落下来。

这是近乎蹂躏的碾压，攻城掠地般的肆意妄为，任染只觉呼吸困难，在被他禁锢的方寸之地无路可逃。

略一挣扎，唇上便一痛，他咬了她一口，一点都不怜香惜玉。

任染舔着破唇的血，恶狠狠盯住叶景起。

他呼吸急促，并不打算同她说话，霍然转身离去。

任染暴跳如雷，在他背后破口大骂：“叶景起你个王八蛋！”

他的脚步微滞，然后走得头也不回。

任染气得胸口疼，加上喝了酒，头也疼。睡了一觉情况并没有好转，一口怨气憋在心口，头痛欲裂。

就在任染濒临爆发边缘的时候，叶景起的电话来了。

她真想不到他还敢打电话来，电话里就恨不得磨刀霍霍向他挥去。但叶景起一句话浇灭了她的怒气：“任染，你能不能来医院看看我？”

声音很低，带着近乎哀求的温柔，怯怯的，像一个害怕被拒绝的孩子。任染软下来，面对这样的叶景起，她无论如何发不了脾气。

没办法，她就是太善良。

她买了一束薰衣草去医院。走到病房门口，里头传来王高层尖锐的声音："我进来的时候，看到任染正在楼下的花店里买薰衣草。女朋友探望男朋友会买花？不都是送点汤水稀粥的吗？即使买花，身为你的女朋友会不知道你不喜欢薰衣草？"

任染捧着薰衣草想，贱人就是矫情。

"叶景起，你的演技可真好，这些年骗得我团团转。以为你是任家二小姐的男朋友，公司把最好的资源都给了你，明里暗里都肯给你面子，这些年你赚得盆满钵满了吧？"

叶景起冷笑一声："如果不是以为我是任染的男朋友，我恐怕早就和公司那些待价而沽的艺人一样，辗转多个饭局陪吃陪笑最后陪睡！赚得盆满钵满的恐怕是你！"

"现在没了任家这棵大树，我看你如何清高！别忘了你签下的合约，一切服从公司安排。不怕告诉你，你可是我名单里价码最高的男星，不光女人想睡你，男人也想碰碰你，哈哈哈……"

任染握紧了拳头，悄悄退到走廊尽头，然后加重脚步走过来，病房内的人听到动静立刻停止了交谈。

她的一张脸掩在紫色薰衣草中，轻轻推开门道："叶景起，我来看你了。"看到王高层，顿时愣住，像是没想到他在这里。

王高层要在任染面前揭露叶景起利用她的内情，连忙说道："小染，你给叶景起送薰衣草啊，你知不知道……"

"我知道……"表演系毕业生任染同学虽然没有当成演员，但演技还是杠杠的。

她的脸颊迅速烧得通红，羞答答地说："我知道薰衣草的花语是等待爱情……人家是来和叶景起表白的……你赶紧走好不好，你在这里我都不好意思说了……"

王高层脸上顿时露出不自然的表情，好不容易挤出勉强的笑，说："公司接了一部大制作的电影，我觉得景起适合，赶着来和他说道说道。不过还是你的事情比较重要，我就先告辞了。"

他朝叶景起示好地笑，叶景起微微点头回应，他才放心走了。

7

任染把花插起来，忿忿道："这种人皮有十丈厚，翻脸和翻书一样是家常便饭。"

"你都听到了？"他扫她一眼，长长睫毛垂下，像是要遮挡自己眸中情绪。

她"嗯"了一声，意识到房内忽然陷入沉默，开始弥漫一股尴尬的气息，只得继续摆弄那束薰衣草。

叶景起走过去把窗户关起来，然后就靠在窗边看着外头湛蓝的天空。

好一会儿他低声说："进公司第一年，他们安排我同一个脑满肥肠的男人吃饭，他们和那男人一起轮番敬酒。我傻傻地以为喝得越多机会越多，哪里想到那个男人趁我喝多了对我'上下其手'，公司的人只装看不见。

"我奋力挣扎，钱包掉出来，露出里头一张和你的合照，是我们拍《白雪公主和七个葫芦娃》时的合照。

"那个男人脸色都变了，公司里的人也如临大敌，姓王的表情我到今天想起来都觉得爽快。他连声音都是颤抖的，问你是我什么人。我忽然意识到任家对他们的威慑，于是我告诉他们，任染是我的女朋友。"

即使是简单的叙述，"任染是我的女朋友"这八个字自他口中说出，仍使任染莫名悸动。

他苦笑："一个谎要用无数个谎去圆。我巧妙地布置了屋子，造成和你同居的假象。每年你的生日我都吩咐助理提前准备礼物。

"你也许没有注意到，那年你去巴厘岛度假我也去了，和你住同一家酒店。瞧，你为了参演电影去商场置装，既是男朋友又是前辈的我自然要去指点一二。"

所以她在商场见到他莫名其妙朝她笑。所以在咖啡厅替她们结账给王高层看。所以人前秀各种照顾。

"那次你在医院拿花篮砸我被王高层撞见……"提起这件事，叶景起有些不自在，任染面上也是不好了。他抿唇继续说道，"他便有些怀疑了。我只得去找你，想设计你在一个适当的时候来医院探病……"

因为那个吻，他的叙述渐渐艰难："想到自己一边痛恨着任家，讨厌着你……一边却不得不来祈求你的庇护，我非常厌恶这种情形……见到你的时候一时有些失控了……"

他垂下浓密的睫毛，像是羞于自己的行为："后来我打电话给你，掐着时间请你来看我。本来计划得天衣无缝，谁知道你买了薰衣草，还被姓王的看到……"

叶景起忽然想起什么，抬眼看过来："我说你买薰衣草……不会真的想跟我表白吧？"

"切，鬼知道你喜欢什么花，我喜欢薰衣草所以就买了。"任染也忽然想起来，眉毛一扬，"不对啊，你钱包里为什么放着我同你的合照？"

8

那是很久以前的事了。

说起来不过三言两语的事，无忧无虑活泼开朗的任染吸引了自带阴影面积的叶景起，他对她萌芽的淡淡喜欢，在《白雪公主和七个葫芦娃》的一次次排练中得到了升华。

有一天她替他化妆，两人隔着不能再近的距离，她面颊上的小绒毛都看得清清楚楚，他的心扑通扑通地跳，怕自己情不自禁吻了她，于是选择落荒而逃。

暗中喜欢着她，为了生存又摧毁了她的梦想；反感任家人的财大气粗、仗势欺人，又不得不妥协；踏入肮脏的娱乐圈迁怒于她，不想见到她，生活中又处处是她的身影……这种既爱又恨的感觉，这些年一直折磨着他。

刻意放大的憎恶把那份喜欢深深压制在心底，她永远不会有机会知道。叶景起淡淡地说："那是我踏上舞台的第一部作品，我很珍视，自然要放在钱包里。"

任染眨了眨眼睛，凝视他。

如果是珍视第一部作品，为什么不放所有人的大合照，而是她和他的合照？任染没有把这个问题问出口，他不说必定有他不说的理由，单单这份人前风光人后艰难的辛酸已让任染舍不得追根究底。

她走到叶景起身边，慢慢把脸凑过去。

叶景起猝不及防，呼吸一滞："你干什么？"

任染的唇瓣几乎贴着他的耳朵，呼出的气息仿佛蝴蝶扇动的翅膀："别动，外头有狗仔架着长镜头对准这扇窗户。隔着这么远他大约拍不清我的脸，但到时姓王的一定知道是我。看在我俩是同学的情谊上，任家二小姐这棵大树借给你靠了。"

他的耳朵又酥又痒，咽下一口口水问：“怎么个靠法？”

任家二小姐的演艺生涯自此打开，淋漓尽致地演了一棵绿荫如盖的大树。

叶景起拍戏，她请所有工作人员吃下午茶。

叶景起走红毯，她和主办方打招呼多多照顾他。

叶景起上台领奖，她把任家珠宝行镇店之宝——一支古董镶钻手表送他戴。

这个有点过了，这块手表是父亲的心头肉，别说借出去，平时连看一眼都难得。

任老把叶景起请到家里来，当着大家的面很不好意思地索要手表：“这支手表意义非凡，你要么把手表还给我，要么娶了小染，我把它当见面礼送给你。”

叶景起故作为难：“我实在很喜欢这块手表，那我就委屈一下娶了小染吧。”

任老拍拍他的肩膀道：“嗯，真是委屈你了。”

从前有个人爱你很久

作者：青蒙

1

2004年夏，周杰伦发行新专辑，一首《七里香》火遍大江南北。

那个时候，大到街头巷尾超市商店，小到车载音响手机铃声，只要能播放音乐的地方，几乎都会听到《七里香》那熟悉的旋律。其火热程度，甚至赶超刀郎那首《2002年的第一场雪》，到了“Mp3不下载《七里香》不好意思出门”的地步。

这句点评来自钱因音。身为周杰伦的铁杆粉丝，夸赞自家偶像已经成了钱因音的一种后天反射。

追星两年，她看完了周杰伦每一场演出的视频，收集了与周杰伦相关的每一期杂志，房间里摆满了周杰伦的海报与盗版CD，甚至连判断男生帅气与否的标准，都要看其是否拥有一双杰伦版的小眼睛。

对于她心心念念的偶像，同桌徐海群只给出了两个字的评价：真丑。钱因音怒，愤愤反驳：“他很有才好不好！”徐海群趴在桌上漫不经心地小声回复：“有才也改变不了丑的事实啊。”

钱因音瞬间被点燃了小宇宙，一拳砸了过去。徐海群疼得龇牙咧嘴嗷嗷直叫，尽管压低了声音，还是被“灭绝师太”抓了现行。

“灭绝师太”姓孙，三十出头，是高二三班的英语老师。她年纪虽轻，对待学生却向来严厉苛刻，毫不留情，故而得了个“灭绝师太”的称号。上她的课，只要被发现说话或者做小动作，无论什么原因，一律都要在教室后面站一节课，情节严重者，直接站到门外的走廊上。

钱因音和徐海群都见识过师太的铁血手段，故而在她怒气冲冲地将两人叫起来后，未等其发落，就自觉地收拾了课本默默地走到教室后头站定。

坐在后排的林胖向着讲台偷瞄了一眼，见师太已拿起粉笔继续在黑板上写字，就偷偷转过身冲两人比了个大拇指，眼中满是嘲笑和幸灾乐祸。

徐海群也笑，对着林胖做口型：“给老子等着点啊，胖子。”钱因音则简单粗暴地直接向他比了个砍头的动作。只是还未等她收回手，师太严厉的大嗓门就在教室响起：“钱因音！徐海群！你们俩给我站到门外去！”

2

“明明是胖子惹的，为什么他没被逮到？”教室外，钱因音悔恨万分地挠墙。

徐海群笑，压低声音：“你什么时候见过胖子因为说话被罚站过？这小子命好，从小做坏事就没被发现过，等下了课咱再收拾他。”

“那现在呢？”钱因音抬头看了看，正值九月中旬，天气依旧炎热，即使没直接接触阳光，额头还是出了一层细细的汗，“现在怎么办，就这么站到下课吗？”

“不然呢？”徐海群挑眉，“倒是可以开溜，但是被发现了就不是罚站这么简单了。你要觉得行，那咱就溜，哥带你到球场打球去。”

钱因音很后悔当时没经受住诱惑跟着徐海群溜去了球场，以致两人回来后挨了顿狠批，不仅惊动了班主任，还被叫来了家长。

徐海群的父母常年在外做生意，来的是他的外婆，而钱因音这边就没那么走运了，来的是她暴脾气的老爸。许是看徐海群外婆年纪大了，班主任没把话说太狠，只简单说了下逃课的严重性以及管教孩子的重要性就让家长回去了。

徐海群那边没什么问题，钱因音却被父亲关起门来劈头盖脸好一顿训，好在徐海群的成绩在班里名列前茅，才没让父亲动帮她调换位置的心思。

对于这件事，徐海群略感愧疚。人毕竟是自己带跑的，虽然在溜之前他就猜到了后果，但他也没想到钱因音的爸爸这么彪悍。为了表示歉意，他跑到音像店买了一堆周杰伦的CD送她，附带买了几张他的海报，尽管在他看来那些海报依旧很丑。

钱因音是个心大的姑娘，本就没把这件事怪在他的头上，但看到送的礼物是关于周杰伦的，也就笑嘻嘻地接受了，顺带忽略了他买的CD她都有的事实。

3

那之后，两人的关系依旧如常，班里却渐渐起了风言风语。

原本，徐海群就是班里拔尖的男生，成绩优异，相貌出众，会弹吉他，又打得一手好篮球，这样的男孩从来不缺少追求者，徐海群也不例外。只不过，他拒绝女孩们时都太果断，伤到了不少人，渐渐的，也就没人再敢递情书。

所以算来算去，离他最近的也就只剩下一个同桌钱因音，虽然钱姑娘的灵魂有些粗糙，但胜在性格好，模样也算周正，最重要的是，和徐海群的关系很铁。因此，自打两人成为同桌开始，班里的同学就一直猜测两人关系的发展动向，却始终没见他们擦出什么火花来。

这次两人一起罚站开溜事件，重新引起了班内同学的好奇心，加上班内某个同学看到了徐海群在车棚里送钱因音礼物，一来二去，就脑补出了一段青涩甜蜜的地下恋情。

这些传闻都是林胖告知徐海群的，尽管罚站事件后他狠揍了林胖一顿，但这不妨碍两人好哥们的关系。

“我也不知道是谁传的，反正现在班里都这么说，”林胖调侃地看了他一眼，“当然，你应该也不会介意这个，反正你本来就喜欢她。”

徐海群冲他挑了挑眉，抬手给了他一拳，却意外地没有反驳。

因为，他确实喜欢她。

很喜欢很喜欢。

情不知所起，一往而深。

事情能传到徐海群耳朵里，也就一定能传到钱因音耳朵里。徐海群还在想着该怎么向她解释的时候，钱因音的状态却越来越不对劲。

上课时越来越心不在焉，老拿支笔在笔记本上乱画，听不到老师的提问；下课时目光也老是往外飘，面对他的调侃提不起兴趣，无论他说什么都只回“嗯”。

徐海群心中隐约觉得不对，却又不知道问题出在哪里。直到有一天课间，钱因音怏怏地趴在桌上，无精打采，他憋不住，半开玩笑半试探地问：“最近怎么了啊，跟得了瘟疫似的。”

钱因音没抬头，依旧趴在桌面上，闷闷地回道：“不知道，”随后，还没等他再问，又叹了口气补充道，“徐海群，我好像喜欢上一个人了。”

4

钱因音喜欢的男生叫程茂。

没有单眼皮，也没有小眼睛，高高瘦瘦，相貌平平，却能把周杰伦的歌唱出不一样的味道。

说“徐海群，我好像喜欢上一个人了。”这句话的时候，钱因音的眼睛亮亮的，全然不似课上的无精打采。

钱因音认识程茂实属机缘巧合。那天，她被徐海群叫去看比赛，回家的时候路过一家商场，门口正在举办活动。她停下来看了一眼，活动形式是常见的那种上台唱歌得礼物。那天好像是商场的周年庆，所以礼物也格外丰厚。

钱因音看了一眼堆在一旁的礼物，暗自咋舌，不知是谁能拿走这些丰厚的奖品。

正当她打算离开的时候，台上却突然响起了《龙卷风》的前奏，见有人唱周杰伦的歌，她转身停了下来，紧接着看到个穿着黑色运动衫的男生走上了台。

高高瘦瘦，目光缠绵，语调低沉。他的唱法是旧曲新翻。一样的歌曲，却是不一样的味道。

整个过程中，他的脸上一直淡淡的，没什么表情，看不出激动，也看不出紧张，直到一曲完毕，台下响起阵阵叫好声，他才扬起嘴角笑了笑，露出一口白白的牙齿。

那是两人的初遇，他在台上，她在台下；他不知她是谁，她却记住了他。

原本钱因音以为只是一次萍水相逢，以后应该无缘再见，没想到第二天做完课间操后就看见了他。他没穿昨日那件黑衫，而是穿着校服，与昨日相比多了副眼镜，钱因音却一眼就认出他就是昨日台上的人。

她偷偷地跟在他的身后，看他和一群朋友一起说笑着走进北楼，上了二楼后，最终走进了高二十五班的教室里。那时她才知道，原来他的教室就在她教室的楼上，两人却从来没有遇见过。

或许，遇见过，只不过之前不认识，所以见到也以为未见。

后来，她托朋友的同学问到了他的名字，朋友的同学还附赠了个免费信息：没有女朋友。

朋友还打听到了他的手机号，虽然知道基本上不可能有用到的机会，钱因音还是找了个地方记了下来，从此陷入了深切的无限循环的单相思之中。

5

徐海群用了不到一天的时间便打听到了关于程茂的所有信息——

吸烟喝酒，打架斗殴，一样没落下；谈过三次恋爱，三任女朋友，都是肤白貌美的外校女生，最后一次恋爱是在高一暑假，目前“单”着。其人在校内一向普普通通安分守己，在校外玩得却比谁都嗨。朋友对他的评价是：不是什么好货色。

男生终究和女生不同。钱因音也许更关注程茂的喜好，关注他是不是爱唱歌，是不是喜欢周杰伦，徐海群却更关注他的人品，关注他是不是个好人。

有些事，哪怕是同班的女孩子也未必清楚，只有男生，才更了解自己的同性。先不说自己本来就喜欢钱因音，就算不喜欢，只是出于同桌情，知道这些之后，他也不能让钱因音和那个程茂在一起。

只是，该怎么做，徐海群犯了难。

坦白说，钱因音虽然是个不拘小节神经粗糙的姑娘，但对感情还是有腼腆害羞的一面。这一点，从她喜欢程茂喜欢了近半个月却连名字都没让对方知道这一点就能看出来。

所以，当她将心事毫无保留地向徐海群和盘托出的时候，她对他的信任，毋庸置疑已达到了一种高度。若是直接带她去看程茂的真面目，说不定她不仅不会感谢他的帮助，反而还会怨恨他。

对于这件事，他思前想后还是告诉了好哥们林胖。虽说在某些事上林胖表现得都很欠揍，但涉及秘密的事却从来不会乱说。对这件事，林胖出了个主意，他说："与其费尽心思让钱因音放弃那个叫程茂的，不如想法子让她看上你。"

林胖的想法不是空穴来风。

他一直觉得，钱因音是喜欢徐海群的。只不过，两人一直坐同桌，关系又太亲近，难免会看不清自己的心，不知道心里的那点情愫是友情还是爱情。

因为徐海群的身边一直没有别的女孩子，所以她感到不到自己对他的占有欲和依赖性，自然也不知道他是为了她才拒绝掉那些女孩。若是稍微刺激她一下，或许她就能明白，徐海群之于她，不是一件附属品。

当然，这里面也包含了林胖小小的私心，作为八点档情感剧的忠实观众，能看到现实版是他最大的心愿。不过这一点，充当情感大师的林胖是永远不会承认的。

6

按照林胖的剧情设计，首先徐海群要渐渐疏远钱因音，等到她有所察觉的时候，再安排个姑娘出来和徐海群扮演情侣。这个时候，如果钱因音是喜欢徐海群的，势必会情绪低落，说话捻酸捏醋，效果突出的话可能还会来个质问什么的。

而这时徐海群所要做的，就是笑眯眯地问她是不是吃醋啦，等她承认了自己的心意再向她解释之前的种种……

听完这个宏伟的计划，徐海群嘴角一抽，直接把手里的矿泉水瓶拍到了他的脸上。

林胖咬牙切齿："打老子干吗？"

徐海群瞅了他一眼，冷笑："我说胖子，以前怎么没看出你有做编剧的天分呢？"

林胖白了他一眼，碎碎念："那怎么办？让你找人来演戏，你怕伤她心，让你去戳穿那个什么茂，你还怕她伤心，"他抬头瞪着徐海群，"你自个儿想法子去吧，爷不伺候了。"

徐海群当然没能想出什么法子，要是能想出法子，早在高一发现自己喜欢钱因音的时候就把人拿下了，又何必等到现在依旧没什么动静。虽然他平日里看起来聪明又机灵，但真要和喜欢的姑娘交流感情上的事，还是会像那些个腼腆的男孩子那样，容易断片。

所幸这样的日子并没有持续多久，轰轰烈烈的高二大分科就悄然而至。

徐海群是一早就定了要学理的，他理科成绩一直很好，学理是最适合的选择。钱因音却犹豫了，原本，她也打算报理科，现在却产生了学文的念头。

钱因音说完这句话后，徐海群顿时沉默了下来，她纠结地推了推他："给点意见啊伙计。"

"之前不是说，咱们一块儿学理吗？"

"嗯，但是，我……"

"程茂学文？"

徐海群蓦地打断了钱因音的话，声音里带了些不易察觉的紧张。

"怎么这么问？"钱因音愣了愣，"我不知道啊，可能学文吧，他成绩又不好。"

她说完这句话时，明显感觉到周围的气压直线下降，扭头一看，徐海群的脸阴了一半。

钱因音刚想问一句“你怎么了”，徐海群就已扔下手中的笔往外走去，离开座位的时候顿了顿，说：“那你学文吧。”

7

徐海群和钱因音在冷战。

这是林胖在观察了两天后得出的结论。

比如，两个人不再吵吵闹闹，不再联合起来整他，课间也不再有交流互动。他跑来找他俩玩时，明显感觉到两人间的冷气流，他在他俩这儿待了一整个课间时间，两人居然一句对话也没有。

就连班里的同学也发现了，偷偷问林胖：“他俩怎么了？”

林胖摊摊手，表示不知情。他问过徐海群，他却什么都不说。好奇心的推动下，林胖将钱因音拉到了四楼的小窗口。

关于这件事，钱因音也窝着火。她知道徐海群生气了，但又觉得他莫名其妙。他生气应该是因为自己说想学文，可是自己的理科成绩也并没好到能留下来的地步啊。之前想学理，也不过是因为知道徐海群会学理，她想和他一直当同桌而已。

可她努力了很久，发现自己学起理科来还是很吃力，也许学习这种东西是和天分有关的，而她的天分，从来不在数理化上。

听完钱因音的话，心思玲珑剔透的林胖瞬间就明白发生了什么事。徐海群这丫的，怕是误以为钱因音是为了程茂才要选文科的吧。

想到程茂，林胖心思流转，半试探半调侃地问：“你知道班里都在传你跟徐海群的事吗？”

“啊？”钱因音一愣，随后含糊地答，“嗯，知道，哪对同桌之间没流言啊。”

“那你知道是谁传的吗？”

“谁？”

林胖嘿嘿一笑，神神秘秘：“你同桌。”

在林胖的描述中，徐海群成了一个为了逃避桃花而拿她当挡箭牌的小人，整日在一帮兄弟中宣传自己媳妇是钱因音，谁也别打她的主意等等等等。

钱因音一听就冒火了，要去找徐海群算账，却被林胖拦下。林胖凑在她耳旁吧啦吧啦说了一堆。钱因音半信半疑，犹豫开口：“他会吗？我怎么觉得你在坑我呢？”

林胖摆摆手。

那怎么能叫坑呢？

8

徐海群最近很烦躁。

钱因音为了那个叫程茂的居然动摇了和他的约定，显然他在她心里的地位已经岌岌可危了。原本他是坚定地想打消钱因音喜欢程茂的念头，但现在他只觉得无力。

他不知道人是不是都这样，面对暗恋的人，总觉得不够勇敢，不知该怎么相处，不知该做些什么，一腔热血，无处交付，最后只能默默隐在暗处，看着她眉眼生动地讨论别人。

面对感情，他是个经验为零的初学者，不然也不会屡屡将自己陷入这样进退维谷的地步。明明做好了打算，却在面对她的时候，被刺破了信心。

林胖找来的时候徐海群正倚在桌上看漫画，耳朵里塞着耳机，眼睛注视着画页，心思却不知飘到了哪里。

教室里只剩下几个同学在打扫卫生，放学后，其他人都陆陆续续回了家。

林胖扯下他一只耳机塞到自己耳中，里头放的是周杰伦的《夜曲》。林胖啧了一声，说："转性了？你不是从来不听周杰伦来着。"

徐海群瞪了他一眼，说了句："滚边儿去。"

林胖不在意，把耳机扔给他，说："就这么放弃了？"

他沉默了一下，半晌才开口："没有。只是，不知道该怎么做。"

林胖往旁边瞅了一眼，确定没人才凑到他耳边说："你抓紧点，我可是听说程茂今晚要请钱因音吃饭。"

"胡说什么玩意儿，"徐海群额头的青筋突突直跳，"你听谁说的？"

"这不是重点，"林胖摆摆手，"重点是，这是真的，真没唬你，你再不下手，就没机会了。程茂可不是什么好鸟，小音音长得也不算太差是吧……"

"你最好别坑老子，"徐海群迅速冷静下来，"时间，地方，说。"

9

徐海群跑到小吃街时正值华灯初上，夜色朦胧，人流不息，轻柔的晚风夹杂着食物的香气扑面而来。等到他匆匆赶到林胖所说的餐馆时，钱因音已经坐在了窗口位置。

他顺了顺自己的呼吸，大步走到了钱因音面前。看到他的突然出现，钱因音一愣，刚想说话，就被徐海群伸手制止了。

他拿起桌上的水杯将剩下的水咕咚咕咚喝了下去，做了个深呼吸，快速而认真地说："钱因音，你别和程茂在一起。"

钱因音瞪大眼："什么？"

“我说，别跟程茂在一起。”

钱因音眨巴眨巴眼，不解：“我没要跟他……不过，为什么不能？”

“没什么。”

钱因音咬牙：“徐海群，我最讨厌人说一半留一半。”

徐海群沉默，咽了咽口水，深呼吸，一字一顿地说：“我喜欢你，这个理由行不行？”

钱因音，沉默了。

钱因音，不看他了。

徐海群忐忑地看着眼前的姑娘，如坐针毡。虽然早就猜到了这一幕，当他将自己的心事说出来后，却有些慌了。正当他打算做些什么的时候，钱因音突然幽幽地开了口：“那些流言，是你传的吗？”

徐海群一愣：“什么流言？”

“你还装，”钱因音咬牙切齿，“就是我和你的那些！”

“不是啊，”徐海群一脸茫然，“不是我传的，”随后又委屈地补充，“我也是听胖子说了才知道的。”

“林胖？”钱因音皱眉，像是想起了些什么，问，“你怎么来这儿了？”

“嗯？”她的思维转换太快，他有些跟不上，“我，嗯，胖子说程茂要请你吃饭，我……”

我怕你跟他走了。

最后这一句，他没说出来。

钱因音咬牙切齿，暗自将林胖骂了多次。那天她要去找徐海群对峙，林胖是怎么说的来着——

“你拦着我做什么？”

“你傻啊，你这样去，他肯定不承认啊。”

“那怎么办？”

“这样吧，交给我，我跟他说，让他请你吃饭，到时候，你俩再对质，你还能敲他一顿，多划算。”

“他会吗？我怎么觉得你在坑我呢？”

林胖笑，摆摆手。

徐海群坐立不安，偷偷瞄她，平日里飞扬跋扈的少年此刻在喜欢的姑娘面前腼腆得像个小孩子。

钱因音回过神来，一脸看白痴的样子看着他：“你是不是傻啊，程茂根本不认识我，为什么要请我吃饭？”未等他回答，又状似无意地补充道，“你刚说的那句，是真的？”

“哪句？”

钱因音怒，脸却红了：“再装！”

看着她红艳艳的脸，徐海群突然就不那么紧张了，试探着问：“你其实早知道了吧？”

钱因音不说话，嘴角却一直压不下去，脸又红了红。

徐海群大着胆子又问了一句：“现在，你还想和那个姓程的在一起吗？”

钱因音怒：“我什么时候说要跟他在一起了？”

“你不是说很喜欢他，还要为了他报文科吗？”

“谁说我是为了他想学文的？”钱因音扶额，“我是喜欢过他啊，可想学文和他没关系，你又不是不知道，我的理科实在太烂了，以前还想努力读理科，现在看来，怕是没戏了。

“至于程茂，我早就不喜欢他了啊。前几天有次回家的时候，我看见他车子后面带了个女孩，长发细腰的，当时我的第一反应居然不是那女孩是谁而是那女孩真好看，甚至觉得两人在一起的画面很养眼。喜欢一个人是会有占有欲的吧？很显然，我对程茂没那种感觉。

所以对他的迷恋，大概只是一种崇拜。”

话说到这儿，不用再解释，徐海群就已经知道自己又被胖子“设计”了，不过，这一次的“设计”，他喜欢。之前的那些迷茫与苦闷通通消失不见了，取而代之的是消失良久的畅快。

他突然觉得之前的自己就像个傻子一样，一面对喜欢的人就会自乱阵脚，导致他不仅遮住了自己的心，还将她屏蔽在了外头。

想到这儿，他终于露出了一个如释重负的笑容，欢快地问，“那，你要不要再考虑考虑学理？我知道你理科不好，不过我可以帮你辅导，毕竟，学理的话出路更多一些。”

钱因音瞅了他一眼，问：“辅导收费不？”

解决了情敌，徐海群玩心顿起，调侃道：“本少讲课，当然要收费，但是……”

钱因音一脸“果然如此”的神情，磨牙：“就知道你不想请客！”

尾声

2015年1月，周杰伦和昆凌在英国完婚。一月之间，话题被顶上“微博热门”数次，到处都在转载两人婚礼当天的视频。

钱因音抱着电脑一边看一边哭，不无感伤地纪念自己逝去的青春。

女儿妞妞跑过来给她擦眼泪，一边擦一边说：“妈妈不哭。”

钱因音摸摸女儿的小脑袋，继续伤感。也许在别人看来，那不过是场奢侈的明星婚礼，和其他婚礼的意义没有什么不同。而对粉丝们，对钱因音来说，那场婚礼的意义却非同小可。因为那场婚礼的男主是她喜欢了十几年的男人，他的歌曾陪伴了她整个青春。从现在起，他将不再是一个人，而是牵起另一个人的手，和那人比肩而立，共赴未来的人生。

徐海群不满，语气微酸："咱俩结婚的时候，也没见你哭成这样。"

钱因音瞪他，眼睛红红的，看起来像只小兔子："你懂什么，这是我最爱的男人。"

徐海群失笑，挑眉："合着这么多年我还是比不上他？"

"你俩有可比性吗？"

徐海群做痛心状，可怜兮兮地看着自家女儿，问，"妞妞，你觉得爸爸和电脑上那个叔叔比，谁更好看？"

三岁的妞妞看了看周杰伦，又看了看妈妈，爬到爸爸身上亲了他一口，说："爸爸好看，"还没待爸爸开心，又补了一句，"但妈妈最喜欢的是叔叔。"

少年锦时秋风里

作者：玲珑

一、豆蔻无花嫁

“四姐儿，明儿就是大喜的日子，你怎好哭丧着脸？快睡吧，一早还要起来梳妆打扮给爹娘叩头呢！”二嫂附身低声劝着。

“有什么好喜的？我又不是嫁给人家做老婆，只是去给沈家做儿媳的。”四姐儿说着又红了眼圈儿，手里的帕子已经被绞得看不出样子。

二嫂一时也没了话，在心里犯嘀咕：听说那沈先生已经登了报，说不同意这桩婚事，也万不会回来行礼。可沈家的主母一意孤行，公爹又一门心思地看中了沈家的门第，怪不得四姐儿心里苦。

鸡鸣一遍，东方既白。四姐儿已经套上了鞋袜，亏着佟家在旗，不然这样的家境里长大的女儿，只怕是连一双好脚都保不住的。

这婚事，新郎虽不现身，可佟家到底是包衣出身，现今虽然家业败了，祖上也算风光过。这沈家又是大门大户，二老爷还在民国政府里任着帮办的职位，婚事倒也不曾怠慢，贺喜迎亲的队伍直排到了巷子口。然这些人里有多少是真来贺喜的，又有多少是来看笑话的，就说不清了。

凤冠霞帔早早就送了来，鸳鸯百合的苏绣喜服，滚了金边的彩凤盖头，垫了香草的厚底绣鞋，春带彩的翡翠镯子，嵌珍珠的蝴蝶步摇，金丝攒就点翠的坠子和发簪，这一整套的富贵行头套在身上，四姐儿只觉得头重脚轻，说不出的胸闷委屈。

两个嫂嫂扶着，给爹娘敬了茶磕了头，喜娘就已经推门进来了，“哎哟，给二老道喜了哟，乘龙快婿半个儿，您二老就放心吧，这半个儿可是省城读书最好的人呢！快让我看看这新娘子，哎呦，美得哟，就是那七仙女儿也比不得啊，这真真儿是郎才女貌喜结良缘，荣华富贵在眼前啊，看看这小手，又软又绵的，真是个讨人疼的小娘子啊，这日后必定要讨婆婆喜欢啊……”

喜娘的吉祥话说了一套又一套，直到佟母听见“婆婆”两个字，忍不住扯着四姐儿哭了出来。虽说是平日不怎么得宠的女儿，可到底是身上掉下来的肉，四姐儿见着母亲哭，忍不住也掉了眼泪。

女儿出门子哪有不哭的道理，可大都为了应景干号上几声做做样子。眼见着这母女俩是真真儿地哭得悲切，喜娘忙催着吉时已到，给四姐儿上了盖头，背上轿子，甩着绸帕喜滋滋地起了轿。

开锣鸣道的人在前面走着，高头大马红绸花，锦缎喜字贴轿沿儿，乐队滴里哒啦地吹着，整条街都透着喜庆劲儿。可这喜庆却掩不去四姐儿心里的忐忑，想拉开轿帘看看，手指动了几下，到底还是安稳地坐在那儿，任袖子被攥得起了褶子。

和她拜堂的自然不是沈家的公子，是还不到十岁的小叔抱着一只顶着大红花的公鸡。夫妻对拜的时候那公鸡还用喙啄了四姐儿的盖头几下，随着对面小叔的笑声，四姐儿的眼泪再也忍不住。

二、菡萏一支独

“哎呀我的大少奶奶，你就这么坐了一夜不成？”二丁是门房家的婆娘，平日在院子里伺候。

二丁端着水盆进门的时候，只看见四姐儿仰着头靠坐在床沿上，身上的喜服还没脱，盖头扔在一边。床褥上的花生大枣洋洋洒洒地铺了一床。昨儿什么样儿，今儿还什么样儿。

“什么时辰了？”四姐儿扶着床勉力动了动腿，一阵刺骨的酸麻使得她不得不把手指抠进床褥才抑住要喊出的声音。

“卯时都要过了，您快坐下，我给您揉揉腿，还得给太太奉茶呢！”二丁伺候着四姐儿洗了脸换了衣服，直到老太太那传了话儿来，这才出了门。

四姐儿浑浑噩噩地奉了婆婆茶，认了洋洋洒洒一大家子叔叔婶婶，直到伺候着用了午饭才算得了空，一头栽在床上昏睡了过去。

日子并没有想象中那么难过，大家都很客气。十岁的小叔时常过来拉着她讲故事，到底还是个孩子，对这个和公鸡拜堂的嫂子充满了好奇。婆婆是个小脚女人，不常走动，每日里伺候着用了两餐也就是了。二叔公一族都是场面上的人，不亲不热地相处着，倒也不曾有谁为难过她。

一眨眼，就到了吃桂花糕的季节，都说新娘子三天回门儿，她嫁到沈家已经三个月了，却不曾回过娘家。她怎么回呢？她到现在都还没见过那个娶她的男人。

“四姐儿，我娘说，我哥中秋节要回来的。”仲乐手里捧着一包桂花糕，吃得满嘴白拉拉的糖粉，不清不楚地说着。

“说了多少回你也不听，要叫大嫂。”四姐儿拿出帕子给仲乐擦了擦嘴，又把帕子塞进他手里。

“四姐儿好听。”仲乐用帕子垫着拿起一片糕，要塞进四姐儿嘴里，四姐儿俯身接了，用手挡着一点点地嚼着。眼睛看着院里的桂花树，鼻子里满是甜腻腻的香气。

“我哥可精神了，四姐儿一准喜欢他。”仲乐欢快地蹦着说。

“你才多大，就说这些话，看娘听见了又要骂你。”四姐儿收回目光，用手指点了点仲乐傻笑的脸，又问，“今儿学堂里都学什么了？”

“先生教了范仲淹的《渔家傲》。”仲乐抹了抹嘴，两手一背，摇头晃脑地背诵起来，“塞下秋来风景异，衡阳雁去无留意，四面边声连角起，千嶂里，长烟落日孤城闭。浊酒一杯家万里，燕然未勒归无计，羌管悠悠霜满地，人不寐，将军白发征夫泪。”背完还用眼瞟了四姐儿一眼，又晃了一圈脑袋才放下手来。

“背得真好，字都能写对吗？”四姐儿掩着嘴笑问。

“当然能的，我写给你看。”仲乐抬腿就要进去拿笔墨，却被四姐儿拦住了。

“你说写得就一定是写得的，我又不识得字，你写下来我也看不懂。”四姐儿笑得无奈，佟家早就败了，空留着旗人的身份和那个宅子也就是给儿子们撑撑场面罢了，哪里轮到女儿们读书识字呢？

仲乐一时沮丧，迈出的步子又折了回来，到底还是个孩子，吃了一会子桂花糕又欢喜起来，嚷着要吃果子径自跑开了。

第二日下课回来，仲乐竟然抱了字帖和笔墨来，非要教四姐儿识字，还嚷着让四姐儿唤自己做先生——沈泰初先生。一本正经地嚷着大名，连仲乐的字都不许用，惹得四姐儿又是一阵笑。

三、中秋问良人

“大少奶奶，您怎么还没换衣服啊？大少爷这就要到门口了啊！”二丁急得直拍大腿，拿起早就选好的藕荷色旗袍就要拉着四姐儿换上。

四姐儿任凭二丁拉着到了门口。

“四姐儿，你真好看。”仲乐眼尖最先跑了过来。

“仲乐，没规矩。”婆婆呵斥着仲乐。

沈伯礼一进门就看见了像朵芙蓉花似的四姐儿，不由怔了怔。

沈伯礼像所有时下的文人一样，一身西式的衣服，剪得一丝不乱的偏分短发，戴着金丝边的眼镜，满脸的严肃与认真。

“哎呀，伯礼啊，你二叔来信说你在领导什么学生运动。五月底那罢工都打死人出了事儿，你还运动个什么啊？快让娘看看，可是瘦了，也黑了……”婆婆拉过伯礼的手不停地说着。

“娘，我们就是请愿，没有危险的，快进屋说吧。”伯礼一手扶着老太太一手拉着仲乐一路进了前厅。四姐儿跟在后面越走越慢，最后索性只是等在前厅的门口，没有进去。

“哥，外面有什么新鲜事儿吗？听说那些罢工游行的可有气势了，跟说书人讲的赤壁大战似的。”仲乐扯着伯礼问个不停。

“哪儿跟哪儿啊，有空多看看正经书，民主共和的事儿倒让你说成演义了。”伯礼笑着说，伸手去拍仲乐的头。

“再过个百八十年的，这些可不就也是演义了嘛！”仲乐接口，转眼瞥见门外的藕荷色旗袍，小脑袋歪向一边躲过了伯礼的手。

老太太拉着伯礼进了内堂，好一会儿才出来，两个人的脸色都不大好看。

“四姐儿呢？”婆婆的声音传来，四姐儿不得不捏着帕子进了大厅。

“这是你媳妇儿。”婆婆的声音不冷不热。

四姐儿跟着伯礼回了房，两个人谁也不说话，伯礼的脸上颇有难色。

“你叫什么？”伯礼打开箱子从里面拿出几本书摆在桌上。

“四姐儿。”四姐儿的声音轻柔如风。

“新民主的年代了，提倡男女平等了，以后见了人说大名儿的好。”伯礼说道。

“没有大名。”四姐儿摇头，眼见着伯礼的脸色又难看了几分。她知道，城里上学的姑娘都有大名儿的。

好一会儿，四姐儿看着桌子上的书开口问：“这是学校的课本？”

“不是，是孙文先生的三民主义演讲实录，喜欢你就看看，多了解了解实事总是好的。”伯礼把书推向四姐儿。

“我，不识字儿。”四姐儿看着地面，脸红得不敢抬头。她和眼前这个男人根本就不在一个世界，他说的话她一句都听不懂。

伯礼用了晚饭便去了书房，四姐儿一个人坐在床上，没有开灯，看不清是夜黑还是眼前的路黑。

过了亥时，伯礼才回房。

看着端坐在一旁的四姐儿，伯礼一脸的尴尬：“我早就不同意这门婚事的，可母亲她……”

四姐儿用手绞着衣角，红着脸没有说话。

“我不想骗你，我有喜欢的姑娘了，你看——”伯礼从桌子上的书里拿出一张照片，那是个剪着短发的姑娘，蓝色的褂子，黑色的裙子，手里拿着一本书坐在梧桐树下，眼睛里闪着熠熠的光华，焕发着说不出的青春活力。

“我们说好了，毕业就投身革命追随孙先生的理想，去创造一个更好的中华民国。”伯礼说话的时候眼里闪着光，那光大概叫做希望。

四姐儿低下头，脸羞得更红，眼睛黑得就像外面的夜：“娘说，我得让你留下个孩子……”四姐儿的话说到一半，眼泪就掉了下来，哭得悲恸。

“我……”伯礼一时无措起来，想扶起四姐儿，却一眼扫见刚拿出来的女学生照片，伸出的手转向了箱子，拿出一份报纸沉声说，“这是我登报的那份报纸，这婚姻是无效的，我和你没有感情基础，以后也不会回来了。”

四、少年惜风流

伯礼第二天就离了家，婆婆怪四姐儿留不住伯礼，对她也不怎么搭理了。

日子一天天捱着过，张学良接下了东北，孙文总理病逝，段祺瑞又说了算了，世道愈发热闹起来……

仲乐也从小学堂进了中学，还是每日里来教四姐儿识字儿，给她讲讲外面的事。

“仲乐，外面的姑娘们是不是都有大名？”四姐儿放下手里的《楚辞》，抬头问道。

一晃六年，仲乐已经高过了四姐儿一头，脸上也长出了胡楂，连声音都变得低沉，再不是那个吃着桂花糕的孩童。

“嗯。”仲乐点头，他已经不像小时候那样话多了。

“这样啊……”四姐儿若有所思地喃喃着，纤长的手指轻点着书上的那句“超无为以至清兮，与泰初而为邻”。

“娘说你要考军校？”四姐儿见仲乐盯着自己看，这才笑着回过神儿来问。

“嗯，中央陆军军官学校，我哥说他都安排好了。”仲乐看了一眼四姐儿明亮的杏眼，目光如炽。

“你哥……挺好的？”四姐儿仰头看了看愈厚的云层。

“嗯。”仲乐低下头再不说话。

天空突然一个炸雷，下起了雨。四姐儿忙着收拾石桌上的书，豆大的雨点砸落下来，仲乐拉着她往回廊下跑。偏偏一本书掉了下去，四姐儿回身要捡，仲乐拉扯不过，索性拦腰抱起四姐儿跑进了回廊。

四姐儿怔怔地站稳，不承想，那个拿着桂花糕的孩童已长成了挺拔的少年，胳膊竟然这样有力，呼吸间的男人味道盖过了雨水下的泥土香。

“学校在哪儿？远吗？”四姐儿看着脚尖，略略有些尴尬地问。

“南京，过了长江了，远的。”仲乐初显棱角的脸上也有些不自然，手上还留着四姐儿身体的柔软。一双锐目隐着桃色，定定看着外面的雨滴道，“我会回来看你的。”说完又蹙了蹙眉，猛地回身抓住四姐儿的手，略略有些激动地说，“要不你和我一起走吧。”

四姐儿一时怔住，抽手回了房。

五、清水傲芙蓉

“少奶奶最近怎么不跟二少爷一起读书了？”二丁一边抹着屋里的八宝架一边问。

“仲乐忙着考学，没空读了。”四姐儿手里的笔顿了顿说。

“到底是个孩子，也没看出忙来，还见天儿地往院子里跑，只看着那几棵树发呆……”二丁随口应着。

四姐儿放下笔，满篇的字只有两个——“至清”。

又是八月桂花香，离仲乐南下还有两个月，仲乐仍旧每日来院子里读书。四姐儿却总是待他走了才出来，有时候会看见石桌上放着几页字帖，有时候是圈点标注好了的报纸，而今天是一盘桂花糕。

四姐儿每每拿到这些东西，初时还会哭上一阵子，后来就只是瞪着发亮的眼看着院门方向发呆。

日本人在东北闹起来了，逊帝溥仪今儿要去东北，明儿要去南京的，一时间人心惶惶起来。这些都被淑妃文秀提出离婚的消息压了下去，四姐儿捏着报纸，眼里氤氲起一层水汽。

“大少奶奶今儿怎么这样美？”二丁一时间有些怔住，四姐儿罕见地穿起艳色的旗袍，大朵的水莲花从肩膀摇曳到腰际，柳叶弯眉朱砂红唇，眼睛里闪着不寻常的光芒。

“二丁，我起了个大名，叫至清，佟至清。”说完拿出一本书给二丁道，“这书是二少爷的，你帮我还他，我回娘家看看，六年了，我一次都没回过呢！”四姐儿说着竟笑了起来，二丁愈发看呆了。

还没到下午，律师就来了沈家，手里拿着早年间沈伯礼宣称婚姻无效的报纸，宣读了佟至清女士的离婚宣言。

沈仲乐回家的时候，一进房就听到母亲暴怒的大骂，看到佟家人满脸的焦急，谁也没能找到四姐儿。

仲乐像一头刚刚学会站立的小兽，又兴奋又惊恐，直到二丁拿着书交给他。

书是那个雨天掉落在地上的那本，已被细致地晒干，压平，却也损坏、粗硬了许多。翻覆间，书里掉出一纸信笺，几行隽秀的小楷写就一首小诗：

微风伴着轻雨，眼底一片旖旎。来年江上雪落，我在对岸等你。

落款是两个字儿，至清。

余生长安

作者：迟非

一

“表姐，你回海城了没？”

“还没，晚上十一点的飞机，凌晨一点半到。我现在在机场，马上就要登机了。”

“姐，明天早上十点半，有一节考古选修课。医院明天有班，但是李教授的课忒难逃了，你去帮我上节课呗！”

“我晚上到家还要改稿子，都不知道要忙到什么时候，你好意思让我一大早替你去上课！”

“那什么……我刚调了两个班。我只是一个实习生，调多了不好，帮个忙呗！”

“行行行，你就祈祷我明天早上能爬起来吧！不说了，要关机了，拜。”

开了门，把钥匙往桌上一扔，时桉整个人瘫倒在沙发上动都不想动，想起那难搞到要命的导演，直翻白眼。什么内心戏要丰富，什么无声胜有声，他是有病吗？观众谁要看两个人大眼瞪小眼，一语不发却内心澎湃？他还要不要收视率了？干脆自己当编剧好了，还请什么编剧啊！

无奈地从包里拿出手提电话，开机，屏幕一黑一亮，桌面上黑乎乎几个大字：放马过来。

她醒了醒神，打开文档，在标红的地方删删改改。拿人钱财为人服务，不管她愿不愿意，如今狗血剧情当道，她也只能任导演挥洒了。

九点，屋里的闹钟响成一片，关了床头的，床底的开始闹；关了床底的，窗户边的开始闹；关了窗户边的，手机开始闹。时桉一把把手机拿起来，对着就喊："还有完没完，老娘才睡了三个小时。"

"姐，快点起床，再不起来要迟到了，李教授要是在这关键时候给我扣分，我那光辉无比的成绩单上就要有一个巨大的耻辱了，那我还怎么在省医院混呢！虽说只是个选修……"

"Shut up（住嘴），一大清早，别给我叨叨，我起来还不行吗？考古课是吧，哪栋楼哪个教室？"时桉顶着鸟窝头，睡眼蒙眬，俩黑眼圈都快掉到地上了。

"教5三楼，307，别迟到。"

时桉拖着疲惫的身体，一边刷牙一边打瞌睡。等洗完脸，抬头一看，镜子里的人面色如土、眼泛血丝、浮肿如猪，不禁仰天长叹：编剧真不是人干的职业；表妹真是来讨债的。

时桉二十六岁，是个编剧，在业内也算小有名气，H大中文系毕业。大学期间，她的作品连续四年获得"全国大学生金铅笔奖"金奖，一时间可谓是风头无两。以致后来她毕业了，学校还有她的传说。

二

打着哈欠把小绵羊停好，拖着小布包走进教5，时桉垂着脑袋就像是个游魂。转角的地方，迎面走来一个人，时桉就这么笔直地撞了过去。

不知道那人胸前抱了个什么，撞得时桉眼冒金星。

“对不起，我没注意，你还好吗？”清隽的男声，干净的声线，每个字都说得利落。

可惜时桉本来就不清醒的脑子更不清醒了，伸手朝那人摆了摆，一手捂着脑门侧身而过。没看见那人散落的刘海下面一双透黑的眼睛，眼波流转，唇角微提，时桉，好久不见。

教室里陆陆续续来了人，时桉挑了个左侧中间的位置，依照她以前读书时候的经验，这个位置处于老师的视觉盲区，中间人又多，睡觉再好不过。

十点半，上课的铃声响得七零八散，时桉眯着眼睛撑着头。

“唉，以前李教授总是提前到，怎么今天却迟到了，那我们以后是不是也可以迟到了。”

“不知道，听说李教授接了个古墓的项目去考察了，咱们的考古课换了老师带……”

下面一阵阵窃窃私语，时桉湮没在里面，瞌睡打得正香。

“抱歉，我来迟了，李教授去安城考察项目，所以这个学期的选修课从今天开始由我来带，大家好，我叫周淮生。”匆匆拿着手提包进教室的男人，戴着银框眼睛，穿着黑色的呢子大衣，里面一件浅色暗花衬衣，清隽帅气。往讲台旁一站，整个人玉立修长，有着说不出的贵气。

时桉整个人如遭雷劈，以为自己耳鸣听错了，周淮生。

时桉是个很会扮猪吃老虎的姑娘，外表看上去十分温和无害，但她做事滑不溜秋，从不给自己丢人，也不给别人抓小辫子。她人生中只做过一件丢脸的事，而这唯一一件就和现在站在讲台上的男人有关。

那年她十九岁，情窦开得有些晚，看上了学生会的一个师兄。某天傍晚，她和室友坐在篮球场看比赛，一眼就看见那师兄正揣着球满场跑。她含羞地指着那个师兄对室友说：“那个师兄好帅啊！”

室友挥舞着加油板，大咧咧地说：“能不帅吗，人家是学生会会长，全校女生的梦中情人。”

时桉一听，啊，原来是会长。她暗戳戳地憋了几个星期，终于鼓起勇气写了一封情书，托室友交给那个师兄。室友大手一挥，拿着情书就去了。时桉等了好久，也不见那师兄写回信或者来找她，她有些着急，这到底是什么意思，不拒绝不回应？

一直到六级考完的那天，时桉提着书包走出考场，谁料一个高大的身影拦住她，手里拿着那封情书，众目睽睽之下：“师妹，听说你要约我喝茶？”

一片寂静，所有人瞪着眼睛看着她，时桉目瞪口呆，磕磕巴巴说道：“信，怎么，在你这儿……”

那人剑眉一挑，目露疑惑：“不是给我的吗？可学生会只有我一个会长啊！”

原来那天篮球赛，那师兄正和周淮生抢球，两人推挤在一起。时桉的室友自然地以为，时桉说起的是周淮生。

“师妹，自我介绍一下，我叫周淮生，明天我有时间和你喝杯茶。”声音中还带着笑意。

周淮生，传说中的大神，大四就已经执刀做手术的周淮生，谁都不敢惹的周淮生。时桉一个激灵，努力堆起善意的笑容：“师……师兄，错……错了，这信不是我写的，也……也不是给你的，不好意思啊！”然后一把夺过那封情书，撒腿就跑，丝毫没有看见周淮生冒着黑气的脸。

再过没多久，就听说周淮生出国了。

时桉睁着迷蒙的大眼睛看过去，正好和周淮生对个正着，一激灵，浑身汗毛都竖起来了。

那人像是在对她说："好久不见，小师妹。"

等缓个神再看去，那人正拿着花名册点着名，好像刚刚都是她的幻觉。

"成北北。"

"……"

"成北北？成北北来了吗？"

时桉一回神，大喊一声："到。"

然后他真的看了过来，而且盯着她好久，直盯到时桉心里发毛，然后才收回目光。

"下一个，周媛。"

时桉猛地给自己一巴掌，傻子啊，这下肯定认出来了。

三

好不容易在那扎人的目光里熬到了下课，时桉拎起小布包就打算往外冲，却听一道男声通过扩音器传遍整个教室："成北北留一下。"

时桉望着天，欲哭无泪。

那人带着清爽的松木香走到她身后，看着她丸子头上翘起的呆毛，忍不住笑了："师妹，你还欠我一杯茶呢！"

时桉垂头丧气地转过身，老老实实地喊了声："师兄。"然后又调整了一下面目表情，傻笑着讨好："好久不见，师兄又变帅了。"

"再帅，你的情书不也没写给我吗？"周淮生俯下身，对着时桉的眼睛。他最喜欢这双眼睛了，总是狡猾地带着笑意，圆圆亮亮，像只兔子。"成北北是我在医学院的学生。回去记得转告她，这次看在你的面子上，我就不计较了，下不为例。"

时桉面色一红，心里的小人掩面尖叫。为什么周淮生用这么勾人的语气跟她说话，为什么周淮生比以前还帅，什么叫看在她的面子上。她一大龄剩女，初恋都还没送出去的女子，快要把持不住了。

时桉含糊地答了一声“好”，转身就跑。身后周淮生的身影被正午的阳光笼罩，他本就好看的面容搭上那笑，整个一妖孽。

推了推眼镜，周淮生心想，这次这只兔子可得逮住了。

时桉一出教学楼，掏出手机就给成北北打电话：“成北北，下次这种坑人的事，你可别找我了。”说完就挂，然后用手背冰了冰发烫的脸，骑上她的小绵羊绝尘而去。

到家喝了一大口冰水，还没来得及喘口气，手机又开始狂叫。

“小时啊，我是导演啊。你发给我的剧本我看了，改得不错。是这样，男女主下周进组，你过来一趟怎么样？”

“可以，那我下周二过去吧！谢谢导演。”

时桉收了收东西，虽说是下周二过去，但现在已经是周五了，她还有另外一个本子要开始。唉，心累，好想睡。

四

时桉再回海城已经是一周后了。她拖着行李随手拦下一辆的士，突然想起要跟新本子的导演联络交本时间。往口袋里一掏，旋即泄了气，手机前几天就被她掉到湖里去了。

回到家里，掏出钥匙打开门，一股土豆焖鸡的香味飘出来。屋里比她走的时候干净了很多，那些散得到处都是的杂志和书，全部都规规整整地码在沙发后面的书架上。家的角落里多了不少工艺品，如果不是那为了能打滚而买的超大布沙发大喇喇地摆在屋里，她都快不认得自己家了。

玄关处放着几双黑色的皮鞋，一看就知道绝非凡品。只是，她一个人的家里什么时候有了……男士皮鞋！

随手抄起一个玻璃杯，蹑手蹑脚地往厨房走去。一个穿着浅色针织外套，棉纺休闲裤的男人，脚上穿着一双男士拖鞋，正在焖着菜。重点是，那双拖鞋和时桉脚上的是一对，时桉买这双拖鞋的时候，觉得一对好看就一起买了回来，居然被一个不知道哪里来的男人穿在脚上。

“喂，你是谁？你怎么会在我家？”

时桉紧紧攥着玻璃杯。

那人转身，倾城一笑：“师妹，你回来了。”

时桉的眼睛要瞎了，那人笑得太灿烂。他摘了眼镜，一双桃花眼笑意盈盈地看着她，居然让她品出几分调戏的味道。

坐在餐桌前，时桉埋着头扒着饭。

“慢点吃，别噎着。”一只白皙修长的手伸过来擦了擦时桉的嘴，时桉僵着身子不敢动，目光四下乱瞄。

“你……你怎么跑我家来了，我……我跟你说，你这叫私……私闯民宅。”时桉红着一张番茄脸，明明她应该理直气壮的。

“哦，是这样，我托成北北替我找套房子。不要太大，两人住的面积，离学校和医院都近一点，楼层不要太高，十七八层就行。她就把我带到这里了。她说跟你说过了，是师妹你同意的。”周淮生慢条斯理地擦擦手指，看见时桉的兔子眼里火苗一蹿一蹿。

时桉一急：“我手机掉湖里了，我不知道，这……我一个人住，师兄你在这儿住不合适吧！要不我再给你找一间，你……”

“我倒是觉得挺合适的，我平时要上课，有时也要去医院，不常待在家。这房子完全符合我的要求，我住得挺舒服的，不然这样，我每个月给你租金怎么样？就这么说定了。”

时桉张了张嘴，看着周淮生端了盘子去洗，又闭上了嘴，倒在沙发上装死。

晚上，时桉登了QQ，一上线就找到成北北。

捡树叶的兔子：成北北，你把周淮生搞到我家来干什么！！！

北不是贝：姐，周老师跟我都说了，你俩旧相识，现在大家都单身，是吧！我这是拯救你于单身狗的泥沼。

捡树叶的兔子：你知道什么，周淮安他，惹不得！！！

北不是贝：哎呀，有病人叫我，不说了啊！好好珍惜，这可是个极品，那身材那长相……便宜你了！

捡树叶的兔子：……

时桉认命地叹口气，极品啊！真的是个极品啊！

五

周淮生就这么在时桉家住得理直气壮。

时桉暗暗懊恼，她一个人住习惯了，有时候衣衫不整也没什么。可自从周淮生住进来之后，这白嫩嫩的豆腐，真恨不得插瞎他的双眼。

那人整天在她面前晃荡，害得她满脑子胡思乱想，新本子到现在连三分之一都没挤出来。

一天夜里，时桉做了个梦，那梦忒下流了。时桉红着脸醒过来，深觉这样下去，自己恐怕会把持不住，到时候，万一对周淮生做了什么就不好了。不行，得把他赶出去。

第二天，周淮生正在看电视，时桉走过来坐在他旁边，一本正经道：“师兄，我给你找了个房子，我最近要……要去相亲，你继续住在我这儿，有些……”

时桉一瞟周淮生的俊脸——黑沉沉的，索性眼睛一闭，大声道：“有些不合适。”

“噢，不合适，怎么不合适了！”周淮生听到“相亲”两个字，心里一阵冒火，咬着牙，逼近时桉。

时桉咽着口水，这，不是要，灭了我吧！

周淮生确实有些生气，他在她面前晃荡了这么久，这小妮子一点反应都没有，还要赶他走，看来还是太温和了些。想着，张口就对着时桉白嫩嫩的脖子咬了下去。

时桉疼得面皮一皱，这节奏……果然是要灭了她。

周淮生咬完，撒了气，转念又在牙印上一吮，一个小红点在时桉白皙的脖颈上显得格外引人遐想。

周淮生看着却是心情好了一大半，凑近时桉，鼻息相交：“你只管去相亲，我倒要看看，谁敢跟我抢。”

“师……师兄，你招惹我干吗？我……我很单纯的！”时桉一时间从头发丝到脚趾头都红了，羞恼到不行，只觉得灵魂出了窍，一时转不过弯。

“我招惹你？我怎么记得是你先招惹我的，嗯——”最后一个“嗯”千回百转，生生让时桉酥了大半个身子。

“我，我错了。”眼睛一闭，巴掌往周淮生脸上一招呼，时桉跳起来就跑，

周淮生看着她红扑扑的脸和落荒而逃的背影，顶着一脸的巴掌印笑得春风荡漾。

周淮生想，要加快节奏了，这姑娘忒会装傻，不仅要把这只兔子

抓住，还要早点吃下肚子才好。

时桉注定是斗不过周淮生的。

在周淮生第十五次问她“什么时候去相亲啊”的时候，她愤起反抗：“今天就去！”

叫上闺蜜大半夜喝了个酩酊大醉，闺蜜看到周淮生来接时桉的时候，眼珠子都要掉下来了，准备开口说话却咬到了自己的舌头，疼得泪花直冒：“周师兄啊，那什么，时桉……”

话还没说完，就看见周淮生抱着时桉，一脸似笑非笑地望着她。她吓得酒都醒了一大半：“师兄我先走了。”

时桉对不起呀，周师兄杀伤力太大，我害怕。

时桉只觉头痛欲裂，伸手拍了拍脑门。正欲起床，然后整个人像是受到了极大的惊吓，机械地转头，看见一双桃花眼，噙着泪，漫着委屈，就那么望着她。被子下面，两个人四肢交缠，赤裸相对。

时桉想，果然，果然还是没把持住，想起之前做过的那个忒下流的梦，时桉简直想一拳打死自己。喝酒误事，美色害人。

“师妹，你……”周淮生声音带颤，还略有哭腔，抽回搭在时桉腰间的手，坐起身来。时桉那一刻只想自插双目——周淮生身上那些痕迹真的是自己做的？老天爷，带我走吧！

“我不该住在这里的，我这就搬走……”周淮生一面窥着时桉的脸色，一面慢吞吞地穿着衣服。

时桉静默半晌：“我会对你负责的。”

可是，为什么会有一点点高兴呢？

六

“女朋友，还不来接我下班？”周淮生一手拿着电话，一手把偷听的成北北推开。

“哎呀，到楼下了，催什么！”

“你要赶紧上来宣示主权啊！那些护士冒绿光的眼睛让我害怕。”

成北北在一边听着只觉得肉麻，谁来告诉她，那个清贵高雅的周老师去哪里了，这个妖孽是谁？

“来了来了……电梯信号不好，挂了。”

周淮生收线，没有了那宠溺到流油的眼神，手整了整衣领，一举手一投足均是自然得体。成北北觉得，周老师还是那样疏离清雅、冷傲的周老师，这瞬间的变化太……

她还记得周老师威胁她带他去表姐那儿的时候，那眼神几乎要把她削成生鱼片。

听到门外有脚步声，周淮生一笑，眼睛里洒满了夕阳的光碎，漂亮得难以置信。

周淮生还记得第一次见到她，她大一，刚拿到金铅笔的金奖，站在学校的颁奖台上，笑得傻乎乎的，骄傲得像只小肥鸡。不知道谁给她剪的头发，就跟狗啃过似的，可她一点不在乎。

后来，他总会关注到她，她喜欢吃三食堂的糖醋小排，喜欢一食堂的水煮鱼片。她喜欢在图书馆啃小说，从早上一直啃到晚上闭馆。她不爱运动，被室友拉出去跑步的时候，总是扎着丸子头，呆毛满天飞，闭着眼睛跟乌龟一样慢吞吞地爬着。

篮球赛那次，他看见她坐在看台上，手指着他跟室友说着什么。他想，小家伙，枉我在你面前晃荡这么久，现在你才看到我！他越发卖力地打那场球赛。

再后来，他接到那封情书，心情好得就像汽水泡泡一样，心跳有些快。

谁知道，那小家伙写情书的对象竟然不是他，他有些生气。不管，反正信是到了他手里，那就是写给他的。小家伙，你可给我等着，等我回来好好收拾你。

他买通了她的闺蜜，就是当年的室友团子小姐，抹黑她的每一位追求者。一直到他回国，爷爷的学生李教授来家里做客，提到需要代课，他毛遂自荐，除了在医学院任教外，多带了一门选修课。因为他打听到医学院的成北北是当年 H 大赫赫有名的时桉的妹妹，那么……就从这个成北北下刀好了。

小剧场 1

“你骗我！”

“我怎么骗你了？”

“你戴个平光镜干什么！”害得她以为他是近视眼。那时候他坐在家里看书，摘了眼镜。时桉以为他看不清，总是穿着一件小吊带儿走来走去。

“妈让戴的，她说，我桃花眼，太招人。”

时桉嘴一瘪，转念一想，何止太招人，他就应该戴面具出门。

因为昨天隔壁张小姐还假惺惺地给她送饺子，分明就是冲他来的。

小剧场 2

“我新戏的男主角好帅。”

周淮生挑眉：“比我还帅？”

“人家可是当下最流行的小鲜肉，你都已经是老腊肉了。”

周淮生拆着领带，表情有些危险：“老腊肉？多老……”

时桉窝在床上泪奔，真是嘴贱啊！

小剧场 3

成北北来家里蹭饭，说起那年周淮安用期末考试成绩威胁她，要她带他住进时桉的房子。

时桉怒，想不到他是这种人。

周淮生正开门进屋，眼神轻飘飘地扫了一眼成北北，成北北夹紧菊花，落荒而逃。

“谁让你当年拒绝了我！我这么爱你，当然想方设法接近你。”周淮生萌萌地看着时桉。

时桉嘴角一跳一跳的，浑身轻飘飘的，粉颊绯红：“反正……反正晚上不给你吃糖醋小排了。”

小剧场 4

“你当年那封情书本来打算给谁？”周淮生翻着时桉的新剧本，发现居然有床戏，而且写得非常火辣。

“本来是要给剃着平头，个子很高很高的那个师兄。”时桉坐在周淮生腿上吃橘子。

周淮生眼角一跳，难怪她当年看不上他。因为那个师兄身高一米九三，又黑又壮，笑起来一口大白牙，傻乎乎的。和他周淮生完全不一样，想到自己媳妇当年那个审美，他有点崩溃。

小剧场 5

“团子说我是傻白甜。”

“难道不是？”

时桉怒：“你才是傻白甜，你全家都是傻白甜。”

“你不就是我全家？傻了吧！”周淮生捏了捏那白嫩嫩的胸口，受不住咬一大口，“白呀，这么白！”

然后拆开一颗糖，放进嘴里，对着时桉的嘴狠狠吻下去，等他餍足：“真甜。”

小剧场6

“请用三个字形容你老公。”同学会的时候有人问。

时桉想了想，不知道想到了什么，恶狠狠地说：“下流胚。”

团子仰头看天，你到底还记不记得一会儿大神要来接你。

等周淮生来接时桉的时候，发现所有人都用一种“原来你是这种人”的眼光看着他。

他看了一眼时桉，时桉满脸心虚。糟了，晚上要怎么才能过关。

宛宛情深

作者：陆茸

1

进入7月，湖城已是燥热异常，空气里弥漫着高温。

在这座地处长江三角洲的繁华都市里，几乎没人知道有一个叫王根荣的大爷，更鲜有人知道，正因为有了他的捐助，好几所贫困学校的孩子才得以接受专业的游泳教育。

楼宛青遇见林诣阳，就是在育才小学三年级二班的游泳课上。

那一天天气很热，某小区简陋的游泳馆里，蓝色顶棚丝毫挡不住太阳的热度。宛青额头上都是细细密密的汗珠，正和梁老师坐在池边说话。

因为新的游泳老师还没来，孩子们都嬉笑着在水中玩耍，“哗啦哗啦”的水声不绝于耳。小小的游泳池里满是一颗颗的小脑袋，没有人发现有一个瘦小的男孩在扑腾中缓缓地划向了深水区。

等宛青注意到的时候他已经溺了水，慌乱地挣扎着。大家都吓坏了，可是原来的游泳老师辞职了，现场仅有的两个成年人也都不会游泳，场面一片混乱。宛青心中焦急，当下也不顾自己会不会水就要往池子里跳。

林诣阳就是在这样的状况里，突然从门口冲进来跳进游泳池的。他的动作带起一阵轻风，宛青有些愣神，等反应过来的时候他已经抱着孩子上了岸。

梁老师立马冲过去查看孩子的情况，而林诣阳脱力地坐在池边，脸色极其苍白。宛青清清楚楚地看见他的裤腿因为被水打湿而空空荡荡地搭在地上，脚腕处隐隐露出一截合金假肢。

他，竟是没有左腿的。

“你没事吧？是不是痛？”宛青蹲下来询问，也看清了他的样貌。五官立体，剑眉星目，皮肤是健康的古铜色，然而此刻脸上却生生透出一种虚弱的苍白来。

他方才急着救人没有来得及取下假肢，残肢处必定造成了损伤。宛青虽不是专业骨科医生，但也好歹知道一些相关知识，当即便要去取他的假肢。

“不用！”他疼得有些意识模糊，却在被触碰到的瞬间猛地惊了一下，手上的力道一时收不住，宛青被他推得一下子坐在了地上。

宛青愣了一下，抬头看去。

他一时也愣住了，眼底有愧疚和懊恼一闪而过，嘴唇蠕动像是要道歉却又没发出声音来。

宛青很快回神，爬起来又要伸手去检查，他还是下意识地阻挡，她却隔开他的手寸步不让：“我是医生。”

她的目光中没有多余的情绪，诧异、同情……在那双清澈的明眸里皆无踪影，只是坦坦荡荡地看着他，和每一个见惯生死病痛的医生一样。林诣阳无端松了口气，加之断肢处又是一阵难忍的疼痛，他不由收了手。

宛青小心地取下了假肢，看见断肢处果然红肿了一片。他是高位截肢，左大腿只留了一半，看愈合的情况，应该是有三四年了。没有经历过肢体分离的人是不会了解那种撕裂的痛苦的，即便是在痊愈后也经常会因受凉受力而疼痛难忍。他此刻必定疼得很，手上青筋都鼓起了，可却一声都没吭。宛青不由得有些佩服，下手的动作也越发小心轻柔了。

左腿上传来的痛对于林诣阳来说已经是家常便饭了，自从受伤以来，这种难以忍受的痛苦几乎如影随形，每每折磨得他整夜整夜地失眠。

可是此时，那双纤细温暖的手在他皮肤上带起轻微的颤栗，他可以清楚地感觉到疼痛在减缓。

目光往下，她的侧脸柔美恬静，长发垂下，丝丝缕缕地落在他腿上。

2

后来，宛青知道了他的名字，知道了他是义务来教课的游泳老师。

很多次来游泳馆看孩子们的时候，都看见他在水中矫健的身姿。

上课时他话不多，只是偶尔沉声纠正学生的姿势，整个人沉着而内敛。

梁老师年纪轻又是女人，对这种明显有故事的男人好奇得不行，“楼小姐，你觉得他以前是做什么的呀？”

当时宛青正帮孩子们收拾浴巾，听见梁老师的话不由抬头望去。林诣阳拄着拐杖正在和一个小男孩说话，因为要下泳池，所以他没有戴假肢，泳裤下的左腿残肢赤裸裸地暴露于人前。宛青看不见他的脸，只看到那笔直的背影，挺拔、瘦削、坚忍而孤寂。

“是在部队的吧。”

……

“林先生是军人吧？”

宛青问出这句话的时候，真真切切地在林诣阳的脸上看到了一抹极淡的怀念和痛色。

他行事作风一板一眼的，脊背无论在何时都下意识地挺直着，还有教导孩子时自然流露的气概，种种迹象无一不在表露着他的身份。宛青从小在军队大院长大，对于军人有一种天生的敏感。

“以前是。”他的声音带着点沙哑，轻得几乎听不清。

这是他们认识以来的第二次对话，那轻描淡写的三个字却刺得她心有些疼。

这个男人身上有着不能触及的伤口，她虽有些好奇却无意去碰触，每每见到他都只是一笑而过。

彼时，他于她只是一个有秘密的奇怪男人，她于他也只是一位善良的医生。

3

8月11日这天傍晚下起了雨，雨势滂沱直到天黑也没有停止。

湖城天航酒店里正举办一场酒会，参与者多为本市的中小企业家，抑或是近几年颇有些作为的学生创业团队。

宛青也应邀参加了酒会，因为主办方陈总是她曾治疗过的一位病人。

豪华的大厅里灯光炫目，空气里酒香弥漫，众人推杯换盏。宛青端了杯水果酒站在窗边，她并不习惯这样的场合，若不是陈总再三相邀无法推脱她是绝不会来的。

百无聊赖之际，宛青忽然看到了一个熟悉的身影。

一众青年才俊里，他的样貌并不突出，黑色西装下结实的身体像松树般孤直。

他缓步走到一位中年人面前递出手里的文件夹，那人宛青见过，是市里颇为有名的投资者张博。

张博此人对市场敏感度高，据说凡是他投资的项目就没有不成功的。只见他拿着那文件翻开看了两页，脸上带着笑意，却在不经意间看到了林诣阳露出一截的假肢，随即脸色变了一变。不知说了什么就借故离开了。

林诣阳拿回文件夹，又去寻找其他人，他走路缓慢又不自然，稍稍细心点就会发现他是个残疾人。有些正常人对于身有残疾者总有着下意识的排斥和抵触，他处处碰壁无人搭理，人来人往中，他的背影挺拔又孤独。

身边走过两个年轻的创业者，错身而过的瞬间宛青听到了几句他们的交谈：

"那人是来拉投资的吧？"

"肯定的呀，不过是个残疾人，怪不得没人搭理。你说老板是个残废，这多有损公司形象啊。"

"哈哈，没错，也不知道是谁邀他来的，可真是拉低档次啊。"

只是少了一条腿，就要被人如此歧视吗？

那一刻，宛青的心里一痛，竟不忍再去看他。

陈总过来的时候，宛青还在发呆，陈总连唤了几声她才回神。

"楼医生是不是觉得无聊，不如我让人带你去花园走走吧？"

"不用麻烦了。"宛青笑了笑，然后话题一转，"我常听人提起陈总在投资上一向眼光独到，常被誉为伯乐。"

"哪里哪里，大家看得起我陈某人而已。"

"我有一位朋友正准备创业，不知陈总可愿意认识一下？"

两人并没聊很久，很快陈总便离开了。

宛青喝了些酒，大厅里又人多嘈杂，不由得有些头晕。离开酒会去洗手间的时候，余光瞥见陈总正站在林诣阳面前，也不知谈了些什么，林诣阳沉稳刚毅的脸上渐渐露出笑来，她看着那抹笑容只觉得心底忽的柔软了。

晃眼的灯光里，有无数异样的目光投射而来。林诣阳知道，即便他戴着假肢，走路的动作练得再像普通人，在别人的眼里也依旧是一个没有腿的残疾人。

握着文件夹的骨节发白，他早已习惯了那些眼色，又何必觉得难堪呢？

陈总过来主动交谈是他怎么也没想到的，他自然知道面前的这个中年人是谁，可是这位成名已久的企业家怎么会来看他的企划书呢？

然而陈总之后的一句话就让他明白了。“楼医生说得没错，你的确很有能力。”陈总仔细看了一遍商业企划书，这才抬头笑道，“若是林先生得空，明日来我办公室详谈如何？”

他连忙应了声，目光却不由在场中搜寻，最终在走廊拐弯处看见了她一闪而过的纤细身影。

4

酒会结束的时候外面还在下着雨，宛青喝了酒不能开车，正站在门口想着要去哪里借把伞，忽然有人喊了她一声。回过头，是刚才认识的某位青年企业家。

“楼小姐怎么一个人站在这儿，我送你回家吧？”

他是个英俊的青年，但眼睛里赤裸裸的侵略目光让宛青很不喜欢：“谢谢陆先生，不过不用了。”

“楼小姐千万别客气，咱们也算一见如故，朋友之间帮忙是应该的呀。”他丝毫不理会宛青的拒绝，伞一撑就遮住了她的头顶，“快上车吧。”

宛青暗自皱眉，正愁怎么拒绝时视野中多了一把黑伞。伞彻底撑开举起后，露出一张冷毅的面孔。

“陆先生，真的很抱歉了，我要和我朋友一起走。”她得体地笑了笑，然后径直躲进了林诣阳的伞底，手顺势挽住他，“我们走吧。”

臂上的手白皙软腻，林诣阳的视线顺着往上，最终落在那张娇美的面容上。

虽然只说过两次话，但林诣阳却对她印象很深。她一有时间就来游泳馆看孩子们上课，每次总是安安静静地坐在池边，唇边笑意浅淡温暖。

他下意识地关注她的一举一动。她是个很温柔的女孩，和孩子们说话的时候轻声细语的。那双乌黑的眼睛永远明亮，里面没有任何恶意，当她看着你的时候，你只会觉得莫名的安宁。

而就在刚才，她还帮了他。

林诣阳很快回神，抬头看了眼不远处的男人，然后把伞往她的方向微倾，道：“好。”

……

走出很远，宛青才松开手，脸上也不知是喝了酒还是害羞的缘故微微泛着红晕。

“抱歉，刚才谢谢你。”

林诣阳抿了抿唇：“不客气，是我要谢谢你，陈总对我的企划案很感兴趣。”

“我其实也没做什么，陈总是个看能力的人。”

“嗯。”

话题止住，两人无言地走在路上，雨水打在伞上“滴滴答答”地响，气氛稍显沉闷。

一直到地铁站，林诣阳才问：“楼小姐去哪里？”

宛青说了一个站名，他点点头："我送你回去。"

"啊？"宛青诧异地看了他一眼。

"太晚了，不安全。"他不自在地撇开头，黑发下的耳朵微微发红，"而且顺路。"

也不知是不是他的反应太好玩了，宛青脸上笑意更深："谢谢。"

时间有些晚了，地铁站的人流量虽然不及高峰期，但车厢里也已经没了座位。

宛青抓着扶手，余光里看见林诣阳站得笔直，空着的左手放在腿边，就和部队里站军姿一般。这个男人还保留着部队给予他的习惯，或许再也回不去当初的生活了，可是他却用生活中的小举动默默表达着对曾经的不舍。

明亮如白昼的车厢里，宛青忽然想，如果自己失去了一条腿，是不是连生活的勇气都没有了呢？

5

林诣阳一路把宛青送到公寓楼下，黑色的西装已经湿了一半。

"上去吧，我走了。"

然而一只手却一把拉住了他，回头，宛青正站在楼道最边缘，皱着眉。

"你是不是伤口痛？去我家处理下吧。"她看着他那半湿的西装，还有苍白的脸，想，虽是盛夏，但毕竟是晚上又下着雨，气温难免偏低，他身上的是硬伤，受了凉难保不会复发。

"不……"

拒绝的话还未出口，她就已经用力将他拖进了楼道："跟我上楼。"

别看宛青平日里文文静静的，可好歹做了几年的医生，对不服从医嘱的病人少不了板起脸来训。一时间林诣阳都愣了，连反抗都忘了就跟着她进了公寓。

柔和昏黄的灯火下，宛青的侧脸细白如瓷，林诣阳的眼底都是她的倒影。

残肢处是熟悉的痛，可他却头一次觉得这痛并不是不能忍耐的，那双小小的手仿佛有魔力一般一寸一寸抚平那些疼痛。

他不是个情绪外露的人，数年的部队生活让他学会了忍耐和坚毅。哪怕知道自己失去了一条腿的那一刻，他虽痛苦却也从未在人前示弱。作为男人，身上扛着的是责任，又怎么能被伤病打倒呢。

只有他自己知道，那些陌生人同情悲悯的目光，父母小心翼翼的照顾，未婚妻离开前一声声的“对不起”，比少了一条腿更让他不能接受。

他的字典里从未有过“放弃”二字，但曾奋战在一线的军人又怎么甘心转做文职？于是他提前转业，想要凭着自己的本事在另一个领域奋斗。然而，到底是高估了自己的能力啊，今日酒会里的难堪不就是最好的证明吗？

可是眼底的这个人，以对待平常人的心对待他、帮助他。看见他伤口的时候，眼睛里也没有厌恶和恐惧，而那些，他曾在自己未婚妻的脸上看到过无数次，几乎成为当时压垮他的最后一根稻草。

“谢谢。”

宛青抬头笑了下：“我是医生，不用客气，”她站起来，去浴室兑了盆热水出来，又道，“脱衣服。”

“……什么？”

“你左手也有伤吧？”她分明看见他的手不自然地垂着，见他没有动作干脆自己动手，一边小声嘟囔，“你紧张什么，我还能吃了你啊。”

林诣阳身子僵得不行，若不是脸上皮肤黑，那些红晕几乎要遮不住了。

热毛巾敷上手臂的瞬间，他深深抽了一口气。左手虽然保住但也受了不轻的伤，一到阴雨天就酸痛难忍。

“你的伤虽然痊愈了，但也要注意保养，要是遇上这样的雨天就尽量别出门了，然后记得热敷……”宛青仔仔细细地嘱咐，没有发现他的眸色越来越软。

6

宛青和林诣阳的交情算是在那一夜之后建立的。

林诣阳忙着创业的事，但百忙中不忘抽身去游泳馆教导孩子，每次碰上宛青都笑着聊几句，偶尔还会一起去吃个饭。

熟悉了之后，宛青常约了他去万春江边喝咖啡，然后有一搭没一搭地说着科室里发生的一些事。每次这个时候，他总是安安静静地听着，有时候也插几句话。

宛青会在每个下雨天默默地赶到他家替他的伤处热敷按摩，任他说了多少次“不用麻烦了”，却依旧我行我素。

她的心思如此明显，最后连梁老师和孩子们都看出了端倪。

“林诣阳，我喜欢你，我们在一起好不好？”

问出这句话的时候是在一个没有月亮的夜晚，宛青突然转了话题，成功地看见对面的男人愣住的表情。

其实宛青也不知道自己是从什么时候喜欢上林诣阳的，她记得相遇以来的每一个细节，可印象最深刻的却是那次酒会上他孤直、瘦削的背影。那个场景一次次在脑海中重现，一次次让她感到心疼。那一刻她就知道，她爱他。

这个男人即便失去了身体的一部分，也依旧让人觉得安全和可靠。她想陪在他身边，小心地抚平那坚不可摧的外表下的小脆弱。

夜空里朗月不在，只有繁星点点。

周围气氛热闹，林诣阳的心里却忽冷忽热的。

有一种痛自胸口蔓延渐渐聚集到左腿上，那不是平日里的疼痛，而是来自内心深处，那是从自卑和懦弱中涌出来的绝望。

“不好。”他听见自己的声音平静得没有一丝起伏。

过了很久很久，久到对面的人已经离开，久到桌上的咖啡已经冷透，他才慢慢回过神。

夜风里，宛青最后说的那句话似乎还未消散：“你是不喜欢我还是不敢喜欢我？林诣阳，我不会放弃的。如果输给别人我心服口服，但如果是输给你的心结，那我不甘心。”

是啊，她是那样聪慧，早就看穿了自己所谓的强大之下那不堪一击的脆弱。

她不知道他并不喜欢喝咖啡，也不喜欢坐在人多的江边，可是每每看到她的微笑，他就觉得什么都不重要了。

胸腔里跳动的那颗心又不是石头做的，怎么会无动于衷呢，他爱她，从来不比她少。只是她那样好，而他却是个残废。

7

宛青从来不是一个轻易放弃的人，她虽然外表娇弱，但骨子里的倔强却不是一般人比得了的。

那夜之后，她还是同以往一样，去游泳馆看林诣阳上课，也会在每个下雨天固执地去他家。哪怕对方明显躲着她也毫不在意，只说了句“你就算是块石头我也会把你焐热。”这个男人，她楼宛青要定了，不管是一个月、一年，还是十年，她都愿意等。

……

又是一个雨天，电视机里传来播报新闻的声音。林诣阳坐在沙发上，看的却是窗外瓢泼的大雨。左手和左腿都在隐隐泛疼，而往常那早该响起的门铃声今日却迟迟没有动静。

被挂念的宛青在医院走廊里遇上了多年未见的叶东旭。明亮的灯光里那张面容一如当年的俊逸，白色衬衫穿在他身上总有一种特别的气质。

在感情上，宛青是一个固执的人，遇上林诣阳之前的岁月里，她只爱过一个男人，爱了整整八年。那个人就是叶东旭。

“叶大哥。”

她听见自己的嗓音喑哑，这一声仿佛跨越了整个少年时代。那时他是军队大院里的名人，而她是邻家妹妹。他送她上学、带她回家，在她每次做错题目的时候无奈地骂她“笨蛋”，在和女朋友吵架的时候会来请教她怎么哄女孩。

叶东旭也被这一声“叶大哥”叫得有些恍惚，从自己不顾父母反对出国后，他们已很多年不见了。他离开的那一年她只有21岁，机场里，她红着眼睛，也像如今这样叫他，她说：“叶大哥，你要幸福。”

“过得好吗？”他问。

“嗯，挺好的，叶大哥呢？和顾晨师姐结婚了吗？”

那些年的记忆因为叶东旭的出现而渐渐清晰，那个时候顾晨师姐为了梦想执意出国。他日日喝得烂醉，有一天他一身酒气地出现，一上来就说：“宛宛，你喜欢我对吧？那我们在一起吧。”

那句话之后宛青哭了，爱了他多年，她从未觉得委屈和辛苦，可是那一刻是真的难过。她骨子里的骄傲怎么会允许自己在他情伤时趁虚而入，而他又把她当成什么了呢？

“我们……早就分手了。”叶东旭苦涩地笑了下。自己当初放弃了一切去挽回的爱情，却还是比不上那人的梦想。

宛青忽然不知道说什么。气氛尴尬间，忽然有缓慢的机械声传来。她猛地回头，就见拐弯处慢慢走出来一个人。

“林诣阳！谁让你下雨天出来的！”

林诣阳还未反应过来宛青就已经到了面前，在她身后有个样貌不凡的男人一脸复杂地看着他们。

“不是告诉你下雨天在家待着的吗？外面雨那么大，你身上都湿了，伤口疼怎么办？”

林诣阳安静地听她教训完，这才举着伞递给她：“你的车不是送修了吗？应该没带伞吧？”

宛青愣住，然后忽然仰头看着他，笑了。

……

叶东旭看着楼下渐渐模糊的黑伞，那把伞下是宛青和那个男人，就在刚才她说：“叶大哥，我男朋友来接我了，我先走了。”

她目光里的温柔和爱恋，他曾无数次见到过，而那个时候她爱着的是他。

在和顾晨的感情里跌跌撞撞多年，终于知道最好的女孩一直就在身边，可是他想回头的时候，她却已经不愿再等了。

“宛宛，对不起，祝你幸福。”

8

淅淅沥沥的大雨中，林诣阳忽然揽住宛青的肩膀，本就倾斜的伞又偏了几分。

宛青转头看着肩膀上的那只手：“诣阳，刚才你看到的那个人，我爱了他八年。”

“嗯。”雨声中他的声音很轻，连手上的力度不自觉加重了都毫无所知。

肩胛骨被捏得有些疼，宛青却不在意：“可我想爱你一辈子，你要我等多久我都愿意。”

已经到了地铁站，林诣阳却没收伞，一把将她压在了墙上，黑伞一遮，挡住了其他人的视线。

“不要喜欢我，”他避开她的眼睛，哑着嗓子说，“我配不上你。你能遇到更好的，他们会有完整的身体，他们可以保护你，可我却连牵着你奔跑的能力都没有。”

宛青什么也没说，忽然搂住他的脖子踮起脚尖亲了他一下。这个吻蜻蜓点水一般，他却愣住了，晃神中只听见她固执的声音：“林诣阳，我就是要喜欢你。”

林诣阳是个内敛的人，可是宛青的步步紧逼让他毫无招架之力。他本就爱她，终究也没忍住那颗想要靠近她的心。

正要离开桎梏的宛青被一把拖回，然后他的唇就压了上来。动作轻柔但又不容抗拒，他呼吸急促，压抑着某种要破土的情绪：“宛宛，你怎么这么傻。”

宛青有些腿软，伸手抱住他的腰：“对我来说你就是最好的。”

在一起之后的生活似乎还是和原先一样，除了同事偶尔善意的调侃，自然也会有人对她的选择感到奇怪，可是别人怎么想与她何干。

医生似乎常会碰上不讲理的病患家属，宛青第一次直面医闹是在和林诣阳交往的一个月后。

“妈，我这个周末把你的准女婿带回家……”那时她正和母亲大人交代自己的情感问题，话还未说完忽然听到剧烈的吵闹声。

开门出去一看，原来是同科室的一位男医生遇到了医闹。病人家属个个人高马大，手里都拎着家伙，场面混乱得不行，在场的医生护士都上前帮忙。

宛青急急挂了电话，抬头就看见病人家属挥着木棍朝那男医生劈头打下来。她心里一慌，下意识地上前拦了那人一下，那人却不管不顾的，一见有人坏事，棍子立刻调转了方向。

头顶上的木棍眼看就要挥下，宛青一时也忘了反应，直到有人猛地抱着她转了个身，骨头断裂的声音伴随着闷哼重重地击在她胸口。

鼻尖是熟悉的气息，恍惚中她听见了警车呼啸和逃窜跑动的声音。

林诣阳的左手受过伤，病患家属那一棍子直接让他的胳膊骨折了。左腿断肢也因为剧烈的跑动而受了损伤，起码在短期内不能再佩戴假肢。

手术结束后麻醉剂还没退，林诣阳脸色苍白地躺在病床上，哪怕是昏睡着，眉头也皱着。他一定很疼，宛青这样想着，脑子里还是蒙的，心口隐隐地发疼，医生的话还在耳畔：“宛青，他以前受伤不轻啊，好在这次情况不算严重，要是之后再骨折恐怕左手也得废了。”

“诣阳……”她趴在他身上忽然就泣不成声了。

他已经没了一条腿，今天为了她差点又失去了一只手。

楼妈妈惊闻医闹事故赶到医院的时候，就看见自己那从不轻易落泪的女儿倒在一个男人怀里失声痛哭。

而她也终于知道，女儿说的准女婿是谁了，然后她清楚地看见被子下原本左腿的位置是扁平无物的。

9

林诣阳不见了。

宛青茫然地看着空空荡荡的病房，护士小姐看着她陡然变了的脸色小声地解释：“他今天早上执意要出院，我们拦都拦不住。”

后来她又去了他家，房东说他已经结清房租离开了。游泳馆里也没有他的消息……林诣阳就像是在这座城市里消失了。

他在躲她，出了院，换了手机号码，换了房子……彻彻底底地要离开她，可是，为什么呢？

疲惫地回到家，楼妈妈刚做完晚餐：“宛宛回来啦？先洗洗手吧，你爸爸今天也回家吃饭。”她端着菜出了厨房，“脸色怎么这么难看啊？是不是病了？对啦，东旭回来了，你们要不要约个时间吃个饭什么的，你也老大不小了，该找个对象了。”

宛青忽然怔住，像是在看陌生人一般看着自己的母亲：“妈，之前我说要带你准女婿回家，你不是还很高兴吗，现在怎么不提了呢？”

楼妈妈瞬间变了脸色，尴尬得说不出话来。

“你见过他了是吧？你对他说什么了？”林诣阳消失了，她心底的害怕和难过在这一刻彻底破口，“妈，我努力了很久才让他没有顾忌地和我在一起。你怎么可以这样！你到底对他说了什么！”

“宛宛，妈妈是为了你好，他是个残疾人啊，他能给你什么？”

“残疾人”三个字像是一根刺狠狠地扎疼了她，林诣阳在听到母亲那些话的时候又会有多痛？

“妈！不许你这样说他！”

这时，门忽然开了，楼爸爸一身绿色的军装，皱着眉站在门口：“你们在吵什么？”

“……”

了解了来龙去脉，楼爸爸没有对女儿的选择发表意见，反倒问了一句：“林诣阳？他以前是部队里的吧？”

“爸，你认识？”

“那是老子手底下的兵。”楼爸爸点了根烟，“是个不错的军人，本来前途无限，可惜了。”

这一天，宛青知道了林诣阳所有的故事。

2008年那场震惊全国的大地震里，林诣阳所在的部队接到命令在最短的时间里赶赴灾区，他们救出了许多幸存者。后来有一次，林诣阳爬进一处废墟去救一个孩子，可是余震突如其来，危急关头他猛地扑在了孩子身上，砸下的楼板压住了他左半边身体。

等外面的人扒开砖石的时候，孩子已经呼吸微弱，而他身上的厚重楼板却怎么也搬不开，众人抬了半天，他的左腿还是出不来。为了保住孩子的命，他说：“锯了吧”，那条腿受到重压的确是废了，但还不到要截肢的程度，他却没有一丝犹豫地选择了用放弃一条腿来换一个孩子的性命。

那一刻，在场所有人都哭了。医生锯腿的时候几乎要控制不住情绪，他却还强忍着剧痛哄着身下的孩子，一遍一遍地说着“别放弃”。

楼妈妈乍然听到这样的事也呆住了：“我，我只是怕宛宛受委屈……也没说他什么，我也没想到他会直接离开。”

手背胡乱地在脸上一抹，宛青郑重地告诉父母：“爸，妈，我不是孩子了，我知道自己要的是什么，这辈子除了林诣阳我谁都不要。”

10

一幢老旧的写字楼里，有一间名为“World”的公司。

而此时，在这间公司杂乱陈旧的办公室里，林诣阳正坐在椅子上出神。窗外也不知什么时候下起了雨，天色阴沉沉的。

他的思绪飘得有些远，想起了陈总因为对企划书里的某些细节有不同意见而拒绝了投资，也想起了前些天出现在病房中的那个人，其实不用介绍他就认得她，那是他原本所在部队楼师长的夫人。

而她竟然是宛青的母亲。

从一开始就是他配不上宛青，她有着完美的家世，有着善良的心地。她漂亮年轻，她的丈夫不该是个残疾人。

所以，他还是输给了自己，他怎么忍心她受到父母的为难、朋友的轻视呢？

宛青按照从陈总那里拿到的地址找到林诣阳的时候，他正在抽烟，朦胧的烟雾里，刚毅俊气的面容若隐若现。

看到她突然出现，脸上闪过错愕、悲痛和无奈的神色，然后快速地掐灭了烟头，低声地叹息："宛宛，你……怎么来了？"

"诣阳，我可以忍受你不要我，可我不能忍受你永远不再出现。"宛青走到他身边蹲下来，把头轻轻地靠在他的腿上。他伤还未好，并没有佩戴假肢，宛青的这个动作让他浑身一僵。

"我辞职了，你公司招不招人呢？我不要工资的，你说是不是很划算？"她仰头看着他，"我虽然学医，但其他的事也可以做的。"

林诣阳的心狠狠地一软，又是心疼又是好笑："胡说什么呢，不要闹了。"

"我说的是真的，从今天开始我就是无业游民了，你就收留我吧，好不好？"

"宛宛……"他喉咙发涩，几乎要说不出话来，一把将她拉起来抱进怀里，"你要我拿你怎么办才好？"

你这样坚持，我还怎么躲？怎么舍得自己的懦弱伤害到你？

11

在多年以后，“World”成了每个手机用户必备的软件，它强大的资源共享功能，为无数人提供了便利。

而它的创始人林诣阳一跃成为新一代青年企业家的代表人物，他的经历激励着无数人。

这一天，林诣阳和宛青结婚的消息刊登在各大媒体上，婚礼现场来了不少记者。

梦幻般的会场里，内敛保守的男人终于当着所有宾客的面说出了“爱”这个字眼。

他的声音随着话筒飘落到现场的每一个角落：“……我如今所有的成就都要归功于我的妻子，是她让我知道，哪怕失去了一条腿，也不代表着我的人生会残缺。只要努力，我的腿、我的脊背依旧可以比任何人都挺得直。”

他转头，宛青就站在身边，一袭雪白的婚纱，美丽的脸上带着微笑：“宛宛，谢谢你在我懦弱的时候从未放弃，我将用余生所有的爱去保护你，呵护你。”

番外

某天，心血来潮的宛青缠着自家老公非要学游泳。

林诣阳自结婚以来一向是十佳好男人的代表，老婆的话从来没有反驳过，当天就推了工作带着宛青去了游泳馆。

奈何宛青能背下厚厚的医学书，也能管好偌大的公司，就是偏偏没有学习游泳的天赋。

在无数次尝试都失败后，林诣阳终于委婉地表示希望老婆大人放弃学游泳的念头。

宛青这些年被林诣阳捧在手心里宠，脾气日益见长——连楼妈妈都时常因为女儿的任性表示委屈女婿了——现在一听不让她学了，当下就不高兴了，嘟着嘴可怜巴巴地问：“你是不是觉得我笨啊？我就知道你不爱我了。”

这都哪儿跟哪儿啊……

林诣阳看着挂在自己脖子上不肯放手的宛青简直欲哭无泪，憋了半晌说出了二人自认识以来最污的一句话：“那你离我远点，你这样抱着，我会忍不住的。”

宛青愣了好一会儿才后知后觉地明白了其中的深意，也终于发现了自家老公不自然的某个部位，顿时脸颊爆红……

“色胚！”

爱后余生

作者：七忆欢

1

我来到这座城市只为了寻找一个叫惠子的女人，那个让我老公心系十年的女人。

我花了两年的时间搜寻关于这个女人的蛛丝马迹，但我能知道的只是她的居住地和名字而已。不是因为老公掩藏得深，而是有关她的一切他也再没机会了解。

我都快要四十岁的人了，原本是不该这么折腾的。可是我真的不希望我的生活悉数被家庭、被婚姻磨砺成沙土，死死地黏在我的每一寸皮肤上。

我是一名老师，我身上肩负着教书育人的责任，可是这样失败的我除了教给学生们书本上的知识，不知道还能教给学生们什么。

那一天，几名同学在走廊里说悄悄话恰巧被我听见。“她性情这么暴躁，不会是离婚了吧？”另一名同学说：“嗯嗯，她就是更年期提前。”

这样的对话像是冰冷的刀剑一样瞬时插满了我的全身，我很努力地作平静状，走过他们身边，故意无视他们的惊慌失措。

没有责怪他们，责怪什么呢？连我自己都知道，我以前不是现在这个样子的。而且，让别人闭嘴的最好办法不是解释，而是用行动证明。改变我学生看法的，是需要我做得更好，不用理由，用事实。

下午放学后，我走在人群里，看见我的学生们脱掉了校服搭在肩膀上，把双肩包背在一侧肩膀上，怀里还抱着一个篮球。我在心里默默地跟他们说道：年轻真好，年轻还有无限可能，你们一定要选择自己想要的那种人生。

打电话让司机不要来接我了，然后一个人在路上随意地走着。两边的商店依旧生意兴隆，打扮俊俏的小姑娘挽着小伙子的手臂，在蜗牛般蠕动的车流间像鱼儿一般飞快地游走，很快便到了公路的那一头。

其实我很恋家，但回家的脚步一次比一次踟蹰，我只是在怀疑那个华丽的大房子究竟是不是我的家。

我的公公、婆婆，我的老公、女儿。和身为人民教师的我，同住在那个大房子里。结婚以来，我温柔贤惠，默默付出，把我称作贤妻良母真的是一点都不夸张。下意识地抚摸正环抱着自己的手臂，那皮肤明明光滑如初，却怎么觉得千疮百孔？

我和公公婆婆的关系一直不好，说来也是笑话，他们到如今还嫌我当初生了个女娃。老公不用说，终日忙着他的事业，总有没完没了的应酬，时而拉着我，许是因为身为教师的我让他有面子。

自古以来的商人莫非都是如此，总想要和文化扯点关系？起初我怎么那么天真，以为他是真的爱我？

现在的我将近四十岁，可我依然需要爱啊，只是那份企盼逐年褪色，变成华丽屋子里的锅碗瓢盆，瓷质，顷刻便摔得面目全非。

2

那天，我继续一个人向前走着，看着这座华灯初上的城市，看着混乱不堪的交通和灯红酒绿的浮华，但我没想到，我竟然和我的老公在大马路上不期而遇。

只是我的目光放在了他怀里的那个年轻女子身上，面容姣好，酥胸半露，这还是我第一次正面与他的情人们交锋。

反观我，一身最朴素的棉麻衣服，一个布包，年龄、身材、容貌……好像都跟那个女人差了一大截，但我有自己的职业，我能自己养活自己，而那样的一个女人，她养不活自己。她依附于男人身上，以满足自己孱弱的虚荣。

我依然理解她们，都是为了生存。

那日老公回家竟破天荒地跟我解释："你别在意，都是为了应酬。"

"嗯嗯，我知道，你快休息吧，我要备课了。"

他还不死心地企图说些什么，却被我硬生生地关在了书房门外。

男人就是这个样子，无论他再怎么花天酒地，他都希望自己的家庭看起来美满幸福，维系一个好的家庭表象，对他来说是件事半功倍的事情。他要刻画一个成熟、有责任心的男人形象。

可是对于我来说，岂不是太残忍了吗？

婆婆一直在书房门口替他儿子说话，话里话外嫌我这个做妻子的不懂事，不支持他的事业，耍小孩子脾气。可是，做错的明明是他啊！

婆婆竟然又提起让我再给他生个儿子，可是一想到他抱过别的女人再来碰我，我就觉得恶心，这……还怎么生孩子？

我步履不稳地走到书桌前，开了台灯，却两眼茫然不知道该看向何处，一如我不知道要作何选择，因为我的女儿还小。

为了孩子，这也会成为我无限期容忍下去的理由。

3

惠子是我老公的初恋，他们在一起十年，和我们结婚的时间一样长。这十年间，他睡梦时偶尔会喊她的名字。刚开始我与他吵过。

把他逼急的时候，他一脸理所当然地质问我："你有什么不满意的，她不过是住在我心里一个不可能的人而已，我和她这辈子都不会来往了，又不会对你造成什么威胁，我想想怎么了。"

"可是，你是我老公。"

"对啊，我是你老公，我供你吃供你喝，也没委屈了你，你别不识好歹。"

那时的女儿才一岁多，我母亲又在住院，高额的医药费全都是他家拿的，为了这一切的一切，我只能忍受。

那时候很多人羡慕我，嫁了个有钱的老公，可是面对这些虚华的东西，我渴望更多的是爱。在那个信息封闭的时代，结婚之前的我又怎么会想象到结婚之后是这样的场景，众人说他好，他便是好了。

相亲没多久，我们就结婚了。所有人都觉得是我高攀了他，而他起初看上我的，或许正是我老实、隐忍的性格。

那个少女时代的我，心里存放着多少希冀啊。可是十年过去了，我就是再凌厉的石头也被磨得浑圆了，只是，这是一个多么疼痛的过程。

前些日子没收了学生的一本小说，饶雪漫的《沙漏》，闲来无事我便翻了翻，盯着沙漏两个字，我竟觉得用这个词来描述我的婚姻生活非常合适。

沙漏中的细沙都要不断缩紧自己的腰身才能通过那个窄窄的通道，看起来顺利无比，殊不知是多少粒细沙牺牲自己换来的假象，一分一秒，又是多么痛不可言啊。

我不知道老公和惠子当初为什么分手，也不知道惠子现在有没有结婚，更不知道她现在是什么样子。

可是我想去看看她，好奇也好，慰藉也罢，让我暂且放下责任和使命，让我破釜沉舟地疯狂一次，总比一直这样无可奈何地软弱要好。

我谎称寒假去外省学习交流，老公有些不乐意，他向来都是不愿意我出门的，以便我可以随叫随到。而且临近过年，他要维系他的生意，送送礼聚聚餐什么的，他一般会带我出席，炫耀他完美的婚姻和贤惠的妻子，当然更烘托他自己。

4

出发前，我去换了个发型，把头发散下来，发梢烫了个卷，乍一看竟也年轻了不少，毕竟教师不是什么风吹雨淋的职业，作息也算规律，所以这些年皮肤保护得也算好。

而且，我的皮肤天生偏白一些，倒也不显老，只是一个人拖着行李箱出来，还真是不习惯，尤其是走下飞机舷梯的那一刻，觉得像是在做梦。

我身穿一件黑色风衣，一双黑色皮靴，拉着一个棕色皮箱，路过街边商场外玻璃的时候，隐约看见的是一个新时代独立女性，而不是一个被十年婚姻折磨的妇女。

我不想再回忆那苦涩、难堪的十年，最近我总是在有意无意地做着粉饰和回避，虽然我知道避无可避，那些眼花缭乱甚至血淋淋的时光还在未来等着我。那我是不是该冷却，该思考，该真正地做出抉择？

办理好酒店手续后，老公竟然打来电话，本想挂断不接，但想了想还是接起来，毕竟还是夫妻。他问我到了没。我说到了。他说好，自己好好保重，有事给他打电话。

都现在了，哪还有什么感动，挂掉电话也不痛不痒，生活渐渐地成了一种义务，一种不愿意履行，却又不得不履行的义务。

收拾好行李后，我一个人在陌生城市的街道上漫无目的地走着，茫茫天地之间，仿若一叶孤舟，无边无际无着落，现在的我深切感受到，身边若能添一个可以谈心的人多么重要，那样便不会像此刻的我这般孤独面对，赤裸前进。

这座城市与无数座城市一样，有些街道干净整洁，繁华热闹，有些街道却狭窄肮脏，破败不堪，有人曾形象地比喻一些城市为镶着金边的马桶，想来也并非全无道理。

比如我现在正在走的这个地方，地上就遍布垃圾，还有绿色的啤酒瓶碎玻璃，让我走路时不得不更加小心翼翼，井沿上泛着亮亮的污水，是刺鼻的下水道的味道，油腻腻的。

好在这段路并不长，过了这段路，城市又重新干净整洁了。

5

我继续走着，眼睛不停地看着周边的商店，在陌生城市里，连商店名称都觉得有意思。要不怎么都说熟悉的地方没有风景呢。

不远处竟有一家惠子书屋，我定了定目光，确定我没有看错，黑底白字，清晰明了又带着一点复古的味道。

我的心跳猛然间加快了好几倍。

门口处挂有一个铃铛，我推门时，它发出清脆的声响。意料之外，屋内并没有整排的书架，也没有密密麻麻成堆摆放的书籍，而是一些造型独特、颜色赏心悦目的桌椅，稀稀拉拉地坐了一些人。

屋内的三面墙壁全都做成了书架样式，我走进去，倒真是有种被书包围的感觉。一个女人在其中一面墙壁上整理着书籍，听见声响侧头看了看我，说道："你来了。"

我吓一跳，以为她认识我，后来一想，这不过是卖家的惯用语。

我朝她点头，微微一笑。

她身上披着一个棕色的披肩，配有好看的流苏。她年纪应该与我差不多大，但看起来倒是比我年轻一些。

仅仅跟她在外貌上对比，我就知道自己差了一大截，而且看起来她比我更有气质和文化内涵。

我装模作样地找起书来，沿着墙壁一点点慢慢地走，偶然碰见名字感兴趣的书就停下来翻翻，但心思全然不在书上。

屋内的温度有些高，身上的大衣穿不住了，她收拾到我这边的时候，小声提醒我说："可以把大衣脱下来。"

她从内而外的淡定和平和连我都忍不住赞赏，并产生想亲近之感。她不是那种令人惊艳的美丽女人，但却是个让人心动的女人，即便她已经快要四十岁了，却仍然有这样的魅力，或者说，这样的魅力与日俱增。

她或许就是我老公的旧情人，但是说实话我一点都不厌恶她。

"若是有书找不到，可以问我。"

"嗯，好，你快忙吧。"

"不忙。"

自然到不能再自然的对话，像是两个相识了许久的友人。我恍神间，有个男人走到她的旁边说："我上课去了，晚上见。"然后亲昵地亲了亲她的脸颊，丝毫不忌讳屋内其他人的存在。

倒是我这个外人有些不自在。她也没解释，只是冲我笑笑，然后又自顾自地整理起那些书籍。

6

我随便买了几本书，然后问她，可以在这看会儿吗，她说当然可以啊，然后问我要不要喝点什么。

“红茶吧。”我随口答道。

她不紧不慢地为我倒着茶水，我看着她恬静的脸庞，虽不年轻，却透着安详。如果说她是我老公心心念念的那个女人，那我真的会心服口服。

我主动开口向她说：“我是第一次来这座城市，为了等一个人，但这期间我也没地儿可以去，我可以常来这儿吗？”

她抬起头冲着我笑：“当然可以啊。”

在这之后，我把酒店换到了离她店面不远的一家，名正言顺地成为她那里的常客。许是年纪相仿，我和她倒也有共同话题。

从衣饰聊到化妆品，从书籍聊到音乐，凡是可以聊的统统在我们聊天范围之内。

她比我想象中的还要健谈一些。

她喜欢穿披肩一类松垮的服饰，舒适而又随意，慵懒中透着一份独特，她与我聊天时喜欢把身体斜靠在椅子里，双腿微微重叠，散发着十足的女人味。

她说经营这家书屋并不追求赢利，更像是给自己建造一个小屋，她和爱人就住在楼上，而来来往往的顾客，都是她想要诚心接待的客人。

她问起我的职业，我说你要不要猜猜。

“莫非是老师？”

“哈，你怎么知道？”我微微地有些惊讶，惊讶她竟然猜得如此之准。

她笑了："因为有时候吧，你聊天时也会有轻微的说教意味。"

再往下聊，恐怕要谈及我的生活了，我有些犹豫该不该跟她说实话——原是不该，但她对我却真诚一些。

想了想还是简略些说吧，我只提及有个女儿，婚姻生活不怎么幸福。她是明理的人，倒也没再多问。

我说我真羡慕你，她只是笑，过了许久才说："人就是这样啊，总是在羡慕除了自己以外的人，我还羡慕你呢。"

"我有什么好羡慕的。"说这句话的时候我心里狐疑极了，我明明从头至尾都写着一个大大的失败。

她还是笑，没再说话。

又一日，她送了我一条披肩，仍是她喜爱的棕色，我没披惯披肩，所以它总是掉，我用手在胸前握紧它柔软的布料，看着它在我掌心泛起小小的褶皱。

"嘿，披肩不是用来抓的。"她好笑地看着我，然后无奈地摇摇头，起身去给我找别针。为我整理好披肩后，满意地笑了笑，像是在欣赏一件她独创的艺术品。

7

在这里的生活极舒适，没有争吵也没有烦心的事。

那座华丽的大房子，那些房子里我不愿意看见的人，已经离我好远好远了。

时间对我来说，突然变得可长可短，好像连指针划过钟表的快慢都在我的掌控之内，而我的记忆也因为愉悦变得深刻起来。

女儿每晚准时来电话，她在别的省市参加一个培训，每天都有新鲜的见闻，但她好多事情是在重复地说，我可以想象她兴高采烈的小脸。

每每在通话末尾，小声嘟囔一句："妈妈，我想你了。"

"嗯，妈妈也想你。"

老公偶尔也会打来电话，但都是问我什么时候回去，他的询问倒不是因为真的想我了，而是想我陪他一起去送礼了。

"想什么呢？"惠子轻拍了一下我的肩膀，突然出现在我身后。

"没想什么啊，我就是觉得现在的生活挺好的，跟做梦似的。"

"现在的生活就好啦？那你之前的生活得糟糕成什么样。"

我冲她我耸耸肩，她随即又说："他今天没课，让他看着这儿，我们去泡温泉吧。"

"好啊。"没想到，两个四十岁的老女人还有这么好的兴致。

人和人的关系其实挺神奇。有时候，你认识才三五天的人，比你已经认识几年的人，都让人觉得熟悉和安心。

我和惠子就是这样，有些话一点就通，比如她一针见血地指出，"你其实是在逃避让你失望的婚姻，不过亲爱的，你终究要回去面对的。"

那时的我们已经脱光了衣服，泡在温和的水里。水面上浅浅的金，深深的绿，隐隐约约地动。

惠子的身材保持得很好，脱光衣服的她显得更美了。只是她的左手臂上有一条长长的伤疤，像一条盘旋的大龙，看得我触目惊心。

她察觉到了我的目光，然后大大方方地擎起胳膊来给我看："十岁那年的大火烧的，那年我失去了父母。"

她的语气太过于轻描淡写，以至让我怀疑那究竟是不是她的经历。我没再说话，她倒笑了起来："都过去这么久啦，感觉像是上个世纪的事呢。"

她的经历或许比我想象的还要丰富，虽然我还想问一句，你跟我老公是何时遇见又是为何分开，但她若不主动说，我发现自己无论如何也问不出口。

我的目光还是会下意识地触及她的伤疤，那伤疤丑陋、不堪，我却觉得美丽。世界上不会有完美的事物，但缺憾有时候却是另一种完美。

她一边玩着水，一边不紧不慢地开口跟我说："我前三十几年的人生啊一直都是为了生存，你说我作为一个孤儿生存得多么艰难，最难的那次我卖了身。他虽然跟我上了床，但他是极度厌恶我的，那样的一种眼神我现在还记得。可是在这个世界上，你凭什么瞧不起别人呢？每个人都需要活下去啊。"

我静静地听着她说的一切，那些恍如隔世的记忆在她的脑海里姗姗来迟，不知道对她还有没有肆虐的威力。我看着她下颚和颈部的线条柔软而又动人，屋内的光线有些暗，潮湿的水汽弥漫在整个屋子里。

"你现在很好。"

"可是我现在已然没有了生育的能力，你知道爱一个人多希望给他生个孩子。"屋内的灯光又暗了些，打扫卫生的阿姨不小心从小车里掉出了东西，发出的响声仿若灵魂落地的声音。

而我和她的对白突然变得冗长，她虽然依旧是一脸的安详，可是我隐约看见她的眼睛，宛如两颗宝石，虽被精心雕刻，却散神于天际。

8

泡完温泉后，我一个人回到了酒店，心里说不出是什么感觉。我想起我这么多年走过的路，经历过的种种，那些时光具化的记忆，年少时的期盼和憧憬，后来的矫情和不堪，以及此刻的渐渐平和与希望，总会成为再也无法重来的过去。

恨也好，爱也罢，都会这样不疾不徐地过去。

在惠子面前，我也能心平气和地讲出我不那么幸福的婚姻了。可是我知道，就算我与她讲再多，她与我说再多，自是无用。路和风景都是自己亲自去看的，一切的一切都是冷暖自知。

但我发现，我更加欣赏惠子了——一个知道生活真相却依然热爱生活的人。

时间过得真快，还有几天就是新年了。以往这个时间都是我最忙的时候，忙里忙外，却每每做不到公公婆婆心里去。

而现在，呵，真是清闲。

我翻了翻手头的书，书里谈到了逃避，而逃避是一点用处都没有的。

只有内心真的目视一切却无万物，才真的能做到凡事无所畏惧。身体的离开永远都是短暂的，而内心才是我们抵达的唯一渡口。

不是很理解，枯燥的文字也看不下去了，于是我顺手拿起搭在椅背上的披肩裹在身上，像惠子那般。然后拉开推拉门，走到露天阳台上，将自己置身在寒凉的冬风里，倒不是特别冷。

脑袋一片空白，什么也没想。

过了会儿，门铃突然响了。怀着狐疑去开门，门外站着的竟然是我的老公。

他穿一件大衣，两手空空，像是风尘仆仆地赶来。

“你怎么来了。”我下意识地问道。

“我怎么不能来？”我没请他进来，他却自己进来了，简单地环顾下四周后，站在了客厅中央。

然后一脸好笑地问我：“你不是学习交流吗？学习什么？交流什

么？说来我听听啊。”

我坐在沙发上，漫不经心地给他倒着茶水，也不看他，停顿了一会儿，然后说：“学习什么是生活。”话音刚落，最后一滴水也恰巧进了杯里。

他脱了大衣，坐在我的对面，接过了我递给他的水。

“撇家弃子就是你想要的生活？”他目光犀利地看着我。

我突然想，他在商场上是不是也是这个样子，所以此刻，我是与他谈判的那个人？

我反问他：“你难道不知道我为什么选择离开？”

“那你闹够了吗？我的耐心没有那么多。”他说完后，喝了一口茶水。

“嗯，差不多了，不过走之前我要去见个朋友。”

9

收拾好行李，还没来得及去找惠子，却提前收到了她的信息，她陪她爱人回老家了，她说回来再聚。我回了句好，一路顺风，倒也没跟她说我要回去的事。

老公接过我的行李，问了一句：“怎么带这么多书？”

“看啊，走吧。”然后像以往无数次一样，静静地跟在他身后。

他身材保持得还不错，穿着大衣还算有型，平整的衣服上没有丝毫的褶皱。

可是我心里升起一股巨大的悲哀。一直以来，我想要的不过就是一个拥抱而已。为了这个拥抱，我跟一个男人结婚、生子、变成黄脸婆、忍气吞声，到头来，我还是没能得到那个拥抱。

我现在想要的还是一个拥抱。

回去之后，我有些微微地不适应，总是晃神地想起有惠子的那座城市，想起惠子。我想起惠子教给我的许多。

作为一个女人，首先要自己尊重自己，如果连自我都失去了，那还指望谁？

爱自己。就像惠子那样，当初她的爱人决定和她在一起时，她经历了太多闲言碎语，所有人都觉得像她这样的女人不配得到爱情，不配有爱人。

可是她虽然经历了那么多磨难，以及那么多场和不同男人的性爱，她依然是处女——这里的处女指的是一个完整的女人，坚持做自己的女人，而惠子就是完全属于自己的女人，她不属于任何男人。她是阿芙罗狄忒女神，她值得最好的爱。

我待在她身边的那些天里，有莫名的安心的感觉，我被她接纳和包容，让我觉得我做什么都可以，我做什么都是对的。

我也想像她那样，做一个尊重、爱护自己的女人，只有我爱护自己了，我才值得被爱护，我有我的思想，有我的圈子，我要做我自己。

而这个家，我已决心离开，等女儿再大些。

“你买新衣服了吗？我陪你去买吧。”老公不知道什么时候站在了我的身旁，身穿一身灰色的家居服，我能闻到他家居服上被熨斗熨过后的清爽气味。

“嗯，好啊。”面对他，我变得十分坦然，不再恨不再厌恶。

所以当我们逛商场时，我以为我们一直都是相爱的。如果人生真的可以这样自己制造幻觉，自己相信。

我不是原谅了他，而是觉得，他与我再没关系，我也不想再拿他的斑斑劣迹来惩罚我自己。

10

惠子年后想顺道来我家做客，说带了些特产，我在犹豫到底该不该请她来家里，能不能让她与我老公见面。

都已经过去了十年，所有值得原谅的、不值得原谅的都会被原谅吧，所有值得忘记的不值得忘记的也都会被忘记吧。

“好啊，欢迎你来。”我终是痛痛快快地给了答复。

我们见面那天，她给了我一个大大的拥抱，然后我带着她逛了逛我们的家，她开玩笑道：“没想到你还是有钱人家的太太。”

而她与我老公也在家碰面了。奇怪的是，他俩好像不认识，一切的行为和表现没有丝毫的不自然。

老公甚至还说了一句：“你也叫惠子啊？”

“是啊，我叫李惠子，有点像日本名字哈。”

“哈哈，那些日子多谢你对静怡的照顾了。”

“没有没有，应该的。”他们的对话也找不到丝毫的问题，是他们伪装得好，还是因为真的不认识呢，莫非是重名？

惠子在家中住了一晚，我几次欲开口却又缄默，真假好像真的没那么重要了。

她十分喜欢我的女儿，我想以后有机会可以让小女认她为干妈。

年后，学校有调动的名额，我决定去郊区的一所学校，条件不如市里好，但好在离家不是很近，中午不用回家吃饭了。

我没跟老公商量，而是自己做了决定。晚上，只是用陈述语气跟他说了一句：“年后我调到郊区了。”

“谁给你调的。”

“我自己愿意的。”

“好，既然你喜欢的话。”

破天荒的，他没再说什么，或许他已经隐隐约约察觉到了我的改变。现在的我们互相尊重，看起来比以前更恩爱了，却只有彼此心里清楚，这是场名存实亡的婚姻。

11

又几年，女儿上高中了，住校。

某一晚，她竟在电话里对我说：“妈妈，你和爸爸离婚吧。”

听到之后我讶异了，我和她父亲明明隐藏得很好，她如何知道？

“你说什么呢，我们俩好着呢，离什么婚啊？”

“妈妈，你不用瞒我了，我老早就知道了。我现在长大了，所以你不用替我担心，也不要让我成为你的后顾之忧。这些年你为这个家为了我已经付出太多了，妈妈，我希望你幸福。”

电话那头的女儿说了很多，听到最后我哽咽得不能自已，好像那个总是跟在我身后的小娃娃突然一下子就长大了，我也不知道她怎么明白这么多，更感动她的理解和对我的爱。

和老公离婚的过程拖得很长，他一直不同意，他甚至放言，只要我不离婚，他什么条件都答应我。

我笑着摇摇头说：“我只想离婚。”

婆婆和公公坐在客厅的沙发上，低着头一言不发，两个老人好像一下子又苍老了许多，我别过头去，有些不忍。

后来又一想，算了，反正有的是小姑娘想给他生孩子，我把位子让出来，多好的一件事。

女儿上大学那年我们离婚了。女儿考得不错，上了所重点大学，选择大学的时候，她选择了惠子所在的城市。

那时，惠子已经是她的干妈了。我和她父亲一同送她去上学，她一路上叽叽喳喳说个不停，看起来很兴奋。

我突然就想起来她小时啃西瓜的样子，黑色的瓜子黏在她小小的手背上，满嘴红色的瓜瓤，逗得我开心地笑。

这么多年过去了，女儿长大了，高了，也漂亮了，只是眼神还没有换。我看着她的双眸，明珠般光亮的瞳孔，好像粉色的樱花花瓣一样温柔，为了那双眼睛，我愿意用一生的时间去守护。

一切就这样安定下来，生活再也没什么心事，我决定去山区支教。

女儿每天都会给我打电话，时间不长，但总会打。

那日去山区时，好多人在村头迎接我，我从来没受过如此的重视，孩子们看起来尤为高兴：“我们有老师了，我们有老师了。”他们高兴地嚷嚷着。

条件很差，连桌椅都凑不齐，也没有像样的黑板，我的住所也十分破旧，但我不怕吃苦，尤其是看见孩子们渴望知识的眼神。

他……

还打电话来。现在我们竟像老朋友一般，我絮絮叨叨说了这里的条件，然后又说了一句：“但我在这里挺开心的。”

“好，开心就好。”将近五十岁了，第一次感觉到这种被他无限包容的感觉，像被他真正拥抱一样。

那时我正仰头望着天空，天空很蓝，几朵白云随意挂在天际，偶有飞鸟掠过，轻暖的风梳理着我的发。

我们无论多大年纪，无论身处什么样的环境，用心去生活总是生命里最重要的一环。我们可以没有了好看的容貌，可以没有了细腻的皮肤，但无论什么时候都不能失去自己的心——那颗好好爱自己、爱生活的心。

12

他来看我。带来崭新的桌椅和教学器材，我推开教室门的那一刻，满满的都是惊喜，孩子们都开心地叫他叔叔，然后围在他的身旁。

我也站在他的旁边，围巾被风吹起来，头发一会儿盖了脸，一会儿又遮了额，但我嘴角一直带着笑。

而我在这里，见到了真正的惠子，她是三个孩子的母亲，务农。她老公是藏族人，有满脸的络腮胡，微胖，对惠子和孩子极好。

我们见时，只是互相地笑，心照不宣。所有的回忆、故事、怀念都不如过好当下来得更重要些。

以后，我也许会继续留在这儿，住在这个有院子的小房子里，半亩见方，白粉低墙；也许会回去和他复婚；也许会到女儿生活的那座城市；也许……

谁知道呢，但我知道无论是哪条路都会很不错。

卓季晨，你别那么无赖

作者：竹水流

1

过了二十五岁，杜颜在相亲场上不再无往不利，从前只有她看不上别人的份，哪想到风水轮流转，一连两个男人都嫌她年纪大。若他们自己是二十一二的青葱年纪，杜颜保管吭都不吭一声，可是那两个男人，一个二十六,一个二十九，他们哪来的自信嫌弃别人年纪大?

杜颜气得不轻，自此退出相亲界。

蹉跎到二十八岁，她仍然没嫁出去，杜母急得跟个陀螺似的，不管三七二十一，有人介绍就替她应下来。她找借口推了几个，这一个却无论如何推不过去了。

卓季晨，二十九岁，海归，JK的总经理。

杜颜一听名字挺熟的，再一看照片，更熟了，这不是她初恋小情人吗？当初分手时，她还安慰他来着，说:“像我这种美貌与智慧并存的女生，男朋友要多少有多少。你就不同了，去了美国人生地不熟，又不喜欢洋妞，八成是要打光棍了。咱俩好聚好散，再见还是朋友哈!”

跟初恋情人相亲，是浪漫还是亵渎?

是丢脸。

她甚至可以想象出卓季晨幸灾乐祸的语气:“二十八岁还嫁不出去的美貌与智慧并存的女人，哈哈哈!”

“妈，这人太帅了，没安全感，带得出去带不回来。”临出门前，杜颜还在做最后的挣扎。

杜母白了她一眼：“你以为这是非诚勿扰啊，太帅了灭灯，太丑了也灭灯！有本事你学神笔马良，自个儿画一个，我保证一句话都不说。”

赤裸裸的嘲讽！杜颜在心底挥舞着拳头呐喊，这位一定不是亲妈！

杜颜几乎是被杜母押到餐厅的。多年不见，卓季晨褪去了年少时的青涩和张扬，西装笔挺地坐在那里，面容英俊，气质卓然，一看就是一位大有前途的青年才俊。

介绍人是杜母的牌友，卓季晨姨妈的同学沈阿姨，特别热情地说：“季晨啊，这位就是杜颜小姐。杜颜小姐不仅人长得漂亮，而且还是国内名牌大学的硕士生，简直就是那个什么美貌与智慧并存啊！”

卓季晨的嘴角微不可察地扬了扬。杜颜一脸假笑地看着沈阿姨：“阿姨您谬赞了。”

“瞧瞧，瞧瞧，多谦虚啊！”

卓季晨淡淡一笑，朝杜颜伸出手：“杜小姐，久仰大名。”

“彼此彼此！”杜颜笑得跟朵花儿似的，小手一伸，抓着他的食指摇了几下。

杜母在桌子底下踢了她一脚，小声警告：“矜持点！”

四个人天马行空地聊了一会儿天，沈阿姨对杜母说：“我们两个老的在这边，他们年轻人也聊不开，不如我们就先撤退？”

杜母打蛇随棍上：“也对，那谁谁谁不是约了我们打牌吗？”

拙劣的借口，杜颜都懒得鄙视了。

他们一走，场子就冷了下来。

杜颜默默地喝着咖啡，卓季晨也默默地喝着咖啡。本该荡气回肠的旧恋重逢，偏偏是在俗气的相亲桌上，喝着苦咖啡，相对无言。

咖啡喝多的结果就是要上厕所。

“不好意思，我去趟洗手间。”杜颜温柔一笑。

在厕所里，杜颜发现了一件更严重的事情，她大姨妈提前来了，而且包里没备用卫生巾。她打电话跟杜母求救，生动形象地描述了大姨妈的逆流成河，末了加一句：“你可得快点啊，慢了人家卓季晨对我的印象可就差了。”

挂了电话，她耐心等候，估摸杜母赶过来至少也要半个小时，谁知十分钟不到，她听到外面一陌生女声在叫：“杜颜，谁叫杜颜？”

“这儿，我是杜颜，你是谁啊？”杜颜隔着门问。

那女的说：“你把门开一下，你男朋友让我帮忙给你送卫生巾。”

杜颜懵了，她说的男朋友不是指卓季晨吧？她把门打开一条缝儿，那女的把一个黑色塑料袋塞给她，她难堪地说：“谢谢。”

她打开塑料袋一看，鼻子立马就酸了。从前交往时卓季晨被她逼着买过一次卫生巾，就是这牌子的，没想到这么多年了，他还记得。

她抱着卫生巾伤感了一会儿，杜母打电话过来了，张口就问：“卓季晨给你送卫生巾了吗？”

她火冒三丈，压低声音吼道：“谁让你找他帮忙的啊，合适吗？丢脸死了！”

杜母说：“我这不是想着拉近你们的关系吗？”

2

关系拉没拉近，杜颜就不知道了，她那天整理完就偷偷溜走了，她实在没脸继续面对卓季晨。

隔天在公司食堂吃午饭，她把这事告诉了苏眉安，苏眉安说：“依我看，你这初恋情人八成对你余情未了。就我男朋友，在一起都五年了，还死活不肯帮我买卫生巾，连陪我挑都不肯，你这初恋是朵奇葩。”

杜颜本来就不平静的心池被苏眉安的几句话搅开了，整个下午都在思考卓季晨是不是真的对她余情未了。结果到下班她都没思考出来，反倒是卓季晨打电话找她来了。

“有没有空，一起喝杯咖啡？”卓季晨开门见山地说。

杜颜觉着她必须得端着点：“不好意思，我晚上有点事，不大得空。”

卓季晨说：“我在你公司楼下，你要下班了吧？不喝咖啡也行，把买卫生巾的钱还我就可以了。”

嘎嘎嘎，一排乌鸦从杜颜头顶飞过。她现在非常肯定，卓季晨对她半点余情都没有。刹那间，那些旖旎的想法通通从她脑中飞走了。

从公司大门出来，远远地就瞧见卓季晨靠在他那辆白色的小轿车旁边，杜颜面无表情地走过去：“一共多少钱？”

“十三块六毛。”

“十五块，不用找了。”

“那不行，我从来不占女人的便宜，”卓季晨一本正经地从钱包里找出零钱递给她，“喏，一块四毛钱。”

杜颜恨恨地接过来，也不放进包里，四处张望，看见对面的广场有一个流浪艺人，便走过去，把零钱放在他的帽子里。

卓季晨走过来说：“你回家吗？我顺路，送你。”

杜颜假笑：“谢谢，不用了，我从来不占男人的便宜。”

她乘公交车回家，一开门便看见一个疑似卓季晨背影的男人坐在她家沙发上，低着头不知在看什么。听到声响，他转过头来，冲着她“嫣然一笑”。

杜颜手中的包“啪”一声掉到地上。

“你为什么在我家里？”

“你妈叫我来吃饭的。”

“她为什么要叫你来吃饭？你没饭吃吗？”

卓季晨又是一笑：“大概我长得好看，容易下饭吧。”

我呸！杜颜不屑地哼了一声。

她绕到卓季晨面前，却见茶几上摊着她最宝贝的相册。她身体里的血液“轰”一下全都涌到脸上，仿佛做了什么见不得人的事被当场抓获。

“谁让你随便翻我东西的？”她夺过相册抱在怀里，脸上又红又烫。

卓季晨的声音又柔又轻：“没想到这些照片你还留着。”

“你别误会啊，”杜颜昂起下巴，“我就是懒得丢掉而已。”

杜母握着菜铲从厨房里冲出来：“回来了啊，快帮忙摆碗筷，马上就能吃饭了。”

杜颜恨铁不成钢地瞪着杜母：“妈，你干吗叫这人来吃饭？大家又不熟。”

杜母笑得特暧昧：“哟，还不好意思了，今天要不是我闲着没事替你收拾房间，我还不知道季晨就是你初中时交的男朋友。我就说你那阵子怎么跟个白痴似的，有事没事就在那边傻笑，原来是早恋了。”接着，杜母用菜铲子指了指杜颜，感慨地说，“现在你的小情人回来跟你再续前缘了，你们可真是幸运啊！哎，想当年我跟我的初恋……”

接下来她无比惆怅地回忆了一下自己美好的初恋。

一顿饭吃得味同嚼蜡，偏偏杜母还不停打听他们当年的破事，卓季晨好耐性，一一解答。

“为什么分手？因为父母送我出国留学，分隔两地，不知道未来会怎样，且不想耽误颜颜。”

“她当时初二，我大她一届，在轮滑社认识的。”

“发展到什么程度？这个你得问颜颜。”

……

杜颜越听越烦躁，“啪”一声放下碗筷：“我吃完了，你们慢慢吃。”

甩门进房间，隐隐还听到杜母的笑声：“害羞了！”

3

杜颜记得，卓季晨去美国的那个夏天，比她生命中的任何一个夏天都要炎热。她成天在外头疯玩，晒得跟块黑炭似的。

卓季晨一开始并没有告诉她要去美国念大学，他们都喜欢南京，约好了一起考南京大学。她的成绩不算差，但也不够好，为了这个约定她拼命学习。

然后忽然有一天，卓季晨充满歉意地告诉她，他不能陪她一起考南京大学了，他的父母希望他去外国深造，已经办好了出国手续。

那天离他出发只剩下五天，他一直不知道怎样开口跟她说，痛苦地思考了好些天。

她呆了呆，手脚迅速变凉，可是很快同他微笑着说：“外国的教育是比国内先进，对你前途有好处，伯父伯母思考得很周到。”

隔一会儿又问他：“那我们怎么办？分手？”

他内疚、不舍地看着她，他也不知道怎么办，这种时候任何承诺都是苍白无力的。

就那样分了手。

他走那天，她还去机场送他，一直微笑，为了不让他内疚还一直安慰他。其实应当泪流满面抱着他叫他不要走的，偶像剧中经常这样演，男主角心一软就跟着女主角回家了。但是她做不来那样的事。

她一滴眼泪都没有流，那个夏天，炽热的太阳晒得很多地方都出现了旱灾，她的心也被晒成了荒田。

杜母不知道女儿九曲十八弯的心思，自从被卓季晨奉承了句“阿姨做的菜真好吃，比五星级饭店的水准还要高”后，便经常喊他来吃饭，他脸皮也厚，叫他来他就来，丝毫不懂得推辞。

杜颜面对着他就吃不下饭，半个月下来瘦了一圈。她跟卓季晨说:“你干吗老来我家吃饭？别人会误会我们有不正当的关系的。”

“我们的关系本来就挺不正当的，”卓季晨一本正经地给她分析，“又是旧情人，又是初恋，还相过亲，没准将来还会结婚。”

“你想得美！我警告你，以后不许到我家来吃饭，否则我给你饭里下敌敌畏！”

卓季晨露出一副惊恐的表情，杜颜正得意，忽就见他脖子一扭，冲着厨房大喊:“阿姨，颜颜不准我来家里吃饭……”

杜颜扑过去捂住他的嘴巴，他靠在沙发上，被她一扑，整个人倒在沙发上，她彪悍地骑在他身上，揪着他的领口恶狠狠地说:“你有种，以后咱家饭桌上，有你没我！”

狠话刚放完，杜母洗完碗从厨房出来，震惊地看到自家女儿一脸欲求不满地趴在卓季晨身上忙手动脚，大有霸王硬上弓的架势。

杜颜瞧老妈的眼神就知道她想歪了，还没来得及解释，就见她五指分开遮住眼睛，一边往自个儿卧室挪一边喃喃自语:“我什么都没看到，我什么都没看到！”

卓季晨笑得东倒西歪。

4

隔了数日，卓季晨差花店送了大捧的白玫瑰到杜颜公司来。苏眉安按捺不住，飞身扑过格子，翻花间插的签名，“卓季晨？卓季晨！卓季晨？！”一连叫了三声，一声比一声凄厉。

“怎么，你认识他？”杜颜漫不经心地掸了掸玫瑰，随手丢到一旁。

苏眉安见鬼似的嚷起来：“卓季晨谁不认识啊，JK有史以来最年轻的总经理，上过财经杂志。不对啊，他怎么送花给你？你俩不应该有交集啊！”

杜颜咳嗽一声：“他就是我跟你说的那个初恋。”

苏眉安张大嘴巴，半晌才反应过来，呱呱叫道：“小姐，这么个英俊又有钱的初恋摆在你面前，管他对你余情了没了，上啊！”

杜颜“切”了一声，说：“我是那种见钱眼开的女人吗？”

“是。”苏眉安毫不犹豫地戳破她。

卓季晨的花送得又勤又猛，没过多久，全公司的人都知道JK的总经理在追杜颜了。恰好公司在跟JK谈一项大生意，谈了数月都没有定下来，上头便把这项巨大的任务交给了杜颜，并且暗示她必要时候可以使出“美人计”。

天知道她不过是个小小的设计师，哪里会谈生意？她有种被陷害的感觉，可是为着可观的薪水，不得不应承下来。

别人谈生意，好歹也带着个小助理什么的，她却是单枪匹马，独闯虎穴。

这年头谈生意基本都在饭桌上，她不知道什么谈判技巧，拿出合约便叫卓季晨签字。卓季晨扫了一眼合约，丢在一旁，说：“先吃饭，吃完饭再说。”

为着合约，她忍。

一顿饭吃了两个多小时，酒也喝了不少，杜颜微醺，不忘提醒卓季晨在合约上签字。卓季晨结完账，说:“我们去看场电影吧!”

她怒:“我们是在谈生意，不是在约会!”

“都一样，”卓季晨的眼睛晶晶亮，他是千杯不醉的高手，喝得越多越精神，“看完电影我就签字。”像个耍赖的小孩子。

电影是马里奥主演的《初恋这件小事》，光看海报就觉得赏心悦目。卓季晨指着马里奥问:“他帅还是我帅?”杜颜嗤笑一声，没理他。

电影情节很普通，可是俊男靓女，风格清新，初恋的细节都讲到人的心坎上去了。杜颜心有触动，不由自主地转过头去看卓季晨，正好他也在看她，昏暗中四目相对，火花四溅。

卓季晨果然守信用，看完电影上了车，大手一挥就把合约给签了。杜颜捧着合约眉开眼笑地要下车，冷不防卓季晨抓住她的手将她拽回椅子上。

“干什么?松手松手，耍流氓呢!”

卓季晨说:“不就抓个手吗?又不是没抓过!”

杜颜不愿跟他提以前的事，挣脱了几下没挣开，柳眉倒竖:“你要是不松开，我可就咬你了!”

卓季晨做了个“随便”的表情，杜颜下定决心要叫他好看，小嘴一张，狠狠地咬住他的小手臂。咬了很久，久到杜颜觉得再咬下去那块肉就要被她咬掉了，卓季晨却是哼都没哼一声，依然牢牢地抓着她的手。

“说吧，你到底想干吗?”杜颜拿他没辙。

他看着她:“我就是想问问你我们还有没有可能。”

“没有!”杜颜想都没想，脱口而出。

“为什么?”

“现在还没想到，等我想到了发短信告诉你哈！”

“杜颜！”卓季晨低吼，“你给我严肃点！”他一副头痛的无奈表情，隔了一会儿，又问，“当年你怎么不留我？怎么不叫我不要走？”

杜颜怔了一会儿才反应过来他说的是哪个“当年”，她说：“哟，你以为你演偶像剧呢？我没哭着喊着叫你留下来，你是不是觉着特没面子特没成就感啊？再说了，你所有手续都办妥了，我叫你不走你就不走吗？卓季晨，我可没看出来你是个感性人物！哎，都过去这么多年了，你问这还有意思吗？”

5

一口气说了许多话，杜颜胸口微微起伏。

卓季晨轻轻说：“你到底还是怨我的。”

杜颜笑了笑：“我没有怨你，我只是觉得薄凉。那时年纪小，以为这样相爱便可以白头到老，可是，到底抵不过世间荣华。那样脆弱，说离开便离开，当事人也无能无力。原来从来都没有永恒。”

卓季晨慢慢松了手。

杜颜闭上眼睛：“卓季晨，我真的从来都没有怨你。换做是我，我也会选择出国。不，那不是一道选择题，那时候我们根本就没得选。”

合约第二日交到大老板手中，大老板一高兴升她做了设计总监。原本的设计总监两个月前就离职了，职位一直空着，同事们口中最有希望的候选人不包括杜颜，这下子她算是成为众矢之的了，不服气的大有人在，暗地里说她走后门。杜颜一笑置之，她觉着她还真是走了后门，没有卓季晨，她还升不了职。

卓季晨有一阵子没上她家来吃饭了。杜母问：“季晨工作很忙吗？

叫他来吃饭总说没时间。”

杜颜啃糖醋排骨啃得倍儿香，含含糊糊地说：“他可能想明白了，又没什么关系，老来蹭饭也不好。”

杜母不乐意了：“什么叫没什么关系啊？你俩不是老相好吗？还相亲来着，怎么就突然没关系了？”

杜颜又夹了一块糖醋排骨：“我俩郑重地相处了一段时间，发现年少时的激情都已经消逝了，大家决定做回朋友，所以你以后不要叫人家来吃饭了，他也挺为难的。”

杜母叹气：“真可惜，我上哪再找这么完美的女婿去啊？”她默默地忧伤地扒饭。

杜颜觉着让老妈空欢喜一场有些过意不去，饭后主动承担洗碗的重任。洗着洗着，杜母探头进来说：“颜颜，我跟你沈阿姨联系了一下，她手头还有一个不错的男人，这个礼拜六你去见一见。”

杜颜手一抖，碗差点摔到地上。老妈，你的速度实在是太快了！

她没打算好好相亲，见一面算是给老妈一个交代。约的是皇朝酒店，十点钟。她约了苏眉安十一点吃饭。

杜母和沈阿姨这次没跟着来。

那小青年长得也算一表人才，善于聊天，杜颜没说几句话，他已经把自己的生平讲述了一遍。末了还加一句：“偷偷透露一下，我对你感觉挺好的。”

“谢谢啊。”

小青年得到鼓励，得寸进尺：“你对我感觉怎么样？”

杜颜喝了一口咖啡，思索如何说得委婉不伤人，还未开口，忽见对面走来一个西装笔挺的高大身影，正是卓季晨。

“你在这儿干什么？”

“相亲。”

“杜小姐，这位是？”小青年问。

卓季晨冲他友好一笑：“你好，我是杜颜的老公，”小青年错愕地张大了嘴巴。卓季晨继续笑眯眯说，“不过我们快要离婚了。”又转过头看着杜颜，“这就是你不对了，还没离婚就出来相亲，不是耽误人家吗？”

杜颜非常配合地说：“我也是想提前做好准备，到时离婚结婚一块儿进行，省得跑两趟民政局麻烦。”

“杜……杜小姐，我忽然想起来还有事，我先走了。”小青年落荒而逃。

卓季晨在她对面坐下，说：“这人配不上你。”

杜颜嗤笑一声：“谢谢抬举。”又问，“你干吗破坏我姻缘？”

卓季晨扬起眉毛：“这哪能叫破坏啊？我这是把你从水深火热中拯救出来。你瞧你那表情，多视死如归啊，我一看就知道是被你妈逼着来的。再说了，咱俩还处着呢，你跟别人相什么亲啊！”

“谁跟你处着啊，都说了咱俩没可能。你这几天不是也没到我家吃饭吗？”

“我那是真忙，天天加班。”

杜颜看看手机：“还有事吗？没事我走了，约了朋友吃饭。”

“没什么事，就告诉你一声，我要复合。”

6

卓季晨说“我要复合”，不是恳求，不是商量，而是一种宣示。就像古代的皇帝下圣旨一样：“奉天承运，皇帝诏曰，卓季晨要和杜颜复合了。”

十多年前，他从她的生命中强势抽离；十多年后，他再次强势进入她的生命。除了送花送礼物约喝咖啡，经常到家里来蹭饭外，还明目张胆地对外宣布俩人是一对儿，有事没事开个小轿车在公司楼下等她下班。他是缠上她了。

杜颜说：“卓季晨，你别这么无赖成吗？多少想追我的男人都被你吓跑了。”

“那些男人跟你不配，我才是你的真命天子。”

杜颜冷笑：“卓季晨，你在美国学的是厚脸皮专业吗？你别这么自私行吗？我就想找个普普通通的男人结婚，你存心不让我幸福是吧？”

卓季晨说：“除了我，别人给不了你幸福。”

“说实话，你在美国不是真学的厚脸皮专业吧？”

卓季晨幽幽地说：“杜颜，你说我无赖也好，皮厚也好，总之我是缠上你了，再不会走了。在美国那会儿我就想好了，一回来我就要把你追回来。如果你有男朋友了，我就把你抢回来；你结婚了，我就破坏你家庭，想办法让你离婚。”顿一顿又深情地感慨，“我是那么自私地爱着你。”

杜颜被他的真情告白吓到了，于是把手里的矿泉水泼他脸上了。

结果没几天，卓季晨感冒发烧了，硬把这事赖到杜颜头上，在电话里半死不活地装可怜，说：“你要是不过来看我，我就烧死自己。”

杜颜说：“我是一万个想来，但是这个礼拜天我们大老板在游艇上开party，邀请了我，我现在忙着逛商场买行头，不好意思哈。不过你放心，你要是烧死了，我会来上香的。”

挂了电话，苏眉安啧啧咂嘴：“暴殄天物！”

两人在商场逛了一圈，杜颜买了件吊带长裙，苏眉安则直接挑了件性感的比基尼。到礼拜天上了游艇，杜颜才发现就她和苏眉安是公司员工，其他人，要么是大老板的合作伙伴，要么是他的狐朋狗友。

各自带的女伴也都是有来头的，有好几个杜颜还在电视里看到过。

杜颜就纳闷了：“我怎么觉得我们两个这么格格不入啊！你说大老板叫我们来干吗？点缀吗？”

苏眉安看着某个方向说：“叫你来，大概是陪某个没烧死的人，叫我来肯定是点缀。”

杜颜顺着她的目光看过去，只见卓季晨穿着白衬衫，扣子开到胸口，露出坚实的胸膛，风情万种地朝她走过来。杜颜稍稍一想，知道自己又是沾了他的光才得以登上大老板的宝艇。

“你不是感冒发烧了吗？不在家好好休息跑这儿吹什么海风，不怕烧死啊？”

卓季晨面露喜色：“听你这话像是在变相地关心我？”

“你想多了，”杜颜说，“我是在变态地诅咒你。”

7

Party上无非是喝酒跳舞玩暧昧，趁卓季颜被一群美女包围，杜颜偷偷溜到甲板上晒太阳。苏眉安不知道跑到哪里去了，连个说话的人也没有。

“你就是那个杜颜？”有个声音在她身后响起。

她转身，看见一个穿得很暴露的女人，长得很漂亮，她认出是最近很红的模特，姓周。

“我是叫杜颜，但不确定是不是你说的那个。”

周小姐上下打量她，不屑地说：“没胸没屁股，长得也一般，季晨不知道喜欢你哪里？”她一副非常困惑的样子。

杜颜得意地笑说：“你有胸有屁股，长得也漂亮，可是季晨就是不喜欢你。”一副小人得志的样子。

周小姐“哼”了一声：“你别得意得太早，我迟早会把他抢回来的。”

“怎么抢，脱光衣服抢吗？”

“你说什么？”周小姐一下子就火了，“啪”一声一个耳光甩过去。

杜颜也火了：“你敢打我！”她从来都不是省油的灯，扬起手掌就要打回去。周小姐自然不会坐以待毙，两人争执推搡间，杜颜不小心被推下海。

模特不是都很瘦的吗，这个周小姐哪来那么大的力气？落入海里前，杜颜在思考这个问题。她其实会游泳，但存心要吓一吓这位嚣张的周小姐，装出溺水的样子，手臂胡乱挥舞了几下，慢慢沉下水。

周小姐果然要被吓死了，面色惨白，声音都变了：“救……救命啊！杜颜落水了！救命！”

然后“扑通”一声，杜颜听到有人跳下游艇，只不过那人很快也沉下水。

是卓季晨，他不会游泳。

杜颜游到他身边，将他托出水面。他实在是重，她险些托不住，两人在水面浮浮沉沉，不知喝了多少水。

游艇上的人都涌到栏杆处，大约以为卓季晨是在英雄救美，竟都一副看热闹的样子。后来不知谁看出了端倪，叫了声：“季晨好像不会游泳！”这才又跳下三个人，两个人一左一右地架着卓季晨，将他拖上游艇，另外一人接应杜颜。

杜颜爬上游艇的时候，就看见卓季晨一动不动地躺在甲板上，大老板正在给他做心肺复苏。瞅见她上来，说：“你来给他做下人工呼吸，我实在亲不下去。”

救人要紧，她想也不想就上去施行了一套动作标准堪当教材的人工呼吸。卓季晨咳嗽几声，头一歪，吐了不少水出来。

杜颜心力交瘁，瘫坐在甲板上。

卓季晨撑着坐起来，问:“你怎么样，有没有事?”

杜颜骂他:“你有病啊，不会游泳还往海里跳，你不知道我会游泳啊?”

他笑了笑说:“我哪有时间想那么多，身体根本不受控制。我只知道，你要是有个三长两短，我也不活了。”

边上有人起哄:“哟，咱们卓总经理还是个痴情种呢!”

卓季晨说:“你哭什么?”

杜颜一抹眼睛:“我没哭，是海水。”

卓季晨笑了笑，忽然“咚”一声向后仰倒。杜颜大惊失色，扑上去使劲儿扇他的脸。苏眉安试了试他额上的温度说:“杜颜你别急，他是发烧，烫得厉害，赶快送医院。”

大老板亲自开车送卓季晨去医院。半路上卓季晨又醒过一次，挣扎着抓过杜颜的手，迷迷糊糊地说:“我答应过不再离开你，你相信我……我不再是以前身不由己的小孩子了，我现在有能力了，可以一直在你身边……不管去哪里，上至碧落，下穷黄泉，都不会丢下你……”

杜颜强忍着眼泪:“卓季晨你是装的吧，烧成这样还能说这么一长串话。”

卓季晨咧了咧嘴想辩驳，可是实在没有力气了，在陷入昏迷之前，他虚弱地说了两个字“复合……”

“好。”杜颜一边拭泪一边说，也不晓得他听没听见。

尾声

“杜颜，这相册你一直留着，老实说，你不会在等我吧?”

“切!”杜颜翻了个大白眼，“我会那么无聊吗?告儿你，像我这种美貌与智慧并存的女人，一个月换一个男朋友……唔……”

剩下的话被卓季晨吻进嘴巴里，他轻轻咬着她的唇舌，辗转纠缠。

杜颜踮起脚尖，深深地回吻他。

我才没有等你，只是再没遇上更让我心动的。

一夜渡徊

作者：七忆欢

1

当人们还在为一夜情生子到底是自私还是负责任的说法争论不休的时候，安徊的小孩已经安然无恙地度过人生的第三个年头了。

三年之前，二十六岁的安徊已经是一名高级速录师，因为工作太忙跟男友小吵不断，终于以分手告终。

那天她又到外地跟活动，活动结束后，举办方邀请她去吃饭。她自诩酒量不错，于是便敞开了喝。

酒桌上的每个人看起来都不那么普通，似乎人人身上都贴了一个所谓“社会”的标签，而她摸爬滚打这么多年也早已见怪不怪。有句话说得好，要么改变，要么适应，她是后者。

饭后有人送她回酒店，她在门口跟人道谢，前一秒还能站得笔直，可下一秒才进了电梯，她便觉得脑袋昏昏沉沉了。她轻轻靠在电梯厢壁上，只想赶紧回房间，好好睡一觉。

她的前面站了一对年轻男女，牵着手低声耳语，似乎是在讨论第二天去哪里游玩。她瞥了一眼后便轻轻闭上了眼睛。她曾经也年轻过，是的，曾经。

如今，高强度的工作让她平日里连松口气的时间都没有，当然也少了许多别的心思。她承认她从来都不是追求稳定和平淡的女人，她也从来都不隐瞒自己的欲望。

楼梯已经到达顶层，旁人都下去之后，安徊才突然反应过来自己忘记按楼层了。她苦笑一下，上前一步按楼层数字，而在电梯密闭的小空间里待了这么久，她的头更晕了。

2

于是那个夜和无数个夜一样，乌黑寂静却充满了诱惑的气息。

而那个走错房间的狗血桥段竟发生在了安徊的身上，她一直以为那都是小说或电视剧里的胡编乱造，可当门从里面打开的时候，她才意识到，原来电视剧都是来源于生活。

一个穿睡衣的男人，脖颈挂了一条白色的毛巾，他满脸不情愿地开门，有一下没一下地擦着自己还在滴水的头发，问道："谁啊？"

抬眼看了看安徊后，又不耐烦地说了一句："你走错房间了。"然后下意识地就要关门。

"哦，抱歉。"安徊努努嘴，便继续在迷宫一样的走廊里找起自己的房间。而她绕了几圈后竟又绕回了这个房间，当然，锲而不舍拿房卡开门的她对此浑然不知。

房门再一次从里面打开，男人的头发已经吹干，半长不短的刘海看起来柔顺极了。他用探究的目光盯着安徊，实在猜不出这个女人要干什么。

而安徊也怔怔地看着他，他长得真好看。他们互相看了半晌后，男人侧侧身子，一句话都没有说，而安徊竟同他十分默契，她鬼使神差地进入房间。

3

半夜，安徊醒过来，一只温热的手随意搭在她的腰间，而她背后靠着的是一个陌生男人暖烘烘的胸膛。

房间里漆黑一片，只有不远处有蓝色的小点不停在闪烁。

她有些艰难地翻了个身，然后又迷迷糊糊睡了过去。她已经二十六岁了，她能对自己的行为负责。

早晨安徊醒来的时候将近十点钟，床上只剩她一个人。她的衣服被整整齐齐地叠放在床头，她看着一丝不乱的房间，怀疑昨晚疯狂的一切都只是她的一个春梦而已。

那个男人真的没留下关于他自己的丁点痕迹，安徊好笑地自言自语道：“One night？”

她穿着隔夜的衣服到前台，想弄明白这到底是怎么回事。当服务人员报出她房间号的时候，她才恍然大悟，原来是她完完全全记错了自己的房间。她的心突然像进了水的棉花，沉甸甸的，连她脚下的步子也沉重起来。

坐在酒店餐厅处的安徊要了一杯不加糖的苦咖啡，杯子里飘出的袅袅白雾萦绕在安徊的鼻尖处，而右手边是她刚去买的紧急避孕药。大厅响起的钟声沉闷又缓慢，一下又一下提醒着她喝药的时间。

借助咖啡吞下药片的那一刻，安徊想起的竟是那个陌生男人的身体和抚触，这让她觉得有些羞耻。

这个世界上的很多事情就是没有逻辑可言，陌生的人也能做亲密的身体接触。

4

安徊担心的事情还是来了。

“不会搞错了吧，我明明吃过药了。”

“吃药也不能确保万无一失，要马上预约手术吗？”她木讷地看着医生的嘴一张一合，不再觉得这些穿白大褂的人是天使。

她无奈地点点头，然后独自坐在医院的长廊里等候，摸着平坦的小腹，真的不敢想象这里有个小生命已经两个多月。

她对这方面的知识了解得并不多，只是听说时间越长，流产手术的风险越大。正当她六神无主的时候，手机响了，是一个挺紧急的任务——有个文化申遗项目需要速录员。

她想也没想就答应了，然后回家准备资料。这么迅速地离开医院，也不知道自己到底是在逃避什么，大概没有哪个女人不害怕那些冰冷的机器。

当她再一次鼓起勇气来医院已经是三天之后，可即将进手术室的那一刻，她又逃了。

站在人来人往的十字路口拨电话给母亲，一边哭一边说：“妈，我怀孕了，我想把他生下来。”

街道上充斥着车轮摩擦道路的声音，也充满了人们交谈的声音，母亲第一次对她严厉而又坚决地说：“安徊，这个孩子你必须打掉。”

“妈，我害怕。”

“你现在害怕总比你以后害怕好，你把一切想得太简单了，一个女人独自抚养一个孩子要面临的事情太多了。安徊，那可是你一生的幸福。”

5

她到底还是没有听母亲的话，反正她从小到大叛逆惯了。

母亲办理了提前退休，来到安徊所在的城市陪她。在母亲刚来的那几天，她的单身公寓里充斥着低沉的气氛，母亲微红着眼眶不说话。

倒是安徊，一点怀孕症状都没有，吃得好睡得香，继续接任务、跟活动。

后来安徊的父母也认了，逐渐开始适应自己外公外婆的身份。可安徊却开始失眠，她想，自己这样是不是太自私了，她决定去找那一晚的男人。

她找警察局的朋友帮自己开了证明，然后到那家酒店查那夜的男人是谁。可她竟然又忘记了房间号，只记得楼层。

酒店的服务人员也面露难色："抱歉，我们的监控视频录相是定期清理的。至于入住登记，只有极特殊的情况，我们才能调出全部入住人员的信息。"

后来克服重重困难，朋友才帮她查到了两个疑似的人，可看照片她就知道不是。

她沮丧地坐在椅子上，朋友给她分析：酒店可能是别人帮那个男人订的，所以很难查到。

"为什么执意生下他，你不怕他拖累你？"

"可我要是打掉他，我会一生都心怀愧疚。你不知道，虽然他现在还没成型，可母子之间那种亲密关系我已经感受得很真切了。"

6

孩子顺利出生了，是一个女孩，眼睛尤其漂亮，像极了那个陌生男人的眼睛。安徊给她起名叫安静欢，静欢是对立却又和谐的两个字，代表了安徊怀孕时的心境。

孩子百日后，安徊加入了单亲妈妈俱乐部，想通过交流学习一下怎么带小孩。

她加了俱乐部才知道，原来这个社会有这么多的单亲母亲。但是，她们大多是因为爱情才心甘情愿地生子，她们都知道孩子的父亲是谁，只是有种种原因让她们无法走进婚姻。而像她这样，只一夜情就怀了孕，并把孩子生下来的还真不多。

“你真勇敢。”她们对安徊说这句话。安徊觉得语气怪怪的，像是赞赏，又像是嘲笑。

俱乐部里的氛围并不如安徊想象的那般积极阳光，这里充满了抱怨和不安，许多单亲妈妈拼命地想为孩子找一个父亲。

她们对安徊说：“即便有人帮忙，却仍然像一场噩梦，一个女人带孩子太难了。”

安徊反驳道：“我承认单身妈妈确实比单身女人要付出得多，可单身妈妈可以体会到做母亲的幸福啊。”

“幸福？想象一下，你以后整个人都要围着孩子转，换尿布的是你，喂他吃饭的是你，教他穿衣服的是你，陪他睡觉的是你。要带他玩耍，给他讲解各种他不明白的问题，要包容他各种无理取闹。如果他生病了，那对你来说简直是身心折磨，天呐，要命。”

她们仍叽叽喳喳说个不停，安徊半点经验没学到，倒是沾了不少负能量。确实，太多方面安徊都没考虑到，就比如上户口的问题就比她想象中难太多。

7

转眼间三年过去了，因为孩子的关系，她渐渐将工作转到幕后，成立了一个速录工作室，不再亲自接任务。别的女人都是生小孩后事业退步，安徊却从来没有给自己休息放松的借口。

这三年来，父母一直在她身后做她坚强的后盾，让这艰难又无所适从的一切看起来也没有那么艰难了。

这期间她也积极地相亲，但始终没有合适的。很多人劝她找个对孩子好的就行了，别太挑了。

可她不这么认为，她是给自己找伴侣，而不是给孩子找父亲。但当她与一个又一个相亲对象接触后，开始逐渐认同母亲当年电话里的话，原来生过小孩的女人竟“贬值”得如此严重。

就在安徊以为自己会像以前一样只要事业和梦想，对婚姻和家庭嗤之以鼻的时候，她蓦然发现，现在快要三十岁的自己原来对圆满的家庭是这么渴望。

她不知道自己的心境是什么时候发生了改变。从前她自诩不喜欢安稳和平淡，可现在当事业风生水起的时候，她突然对与爱人携手共同度过岁月的婚姻生活生生艳羡了起来。

尤其是想起自己将一个人孤独终老的时候，她就觉得害怕。安徊很诚实地说，她现在不是那么快乐，因为她想成为别人的女朋友或者妻子，她需要男人。

她的人生或许已经不完美，但她现在发了疯似的想要完整。

当工作室里只有二十岁的实习生义正辞严地告诉她，单身妈妈也会有自己的精彩时，她连连摇头。

“安徊姐，时代在改变，婚姻不是女人唯一的选择，一切都在向着自由的方向发展，我考虑过不结婚。”

安徊也不反驳，只是静静地听着，看着对方就好像看到了年轻时的自己。所谓生活，总要走过几年，才会恍然大悟。

反正作为一个即将三十岁的“老”女人，安徊发了疯地想结婚，就算婚姻有可能会不幸福，她也想跳进婚姻的火坑。

有总比没有好。

8

谈判结束后，她和对面的男人握手。男人问她接下来要干吗，她毫不隐瞒地说，自己要去接小孩。

男人面露惊讶：“你已经有小孩了？”

安徊习以为常地笑笑说：“年轻时不懂事。”

安徊并没有开车过来，男人提议要送她。她很快反应过来，大方地应道：“好啊。”

男人叫顾斯，已经三十有四，在做网络直播这一行，是安徊新的合作对象。像很多事业有成的男人一样，顾斯既成熟又稳重。安徊喜欢这种类型的男人，可这种优秀的男人往往不会喜欢她。这是事实，是难题，也是意料之中的人生悲剧。

所以安徊并没有对顾斯有什么别样的心思，但她和顾斯在合作中越来越熟络倒是真的。

顾斯对安徊很坦白，他说自己离过一次婚。

安徊倒茶的手顿了顿，用极其平淡的语调问了一句：“为什么啊？”

“因为我婚内出轨了，她有精神洁癖，执意要跟我离婚。”

安徊下意识地想骂句渣男，可她见过的渣男委实不在少数，想想顾斯还是自己的合作对象，便没骂出口。

顾斯对于自己出轨的解释，与很多个出轨男人抛出来的版本一样——男人接受不了以前貌美如花充满生活情趣的年轻女孩变成了只会抱怨生活、成天唠唠叨叨的黄脸婆。

“我和她在一起十年，她变了太多，早已不是我以前爱的样子。所以我有了那不道德的一夜，但那一夜确实是我自由且真性情地释放。我们已经离婚四年，她的单身生活过得不错，现在我们成了很好的朋友，但是再也回不去了。”

安徊只是静静地听着，没做什么评论，这种事情外人实在不好说些什么。即便是当今社会，出轨也仍是违背社会道德的事，那些道德卫士们恨不得渣男渣女不得好死。但所谓的爱情总有一天会乏味是不争的事实。当双方没有办法保持爱情的新鲜时，便会有一方借助出轨的外力释放自己的天性，让自己找回之前的活力。

安徊只是说她可以理解，但她不赞成。因为在她的婚姻观里，她觉得自己会喜欢一辈子只跟一个人上床，一起做家务，一起吵架又和好，一起慢慢变老。日复一日，爱会变成习惯而不是一概而论的乏味。

9

“你呢，不考虑为孩子找个父亲？”顾斯见安徊没对自己的经历做什么评论，便将话题悄悄转到了她的身上。

“我在很积极地为自己找一个爱人。没有哪个男人会心甘情愿地去爱一个毫无血缘关系的小孩不是吗？所以我只盼着他能爱屋及乌就很好了。”

顾斯觉得安徊说这些话的时候浑身都充满了魅力的光，这是他第一次听到这么有主见的回答。他想用“聪慧”这个词来形容她，她很清楚透彻地看清了很多东西。

顾斯也没拐弯抹角，他端起茶杯小啜了一口后，抬头直接了当地问安徊："那你觉得我们两个合适吗？"

"可我对你对待婚姻的态度并不认同。"

顾斯轻笑了一下："难道你不觉得我很诚实吗？我只是把大多数男人的想法说出来了而已，而且以后我肯定不会出轨的，因为我惧怕出轨的代价。"

"你没有跟那个让你释放天性的女人在一起？"

"怎么可能？我又不爱她。喜欢一个人很容易，但爱上一个人并不容易。迄今为止我只爱过我前妻，要知道我并不想跟她离婚的。"

安徊缓慢地眨了几下眼睛，停顿了一会儿然后问顾斯："那你对我呢，到哪种程度？"

"欣赏。"

10

那天回到家后，直到晚上，安徊的心都怦怦跳个不停，连给安静欢讲的睡前故事都讲错了。

"妈妈，顾斯是什么？公主不应该跟王子在一起吗？"

安徊的脸微微一热："对，公主跟王子在一起了，妈妈讲错了。"

安静欢抱着自己的小熊美美地睡着了，安徊倚在安静欢的床边却一点睡意都没有。她跟顾斯已经认识几个月了，但这么露骨的谈话还是第一次。

她没想到顾斯对自己竟然还有那方面的意思。而一个女人无论到多大年纪，只要碰上令自己心动的男人，心智都会毫无疑问地回到少女阶段。

今晚顾斯送她回来的时候，她竟然有那种恋爱的感觉，是自己太寂寞了吗？

她纠结了很久，然后发给顾斯一条短信：后天幼儿园有亲子活动，你有时间吗？

顾斯秒回道：有。

一个字，干净利落。

第二天，安徊收到了一个包裹，里面是两套运动服。一套是安静欢的，一套是她的，是价格十分昂贵的品牌运动装。

这是顾斯送她的第一个礼物，这套充满爱的亲子装送到了安徊的心里。

令安徊没想到的是，来接她们母子俩去幼儿园的顾斯也穿了一套同款，安徊一看到顾斯的穿着便露出了十分惊喜的样子。

她想，他真是一个细心的男人。

身穿运动服的顾斯显得更年轻了。顾斯抱着安静欢，真的给了安徊一种家庭圆满的错觉。

只是那双眼睛——安静欢的眼睛和顾斯的一点都不像。已经四年过去了，那个陌生男人带给安徊的一切，安徊都已经记不清楚了，她记不起他的气息、他的体温，只有看到安静欢眼睛的时候，她才隐隐约约记得那个男人那双好看的眼睛。他闭着眼睛的时候，眼睫毛那么长那么密。

不知道从什么时候开始，安徊已经放弃了寻找——当你寻找一个人的时候，对于祖国的广阔便会有更深层次的认识。

毫无线索的她要找到他，有点像天方夜谭。

11

那天的安静欢格外高兴。安徊突然就明白那些为孩子找父亲的单身母亲的心情，有时候孩子的快乐真的比自己的幸福更重要。

安徊暗自咋舌，觉得自己现在变得太可怕了。安静欢很早熟，虽然一直以来安徊和父母极力回避，但她还是会隐约觉察到些什么。尤其是刚上幼儿园时，她也会问关于自己父亲的问题，但后来她却不再问了。

在这个问题上变得缄默的安静欢让安徊格外心疼，这是她犯的错，承担错误后果的却是她的孩子。

考虑到安静欢的反应，安徊终于鼓起勇气给顾斯打电话说："顾斯，你之前提的，我会认真考虑。"

打完电话后，安徊觉得自己的四周充斥着一种超现实的美好，连那些吸入肺部的空气都莫名清新了起来。

所以当助理打电话过来说有个会议人手不够的时候，安徊想也没想便回答道："我有空。"

但事实证明，脑袋昏热的时候最不适合做决定。安徊到达会议现场后才发现，自己对于要速录的领域一窍不通。

各种各样的公式和符号她连听都没听过，根本不知道要怎么录。她拿出录音笔，心想要花费更多的时间来查阅资料整理记录了。

速录这一行她已经做了十年，经验方面她比谁都丰富，但总有些知识是闻所未闻的。一连三小时的会议速录，安徊就像吃了屎一样难受。

而令她没有想到的是，会议一结束对方就找她要会议记录，她嗯嗯啊啊地说自己还需要再整理一下。

"没关系，我们来整理就行了。"

“这……”就当安徊不知道如何回答的时候，有个男声突然插进来：“怎么了？会议记录呢？”

安徊顺着声音源回过头去，看到男人的第一眼便怔在了原地。她以为她再也记不起他的眼角眉梢，却不料，原来他的样貌，她还能记得这么清楚。

很显然陈渡也在第一时间认出了安徊，但两人谁都没有表露出什么。

安徊随着陈渡来到办公室，把会议记录传到了陈渡的电脑上。

安徊实话实说：“因为没有提前做功课，所以很多专业名词没能记录上，我录了音。”

陈渡淡淡地看了安徊一眼，没说话，只是浏览着电脑上的文件，浏览到底端才说了一句无关紧要的话：“原来你是速录师。”

陈渡的声音并不大，但已扰得安徊的心怦怦直跳，他这是承认他认识她了。但还没等安徊说什么，陈渡便接着说：“落下的地方也不多，上头急着要，你留在这儿跟我一起改改吧。”

12

他们两个人离得很近，双双盯着电脑屏幕，脸都快要贴到一起了。安徊装作镇定的样子，其实她的气息早已紊乱。

这时，办公室的门突然开了，高跟鞋碰触地面发出清脆的声响。安徊抬起头来，一张年轻女孩的脸映入眼帘，下一秒的行为却颇像泼妇。

“陈渡！”她绕到桌子后面，一把拉开安徊，上去就要扇陈渡耳光。

陈渡抓住她的手，略带怒气地说了句：“你闹什么，我在工作。”

“什么工作要把脸贴在一起！”

“你看不见吗？在改文件！”陈渡很烦她无理取闹地打扰自己的工作，说出的话也没什么好语气。

于是安徊在场免费看了一场闹剧，女人嚷嚷着要跟陈渡分手。陈渡竟然一点挽留的意思都没有，就连女人跑出去他也没有追。

“我们继续。”陈渡对安徊说。

“她……没关系吗？”

陈渡笑着摇摇头，说了一句似雾非雾的话：“跟一个不爱的人在一起挺折磨人的。”

安徊还想问些什么，但陈渡已经一头扎进了工作中。

半个多小时后，文件改好，陈渡叫助理进来将文件送给上司。

安徊在一边将机器关好。陈渡一直等她一系列动作做好后才开口道：“晚上还有会议，你还录吗？”

安徊笑笑：“不了，工作已经安排好，我是临时来顶替的——我要是再录岂不误事？”

安徊本以为陈渡会接着自己的话题聊下去，没想到陈渡却突然问了安徊一句：“你结婚了吗？”顺便还看了看安徊光洁的手指。

幸好安徊反应很快，她干净利落地答了一句：“没有，”然后又问：“你呢？”

陈渡也摇摇头：“不过家里倒是催得紧，父母年纪大了，想抱孙子。”

安徊心里一紧，默默地想，我给他们生了一个孙女。可一切都还是未知数，她是不会说的。

“那……”安徊话还没说完，她的手机便响了。是关于晚上工作的事，原定录晚上会议的那个姑娘来不了了，说让安徊换人。

陈渡将她们的谈话内容听了个大概，面露讶色：“你叫安徊？安徊工作室就是你开的？”

安徊不可否认地点点头，心里突然有了晚上留下来工作的念头。在没遇见陈渡之前，安徊以为顾斯便是自己最想要的那个人，但她现在突然觉得她之所以会喜欢顾斯，无非是因为觉得他合适，但她对于陈渡只是喜欢，无关乎任何外在条件。像第一次见到他一样，心生眷恋，无所顾忌。

13

安徊向陈渡要了几本专业书，打算恶补一下。陈渡却坦言自己现在没事，可以教她。

陈渡的语言表达能力和逻辑思维能力都很强。在陈渡的讲解下，安徊对他从事的行业了解了个大概。可安徊总觉得办公室里充斥着一种暧昧的情愫。

是她听见他的声音、感受到他的气息便不自觉地想多了？他确实是好看的男人，简单、直接地依靠外貌便会让安徊爱恋。

安徊突然想起一个故事，故事里男主的父母给了女主一大笔钱和一张机票，女主却撕了机票，跟他的父母一本正经地说：“我贪恋他的美色。”

“你笑什么？”陈渡的声音传来，安徊意识到自己走神了，抱歉地笑笑：“没什么。没想到四年了你还这么年轻，你多少岁了？”

“三十整，你呢？”

“我也是，十月生日。”

“六月。”陈渡说。

安徊在心里默默地想，他刚好比自己大四个月。

两人像刚认识一样，从最基本的话题聊起。安徊有过那么多次的业务洽谈，没有哪次像此时这样小心翼翼，生怕说错什么。

“我后来找过你，不过并没有什么收获。”陈渡的语气有些遗憾。

安徊心里一惊：“找我做什么？”

“我不是个随便的男人，很少玩这种游戏，风险太大。”

“你的意思，我是个随便的女人喽？”安徊俏皮地说道，惹得陈渡哈哈大笑。

14

当天晚上，安徊工作完回家后给顾斯发了条短信：“我见到静欢的亲生父亲了。”

信息刚显示发送成功，顾斯的电话便打过来了，安徊毫不隐瞒地对顾斯和盘托出。

“那你知道他的心意吗？”

“目前还不知道，只是他有些话确实会让我多想。”

顾斯很大方地对安徊说：“祝你好运。”

挂掉电话后，安徊躺在床上却怎么也睡不着了。当年那晚的夜微凉，所以她对他的体温感受尤深，今日相见，才惊觉有些记忆，犹新。

他说他也寻找过自己，倘若他们早点找到彼此，如今的一切是不是都会有所改变？

安徊想不明白，但她隐隐约约知道，他们的重逢已经是老天爷格外眷顾了，她要好好把握机会。

接下来的一周，安徊一直陷入忙碌之中，而且她也没有找到合适的借口去找陈渡，于是便一直耽搁着。

周五晚上，安徊去幼儿园接安静欢。半路上，助理问她要资料，安徊想起那份资料被自己锁在了抽屉里。

“等我一会儿，等我回办公室拿给你。”

安徊接到安静欢后，又驱车回到工作室，她从来没带安静欢来过她工作的地方，知道她有小孩的人也不多。

安徊牵着安静欢的手来到办公室的时候，与站在办公室等她的陈渡不期而遇了。

“陈先生说有事要……”助理的话只说了一半便察觉到了现场不一样的气氛，她看着在场的三个人。

安徊与安静欢穿着浅粉色的母女装，站在一起格外和谐。

陈渡目不转睛地看着安静欢，安徊则有些心惊胆战地看着陈渡。助理咽了一口唾沫:“没，没什么事我先出去了。”

助理出去后的好长一段时间里，办公室的气氛都很沉寂。陈渡打量着安静欢，有种别样的感觉涌上心头。

还是安静欢打破了沉寂，她根本不知道现场发生了什么，只是奶声奶气地跟安徊说道:“妈妈，我渴，想喝水水。”

“哦哦，好，妈妈给你倒。”

15

“安徊，你要不要解释一下？”城市最高建筑的旋转餐厅里，陈渡和安徊相对而坐，精致的食物整齐地摆放在小盘里，两个人却都没有胃口动筷子。

安徊也不想再继续瞒他了:“正如你所想的那样。”

“你……你这个女人，做事怎么都不考虑后果？”

“我不考虑？那晚的你考虑了吗？”

陈渡一下子被安徊的话堵住了，只是很无奈地叹了一口气。

陈渡若有所思地打量着他面前的这个女人，自初见时的惊艳和欢喜，到现在的佩服和欣赏。虽然四年过去，但她似乎依然还是他喜欢的样子。

二十六岁那年的陈渡像很多人一样早已不相信爱情，可那晚的他却像着了魔一样，这让他在以后的很长一段时间里差一点觉得爱情就是冲动。

可他要是知道自己的冲动会给一个女人的生活带来这么大的改变，他是断然不会那么做的。他并不知道安徊这些年经历了什么，但他只要一想万一自己没有再遇见安徊，就觉得可怕。

他差点成为一个不负责任的丈夫和父亲。

那一瞬间，陈渡的大脑在高速运转，想了许多事，可到嘴边却只剩了一句话："安徊，你真是一个让我又爱又恨的女人。"

安徊挑挑眉，终于有胃口去品尝看起来精美的食物。可安徊刚拿起叉子，还没等她的叉子碰触到食物，就听陈渡又接着说道："我们明天去领证。"

安徊放下叉子，虽然心里小鹿乱撞，脸上却仍然一副似笑非笑的样子，说道："我可没说要嫁给你。"

"你不嫁我嫁谁啊？"

"难道我看起来像嫁不出去的样子吗？你还是先把你乱七八糟的关系断干净吧。"显然安徊还是对那天办公室里突然出现的女人耿耿于怀。

"我没有乱七八糟的关系，你是唯一一段，是我第一次跟随自己心意来对待的女人。"

16

那天，安徊到最后也没答应陈渡第二天去领证，但她不否认的是，陈渡的态度确实会让她安心。

只是这一切快到她还没有心理准备，之前心心念念的婚姻，却在遇见陈渡后变得没有那么重要了。

她以为她变得世俗，变得像大多数人那样想要一座婚姻坟墓，但看着陈渡时她却突然发现，她最想要的还是爱情，一段得之我幸的爱情。

在之后的日子，陈渡和安徊一反常情，他们先生子，再恋爱，后结婚。

只是这样的步骤常常会引起安静欢的不满："妈妈，你怎么又要去约会呀？"

"因为妈妈要跟爸爸谈恋爱呀！"

"妈妈，我也要跟爸爸谈恋爱！"

"……"

跟陈渡相处久了，安徊发现陈渡原来也会有很孩子气的一面，而陈渡也发现安徊其实根本就不是女强人，分明就是一个柔柔弱弱的小女人。

"我们什么时候去把静欢的姓氏改过来，陈静欢怎么样？"

"不要！女儿跟我姓！"

"那也行，你什么时候再给我生个儿子？"

"滚……"

17

安徊从来都没有怨天尤人，她一直努力向上，也许这是她值得被眷顾的原因。

但终归，不是所有的人都能拥有爱情，也不是所有人都会有这样的一份幸运。

可听听身边这些美好的故事，我们是否会重拾爱的勇气和信心呢？

听说，你有一点儿喜欢我

作者：三分钟小姐

1

“小甜，你来。”这是蒋方言每天进公司的第一句话。

也是霍甜每天精神抖擞地来到公司最喜欢听到的一句话。霍甜捧着一杯热茶跟着蒋方言进了办公室。

“今年的答谢会安排在12月下旬，主要邀请长期合作的客户，你安排一下会场、请帖等事项。约一下DC集团董事长廖玟瑄。”

蒋方言边脱外套边布置工作，停顿的时候想了一下，“作为特邀嘉宾出席，她的邀请函要做得漂亮一些。”

蒋方言端起桌上的茶，抿一口，温度刚好：“对了，定一下今晚的顶层饭店，两人位，再定两张今晚的演出票。”

霍甜在工作本上飞快地记录着蒋方言的指示：“您需要什么类型的演出票？”

“打听一下廖玟瑄喜欢什么。”

霍甜的笔停在半空中，然后在工作本上草草地画了两下，走出了办公室。

蒋方言布置的工作从来都不简单。答谢会要安排在从不对外开放的高端会所；请帖要烫金底小篆手写；顶层饭店按惯例需要提前三个月预订；对霍甜来说这些都不是问题，问题是——去打听廖玟瑄喜欢什么？！天！蒋方言在追廖玟瑄，谣言难道是真的吗？

霍甜看着办公室里的蒋方言，自己跟着他也有6年了吧。6年来蒋方言从未谈过恋爱，一心扑在工作上，这才换来了顶创公司今天的成绩。虽然称不上呼风唤雨或行业龙头，但也做到了细分市场的NO.1。

如果不是廖玟瑄，霍甜可能以为一直会是这样：蒋方言是出色的领导，是自己顶头的上司，是公司的老板。每天相处超过10个小时，可以早请示晚汇报，想他的时候抬头就可以看见他——只是想想就很满足。

霍甜以为，蒋方言的眼里只有工作没有女人；原来，蒋方言的眼里只是没有霍甜而已。

7年前，霍甜大学毕业，恰逢创业浪潮，全民掀起创业之风。霍甜没有资金，只能投身一些创业公司做小工，不到一年的时间里，竟干倒了四家公司。也不知道是供职的公司真的太差，还是因为霍甜本身自带霉运，总之一张履历表甩出去，再也没有公司敢雇佣她了。

霍甜找了很久才勉强被顶创公司录用，娟姐甚至偷偷打听了霍甜的来路，不然大老板怎么会拍板定了这么一个扫把星？！但听说霍甜和老板根本没什么关系，霍甜被发配到了前台。每天的工作枯燥乏味，无非是收发快递、登记外来人员、给没带门卡的同事开门。

有一次霍甜正在给蒋方言做访客登记，被娟姐瞧见了，娟姐如闪电般冲到门前，按下解锁键，点头弯腰："蒋总早！"

霍甜当时就傻了，这个偶尔出现的人是蒋总？蒋方言？公司大老板？拍板要自己的人？可是他每次来都是这样登记，没有人告诉过她他是老板啊！完蛋了！

果不其然，蒋方言刚进门，霍甜就被娟姐从头到尾数落了一遍："没长脑子啊？没点眼力见儿啊？没点记性啊？不知道他是老板啊？！真是比猪还笨！"

霍甜低下了头，小声嘀咕："我只是按规矩办事，是您说的，进公司，要不然刷门卡，要不然登记，公司员工也不例外啊。"

"还学会顶嘴了？！规矩是给谁定的？给员工定的还是给老板定的？员工和老板能一样吗？真是猪一样的脑袋！"

霍甜看着娟姐踩着高跟鞋哒哒哒走远了，难道老板和员工不属于同一个物种？或者即使是同一个物种，也属于不同的科，员工是匍匐在地上的，老板是飞翔在天上的？

果不其然，自从霍甜加入顶创，公司的业绩每况愈下。表面上看是受经济危机影响，大环境不好，但公司内早已谣言四起：霍甜是扫把星，已经拖垮了好几家公司了……

娟姐没少暗示她趁早滚蛋。

眼看着公司要垮，不少人都离职了。为了维持公司的基本运转，霍甜身兼数职，负责前台、行政、人力。为了降低租金，公司缩小了办公面积，霍甜的办公桌从公司门口，搬到了核心区域。

没有了娟姐，霍甜第一次坐在了老板办公室门口，一抬头就能看见在天空飞翔的领导，原来距离也不是很远嘛。

在经济最低靡的那段时间，霍甜工作最忙碌。随着同事一个又一个离职，别人的工作一份又一份落在霍甜身上。

有一次加班到凌晨，霍甜趴在桌子上睡着了，醒来时发现身上披着一件西服，细嗅起来有淡淡的茶香；手边有一杯热牛奶，热牛奶下面有一张字条："打车回家，到家报平安。"

霍甜的鼻子酸酸的，工作这么多年，辗转过这么多公司，被催过工作，被劈头盖脸批评过，被许多人骂过"笨得像猪"，有过一千次把辞职信甩到领导脸上的冲动，但是，从来没有被关心过。

所有人都保持着仰望的姿态，去听候上一级的吩咐，关心上一级的举动，有谁会注意她呢？连春节前加班晚了回家路上被人抢了钱包，同事们也只有一句“哦”。

霍甜的眼眶瞬间就红了。

可能是因为从来都不敢对领导有一点点期待，所以领导给予一丝丝的好都会觉得很感动。一个对底层员工都这么好的领导，一定是个好人。就这样，霍甜被一杯热牛奶降服了。

2

经济形势不好，公司的经营每况愈下，交不起水电物业，更交不起房租。公司给每人多发了1个月的工资遣散了所有人。顶创公司要垮了，这是被霍甜拖垮的第五个公司。

霍甜也多领了一个月的工资，公司只剩下她和蒋方言，霍甜战战兢兢地第一次越级敲响了公司领导办公室的门：“老板，我这里还有一个月的工资，要不咱们再租一个月，再试试吧？”

蒋方言看着她笑了：“你知道一个月房租多少吗？我们每年的房租是350万，每个月合29万1千6百，你的工资恐怕连个零头也不够吧？”

霍甜站在办公室门口，进也不是，出也不是，脸唰地就红了。

“你走吧。”

霍甜低头看着自己的脚：“我不走。”她也不知道哪里来的勇气，她听到自己说的话连自己都感到惊讶，“我不想走。”

蒋方言看着眼前这个精瘦的姑娘：“你，就是让我进门登记的那个小姑娘吧？我记得我招了个员工曾经干倒了四家公司，也是你吧？”

蒋方言认真地看着霍甜，看得霍甜浑身不自在：“你，还挺有意思的。”

霍甜抱着一大箱文件跟着蒋方言，跟了一路，跟到了他家楼下，看着他拿钥匙开了门，蒋方言抱过霍甜手里的文件箱："进来吧，以后就在这里办公吧。"

蒋方言居住的loft被改造成了临时办公室。一层有面对面的办公桌，一套沙发，一套茶具，这就是精简之后的全部设备。

霍甜每天从不赖床，一睁眼恨不得立刻飞到他面前；当然也要洗漱干净穿得整洁大方化个淡妆再去上班，去他家里上班，一想起来就令人心情激动。

坐在他的对面，只要稍稍斜一下脑袋就可以看到他的脸，每天早晨10点阳光会从窗户洒进来，一直到下午4点，一整天都暖洋洋的。

那是霍甜最快乐的一段时光。霍甜不像是在上班，像是在恋爱。每天都可以见到他，听他吩咐，和他相处，一起吃饭，一起外出，在他的谆谆教诲下茁壮成长，梦想着有一天长出坚实的肩膀可以独当一面，为他分担，为他解忧。

那时，霍甜眼里是他，心里是他，整个世界都是他。

虽然工资很少，只有薄薄的票子，每天要经受挤地铁公交的煎熬，然后回到那个冰冷的小屋，但她还是会很兴奋地告诉爸妈："我在这里很好，老板特别重视我；对，全公司里老板下来就是我，我是老板的私人秘书，大家都听我的，没有人敢欺负我；老板对我可好了，爸妈你们放心吧！嗯嗯，过年我就回去！这边的点心可好吃了，过年我提两兜回去！"

挂上电话，世界很安静，安静到可以听到自己的心跳，还有洗手间滴答的水声。但是因为心里有人，所以从来都不觉得寂寞。

就这样，熬过了公司最艰难的三年，直到经济复苏，不知从哪里又冒出来很多公司，原本压缩到极限的公司也都开始扩招，顶创公司这种猎头加培训的经营模式，终于又回到了历史舞台。

公司从2个人到10个人，到50个人，到100个人，霍甜真的变成了蒋方言的秘书，全公司里除了蒋方言就是她，员工们见了她都要叫一声霍姐。

随着公司越做越大，蒋方言的应酬也越来越多，公司里备着一个24寸的行李箱，里面有崭新的衬衣和西裤，甚至还贴心地准备了一套内裤和袜子；柜子里备着醒酒药和护肝药；打点客户的烟酒茶永远就在手边；蒋方言的每一分喜好霍甜都记得烂熟，只要霍甜在，就没有事情能让蒋方言着急上火。

新员工们总是说霍姐是蒋总的心腹，是他心里的第一人。霍甜只是笑笑，别人看到的，是霍甜用了全部心思来讨好上级；别人看不到的，是霍甜把蒋方言当成一个男人来爱着。于是霍甜搞了一期培训，"如何让你的领导满意？像爱人一样包容他支持他陪伴他"让顶创公司一炮而红。

"什么？老蒋让你来打听廖玟瑄的喜好？"沈丝在电话那头一惊一乍，"也难怪，我在公司楼下见你们老蒋的车好几次了。不过追廖玟瑄的人已经绕着二环排一圈了，你们老蒋除非带着她去火星上看猩猩，不然没有什么能让她心动了。"

霍甜在这边听着，下意识地用手指缠着电话线默不作声。

"不过，你说老蒋真的在追廖玟瑄吗？还是……仅仅是创业公司的小老板想要紧抱DC集团董事长的大腿呢？他们不会真的是在约会吧？我还以为廖玟瑄和她姐姐廖婧媛一样喜欢年轻的小鲜肉呢，难道她真看上你们家老蒋了？喂？喂？你在听我说话吗？"

"在。"电话那边的霍甜轻声回答。

"唉，甜甜，我觉得这也不能怪你们家老蒋，你说如果是你，你怎么选？一个是集团董事长，坐拥地产公司、钢铁公司、餐饮公司、快消公司，而且朝中有人，地方一霸，啥也不怕；一个是公司小职员，要背景没背景，要人脉没人脉，要资金没资金，你怎么选？

“甜甜，虽然老蒋的生意这两年也算是风生水起了，但你怎么知道他是靠自己能力超群还是靠廖玟瑄鼎力相助呢？你这么多年和老蒋八字也没一撇，而人家富二代又美又勤奋又有钱。老蒋要做的，不是选择真爱还是富二代，而是他要不要如虎添翼。

“甜甜，你有没有想过一个三十多岁没谈恋爱没成家的男人要什么？他们要事业更上一层楼，如日中天，你给得起吗？”

你以为你给了很多很多爱，可是人家要的根本不是很多很多爱。

3

“餐厅订好了吗？”霍甜刚挂上电话，蒋方言就从办公室走了出来。

“嗯，订，订好了。”

“演出呢？”

霍甜刚想说演出还没定呢，蒋方言就拿起了桌上的两张票，《小王子》音乐剧：“这么快就订好了？《小王子》？”蒋方言微微蹙眉似乎在思考，“嗯不错，想来其他高雅的演出她也听腻了吧。”

霍甜不得不咧开嘴陪着笑：“嗯，《小王子》很好，我很喜欢。”霍甜用手指抠着桌子。今天是光棍节，这两张票……霍甜本来是准备约蒋方言的。

“你看我的领带戴正了吗？”蒋方言摆弄着领带，“你帮我整理一下。”

“啊？”霍甜站了起来，脸腾地红了，然后小心地帮蒋方言整理着领带，他身上那种特有的成熟男人的味道从四面八方袭来。

这个味道霍甜太熟悉了，她不止一次去饭局救场。一米六的霍甜架着一米八五的蒋方言，从饭店回家，陪他在马桶边吐，帮他擦脸，听他胡言乱语。看着他为了创业辛勤付出，心疼他的每一寸疲惫。

所以，这么多年，他想要的真的是事业更上一层楼、如日中天吧。也许没有男人不期望有朝一日成为一方霸主。

“嗯，这样好多了，”蒋方言对着办公室的玻璃窗照了照，“我先走了，你加班不要太晚，打车回家，记得报平安。”

如果蒋方言像其他的领导一样，没有业务能力又凶巴巴，可能霍甜会像无数个平凡的员工一样，为了拿到微薄的票子，然后忍耐一千次：“早晚有一天老子要把辞职信甩到你脸上，啪啪啪打脸。”

可是霍甜早已不是一个平凡的员工，因为她的心里有了蒋方言。为了他，她想变得更好，更努力，更优秀，这样才能跟上他快速行走的步伐。想和他一起创业，一起看世界，一起寻找商业规律，一起探讨人生奥秘，想要像一株树一样站在他的身旁。

霍甜看着蒋方言离去的背影，这一切终究是想太多了。

“沈丝，我失恋了，出来浪吧。”霍甜发完了这条信息，瘫倒在椅子上一蹶不振。

4

“霍甜，虽然你失去了一棵树，但你没看见一整片森林都在和你招手吗？！”酒吧里，沈丝珠光红唇，扭着小腰拉着霍甜跳舞。

“树是很多，可是我只喜欢那一棵。”

“霍甜，你喜欢他，他就一定要和你在一起吗？ No No No ，无论你多么多么喜欢他，这从来都不是他必须和你在一起的理由。”沈丝向霍甜抛了一个妩媚的表情：“来吧，世界就是这么残酷，干杯！”

沈丝张罗着和霍甜喝了一杯交杯酒：“来，庆祝我们18岁成年了！”

“你，你今年应该有两个18岁了吧？”

“霍甜，你还没喝酒呢怎么就开始说胡话了？罚你干了这杯！来！”

霍甜端着酒看了看，是很正的蓝色，名字叫情人的眼泪，霍甜一仰头全都喝了下去。

沈丝讲了很多很多笑话，霍甜和她两个人笑得前仰后合。可是霍甜的心像缺了一个口子，想着心爱的他和别的女人去看了她心爱的《小王子》，难过就像抑制不住的泪水，怎么擦都擦不干。

“祝我们18岁，千杯不醉！”

“祝我们18岁，不老童颜！”

“祝我们18岁，都能找到所爱的人！”

“祝我们18岁，给我来一整个森林！我都承包了！”

玩得正嗨，只见一个大长腿、高颜值的小鲜肉，不知道从哪里蹿出来，一脸黑线，二话不说，扛起沈丝，用一块不知道哪里找来的抹布握住霍甜的手腕，拖着就走。

“放开我，放开我，你这个小犊子！看我回家怎么收拾你！”小鲜肉完全不顾沈丝在他的肩上手脚并用地挣扎，“霍甜甜，忘了给你介绍，这是我男朋友。”

“我知道啊，我们公司培训的嘛，我向你推荐的，怎么样，好使吧？”

刘欣然听着两个女人满口污言，想女人喝了酒真可怕。

5

小鲜肉开车到霍甜楼下，四处打量想找有没有农民工愿意扛大活人上楼，然后看见了负责培训的顶创公司的老板蒋方言！小鲜肉用抹布垫着霍甜的手腕，从车里把她拖下来，然后丢给蒋方言，一溜烟跑掉了。

霍甜头痛欲裂，睡了整整两天，睡醒的时候床头柜上摆着两瓶矿泉水，锅里还有保温的粥:“沈丝什么时候这么体贴了？”

霍甜第三天到公司上班的时候才知道，蒋方言竟然把公司给卖了！卖给了DC集团廖玟瑄！此时廖玟瑄就在蒋方言的办公室里，孤男寡女关着门商量收购细节！

霍甜二话不说立即冲了两杯茶，门也忘了敲，推门就进！只见蒋方言和廖玟瑄并排坐在小沙发上，四目对望。那一刻，霍甜感觉屋里好闷热。

霍甜看了蒋方言一眼，就一眼，霍甜就知道蒋方言的意思是，出去，关门。

霍甜低着头，弓着腰退了出来，那姿势像极了娟姐向蒋方言点头哈腰。公司人来人往，没有人注意到霍甜端着两杯凉了的茶站在办公室门口，许久。

直到霍甜的手都酸了，“啪”一声，杯子掉在地上碎了，那是蒋方言蛮喜欢的一对茶杯。

听公司里的小员工议论，蒋方言很快就会离开顶创前往DC集团，顶创再也不会是细分市场最具有创新活力的公司，而会变成DC集团全行业布局的一个分支。

当顶创最低靡，没有钱发工资，被业主赶出办公区的时候，有人提出要收购顶创，蒋方言没有答应。

霍甜抱着一大箱材料跟在蒋方言身后的时候，觉得他像一个无畏的勇士。他说要做行业第一，要帮助更多的人发现自己的价值、匹配适合的工作，成为一个快乐而有能力的人。

霍甜最喜欢那个时候的蒋方言，因为那时的他一无所有，只有他的梦想和跟在他身后的她，如今他什么都有了，他还记得他当初的梦想吗？

蒋方言说过要开分公司，很多很多分公司，挤垮那些猎头公司，要做人力的价值挖掘，而不是简单的人力推送和匹配。

但是，以前从未打算卖公司，可能只是价格不够诱人，也有可能是对方无法给他一个更璀璨的未来。

霍甜笑了，是啊，自己能给他什么呢？

霍甜走了，还没到下班时间霍甜就提前离开了。一觉睡了三天。她梦见蒋方言结婚了，婚礼上的嘉宾她都认识，都在电视上见过，都是大老板、大领导。霍甜站在婚礼的角落，目光追随着他的身影，可是从头到尾竟连一杯酒都敬不上，全程都轮不到她发言。

原来娟姐早都一语成谶，蒋方言和霍甜从来都不是一个世界的人。

6

夜里无人，霍甜一个人在公司收拾东西。

抽屉里有半盒感冒药是他送的，有一条丝巾是买给客户的礼物中富裕出来的，有一只打火机是专门为他准备的，有6个Ａ4硬皮笔记本，上面写满了他所有的喜好和工作安排。

办公桌上还贴着他的志向，要做就要做到行业第一，不服输，不认输。为了这个目标，一年365天，蒋方言基本上没有休息过。

霍甜还记得有一年送了蒋方言一本书，《那些有趣的小事》，书里说，一起迷一次路，一起在咖啡店浪费一个下午，一起闭着眼睛听一场电影，一起在海滩睡个午觉，一起丢下工作逃到没有人认识的地方，一起为对方做一件事……

好多好多，这些事，从来都没有做过。那本书蒋方言看过之后兴致勃勃地标注了好几页，要霍甜安排时间一起去做，然后就淹没在无休止的工作中。

在抽屉的底部，这本书蒙着薄薄的尘，霍甜掸了掸书面的灰，双手捧着书说："真不好意思，辜负你了啊。"说着说着，眼泪就掉了下来。

曾经，霍甜总是跟在蒋方言的身后。他的腿那么长，走路那么快，她总是要小跑才能跟上，他猛地停下脚步回头，她会撞到他的身上。她以为，他回头一定是为了看看她是不是还在，她以为他是需要她的，她以为，也许他有一点点喜欢她。

霍甜曾经想过很多种辞职的情形，但她从来没有想过自己真会离开顶创，离开蒋方言，因为舍不得。可是现在，她就这样消失了。

在蒋方言忙得最焦头烂额的时候，霍甜消失了。没有辞职，蒋方言为她办理了停薪留职。等她回来，顶创下一任负责人就是她。只是男人从来不懂，女人要的从来都不是职位和工作。也许女人也不懂，男人要的也不仅仅是爱情。

霍甜去了很多城市，带着《那些有趣的小事》，认真地做着蒋方言标注过的事情，每做一件霍甜就在目录上画一个勾勾，直到做完所有的事情，这场一个人的告别才算落幕。

最后一件事是在珠峰大声喊一个人的名字，霍甜一直都舍不得做。她怕一喊出来，那些思念，那些爱，就会像汹涌的江水绝尘而去，而她也不得不和他说再见。

霍甜留在了日喀则市，每天推门而出是蓝色的天和朴实的笑，这些笑让人觉得温暖而又治愈。扎西是房东的儿子，总是磨着霍甜讲外面的世界，两个眼睛亮晶晶的，总是想出去看一看。有一天扎西兴奋地冲进霍甜的房间，拉着她去看从外面世界来的大公司。

他穿着三年前的旧西装，衬衫是旅行箱中的备用款，尺码被霍甜买错了所以显得有些大，他的皮鞋很干净没有蒙土，他一个人，手上没有戴戒指。

顶创公司第32家分公司终于开到了西藏，DC集团总经理兼顶创公司负责人蒋方言来现场剪彩。

霍甜还没有登上珠峰，没有喊出他的名字，所以对于他的告别，霍甜一直没有完成，霍甜一直舍不得放下他，忘掉他。

蒋方言说："小甜，你来。"

霍甜因为激动，而显得有些结巴："我，我不来，我为什么要来。"

7

蒋方言说要开很多很多家分公司，按照23个省、4个直辖市、2个特别行政区、5个自治区，一家一家开，他以为很快他就会找到霍甜，没想到一找就是三年。

"你无故矿工三年零一个月零三天，还带走了我的书，不想解释一下吗？"

"是你自己把公司卖掉了。"

蒋方言笑了："所以你是生气了？"

"我只是一个小员工，你才是大老板，你卖掉了自己的公司，我有什么好生气，"霍甜低着头用脚踢着石子，"我只是舍不得而已。"

"舍不得你还离开？"

霍甜抬头鼓着眼睛看蒋方言。

"有没有人说过，你皱眉头的样子一点也不美？"

"我是不美啊，笑也不美，不笑也不美，哭也不美，不哭也不美。蒋方言，那又怎样呢？"

“不怎样啊，只是我很喜欢。”

霍甜的眉头拧得更厉害了，使劲眨了眨眼睛，幻听了吧？

“小甜，我一直觉得你是一个执着、坚持、认真、负责的人，但是你怎么能在表白之后就消失得无影无踪呢？”

“什么？”霍甜的大脑飞转，表白？什么意思？

“那天晚上你吐脏了我的衬衫和西裤，吐完了之后还贴过来要抱抱，你攥着我的手不停地抹眼泪，你一遍一遍问我，你会怎么选？当时我还不太明白，后来听到沈丝和她的小助理在办公室聊天才知道，原来你想问我，你会选一个什么都没有的小职员，还是选一个人美钱多又勤奋的董事长，你不听听答案就走了吗？”

“答案重要吗？正常人都会选智慧与颜值并存的二代吧。”

“你说廖玟瑄吗？我帮她把利润率翻了三倍，现在是她求着我留在公司，你以为我是为了飞黄腾达而攀高枝吗？我从来都不需要。”

霍甜笑了，这个才是她记忆中顶天立地的男人，有一份豪气，有一份霸气，不服输，不认输，人美钱多又勤奋的二代又怎样？爷不甩她自是爷看不上她，陪她玩耍消遣全是商业行为的烟雾弹。

“公司快被你拖垮的时候我也从来没有害怕过，但是自从你走了之后我才发现，原来是因为有你在，我才安心。你说你什么都没有，没有背景、没有人脉、没有资金，可是有你就够了啊，是你在公司要倒闭的时候让我坚持，是你想出了点子让公司一炮而红，也是你，让我牵挂。你以为你很渺小，可是在我心里，你从来都像一束坚定的光。”

霍甜工作这么多年，头一次被蒋方言这么直白地表扬，一时间有点招架不住。

“别看了，你就是有我说的这么好。过来，到我怀里来。”

“我不过去，总是我过去。你过来。”

“好，我过来。对了，那天晚上，你说了太多胡话我都听不清，好像有一句我有点儿喜欢你，你要不要现在更正一下程度副词？”

“蒋方言，你不要骄傲了，我从来都没有说过我有一点儿喜欢你，我只是舍不得离开你。”

娟姐说错了，霍甜和蒋方言是一个世界的人，他们是一起向着美好世界前进的人。勤奋的人运气都不会太差，爱上一个完美上司然后将其收入囊中，霍甜的18岁成人课终于得了满分。

长风有信（上）

作者：温袭

这天日头很好，方择琢磨着推章长风出去逛逛。

老了是老了，心还是野，别看他坐在房间里不吭声，其实心里很不痛快，种在窗前的风信子被他薅去了一大把，老小孩儿一样。

盖上钢笔，日记本上是娟秀的小楷字，记录着一些日常琐碎。她从前刚回国的时候爱极了在纸上写下长串的法语，现在上了年纪，又回到法兰西，反而偏执地写起了汉字。

和章长风一样，她的记忆力也在一点一点减退，有时候翻起以前的日记，都会觉得这是发生在别人身上的事儿。

章长风却相反，明明早饭吃了就忘，讲起陈年旧事来，却条理清楚得不像个八十来岁的老头儿。

“当时我就在楼上，和我爹、我二叔还有那帮老爷子们，你记得咱家原来那座洋楼吗？就门口还放石狮子的那座……”章长风说得最多的就是他们初见的那段。

“你当时穿了件深蓝色的小旗袍，围着绒线织的披肩，真好看啊，你那双眼睛比谁都亮，眉梢尖尖的，小下颌扬着，我当时就想着，这小娘们真给劲儿。”

方择可不理会他，道：“老没正形的，现在说得好听，你记得当时怎么评价我的吗？”

章长风老脸一红，拉着老妻的手，乐呵呵地不敢说话了。

她推着轮椅，沿着屋后的林间小路走，章长风不时就得回头看上一眼，生怕她不见了似的。

他年轻时腿上落下了伤，上了年纪后就彻底动弹不得了，心脏和大脑也都出现了不同程度的问题，好几次与死亡擦肩，又凭着顽强的生命力挺了过来。

轮椅停下，一大片秋英花田，微风吹过细瘦的嫩梗，摇曳成叠叠淡粉色的浪。

“阿择。”章长风的声音起伏在风的声音里，“等那天真的来了，你不要伤心。我先走其实是好事，要不然这异国他乡的，到哪儿去找人给我烧小鸡炖蘑菇吃？”

方择觉得他这话说得没道理，轻斥道：“找个中餐厨子不就行了？你当还是刚来那时候？我跑满街都买不着一包酱油。”

“都比不上你烧得好。”他伸出手去摸索她的手，方择就把手递上去让他握着。

“馋嘴。”

说起来这道小鸡炖蘑菇还是她结婚以后学的，当年留洋归来的富家小姐，十指不沾阳春水，仗着才貌双全，最是心高气傲。

那是她从法兰西回来，第一次参加当地的宴会，说是这几省最有势力的章大帅举办的，能来参加的都是当地有头有脸的体面人。

她却不以为然，心里暗自想着，把石狮子镇在洋楼前的，能是什么卓越人物？

霸占一方的兵痞子罢了。

看来似乎是联谊性质的宴会，音乐声响起没多久，红男绿女就两两抱成一团，跳起舞来。她嫌大厅里的烟味太冲，要了杯淡香槟，靠在窗口透气。

一曲罢了，抬头就看见楼上人群簇拥着一个军装笔挺的青年，那青年个高腿长，军帽压着帽沿衬得面庞俊朗得逼人，出口的话却是轻薄放肆。

“这个好，脑子清楚不听话，生得一副克夫相。”

说罢还遥遥向她这方向一指，像是持枪瞄准猎物般。隔得这样远，方择都感觉得到那双眼睛带给人的压迫感，这让她极不舒服。

这天她早早就回去了，没想到第二天刚从诗社回家，就看见一家人围坐在桌前，看样子都在等她回来。

“怎么了？这么大阵仗？”她放下小手包，坐到自己的座位上，见没人动弹，便自己给自己倒了杯咖啡。

“我还想问你呢，你是怎么招惹上章家的那个少帅的？你不是最不喜欢当兵的吗？”父亲的拐杖在地板上敲得震响。

她想了好一会儿，才想起那个所谓“章家的少帅”是谁，十分无奈地道：“我和他可是半句话都没有说过。”

“可是人家把聘书和聘礼都送到家里来了！”大红聘书被掀到桌上，方择看了那上面的文字这才知道，原来那人叫章长风。

她抿了一口咖啡。

“你给我上点儿心！怎么还一点都不着急呢？”父亲憋着股气冲她喊着。

方择平心静气道：“爸爸，现在是民国了，连政府的条令上都明明白白写着，提倡自由恋爱，新式婚姻，他章家还兴那套老古董一样的教条……

“他可以送聘书聘礼来，咱们不嫁，再给他退回去不就成了。”

方老爷子内心一阵江河翻滚，转而向自己夫人道：“你看看，就是你！当初张罗着要送她去法兰西，学习先进知识，你瞧瞧她现在脑子里都装了一堆什么东西？

“女孩子家家有那么多新思想干什么？将来成亲嫁人都不好料理！”

她母亲听了丈夫的埋怨，虽不全然赞同，但也觉得自己有义务劝劝女儿，遂温声道：“这亲哪是说退就退的？你这几年留洋，不清楚国内的形势。

“现在军阀之间打得厉害，这生意要有军方势力庇护着才维持得下去。家里的产业也不比昔年了，棉纱厂倒了好几座，金融上的投资也赚得很少了……”

“所以你们什么意思？”她冷着脸把杯子往桌面一墩，“卖女儿了？”

她嫂子在一旁忙打圆场：“妹子你说的这是什么话？你也到了谈婚论嫁的年纪了，嫂子打听了，那个章少帅啊，年轻英俊又家大业大，见过面的没有不说好的……”

“我昨天刚见过，不好！不好极了！”她说罢就离了座位，快步上楼回房了，把门重重地带在身后。

方择打开日记本，飞笔在上面记录着自己的心情。

她觉得委屈极了，回国以后，她努力做个好女儿，那群一起留洋的朋友出去通宵聚会，她怕家里不高兴，从来都是早早回来。

她从不在家里高声说话唱歌，因为父亲不喜欢，她连戏剧社都退了。可她那么多的知识毕竟不是白学的，她的心是向往平等和自由的！

她现在宁可自己从未接触过那些新思想，可是已经做不到了，她不是那些顺从麻木的女人，她已经是方择。

后来她也闹腾过一阵子。那段时日父亲整日阴沉着脸，母亲整宿整宿地哭，她怎么说也是爹生娘养的小女孩，便两眼一闭答应嫁了。

再后来听说章家办的是旧式婚礼，她又狠狠地怄了一阵。

就这么嫁给了那个只见过一面、可气可恨的章长风。

话说章长风成亲当日，还去军队督导训练，被一众长官在军服外绑上大红花就送到了婚礼现场。

方择看到他这副样子，当场就掀了盖头要出门不嫁了，被章长风一把拽回去拜了堂，两个人还没进洞房就见了面，摆明了是八字不合，势不两立。

来参加章长风婚礼的，大多是军队中人，一个个都高声大嗓地要和新娘子喝酒。章长风当然得拦着，说她一个女人哪里会喝酒？

方择回国以来一直没什么机会喝酒，又正在气头上，扬起酒杯，凭什么不喝？少帅夫人陪兄弟们喝！

一时推杯换盏，酒席上好不热闹。章长风气得牙根痒痒，把酒瓶子一摔，扛起醉醺醺的方择回头冲酒桌上人道："还没完了？耽误老子入洞房！"大步而去，身后自然又是一阵哄笑吵闹。

回到房中，方择还算清醒，推开他坐到镜子前有条不紊地卸了一头沉重的首饰。她醉是醉了，却也没到不省人事的程度，只是脸颊上染了几分酡红，目光也有些飘摇不定。

"听说你是个读书的，没想到还挺有量。"章长风摘下帽子，松了两颗领扣。

"你为什么娶我？"她大红喜服还穿在身上，一头漆黑的长发披散下来。

章长风看着她的背影，上去把她一把腾空抱起，放在大床上，压下身来："娶你干什么？给老子生儿子！"

方择厌恶地皱起眉，盯着他道："那你怎么不娶别人？想给你章少帅生孩子的女人可多了去了。"

章长风解扣子的手停住了，他坐在床边，望向被他放倒在床上的方择："你到底想说什么？"

"那天你说的话我听到了。"她说。

"这个好，脑子清楚不听话，生得一副克夫相。"章长风那天是这么讲的，她记得清清楚楚。

“你想死吧？”方择一字一句陈述着自己的结论。

章长风确认了，他娶的女人的的确确是脑子清楚不听话，他脱了两只脚上的皮鞋摔得远远的，舌尖舔舔上牙，明显是压抑着气急败坏。

“你管不着。”

没等他上手，方择就自己动手去解领口的盘扣，她坐起身，眼中无丝毫畏惧，甚至还有几分傲气。

“这是我们两个人的事，你也不必觉得是你睡了我，我们从中得到的是同等的乐趣。当然，我也不是为了给你生孩子。”

她伸出双手拢住章长风的脖颈，贴在他耳边清晰地吐字：“记住了，我叫方择。”

章长风觉得自己疯了。

他这不是娶了个百依百顺的媳妇，是娶了个爷。

就像方择给他下了什么咒一样，直到他第二天去营里，脑子里也全都是方择的名字。部下与他玩笑，说洞房夜快活，他吭了一声，“快活！跟打仗一样。”

晚饭时为了照顾他们小两口感情，他娘吩咐他们晚饭在自己房里吃。

两个人各吃各的，相对无言，章长风越吃越来气，心里还纠结着：“我睡我媳妇，睡完还不能说睡了！怎么着？还得说是她睡了我啊？”

“媳妇。”

“哎。”方择立即应道，脸上没什么多余的表情。

“给我烫酒。”他往椅子上舒舒服服一靠，掀着眼皮擎等着看对面人的反应。

对面方择也是一愣："你自己不会烫？"

章长风没说话，递了个眼神让她自行体会。

方择又试探地问："得人伺候着？"

看着方择搁下筷子，章长风露出了一个如沐春风的微笑。

方择不只搁了筷子，她还起身离座了，还开门了，开完门还放开嗓子喊了，喊的是："阿菊快来帮你家少爷烫个酒，他自己不会，得人伺候着！"

声音回荡在整个家里，楼下干活儿的阿菊还未来得及应声，就听门又被"咣"地一声关上了。

方择被章长风堵在门口，也不紧张，认真地拍拍他的肩膀问："怎么？你不喝酒啦？"

章长风不想喝酒了，他觉得十分丢人，这婚结的，没有意思。

方择不光不惯着他，方择还不需要他，这让章长风的内心很是失落。

要说吧，方择平日里在家虽不是百依百顺，也算听话，给睡，从不顶嘴，孝敬公婆，也从不磨人烦人，该知足吧？可章长风还是觉得，是缺了点啥。

他打小见惯了他爹和他娘的相处模式，意识中的夫妻关系就该是爷们儿在外忙碌一整天，回到家里，满身臭汗地往床上四仰八叉一躺，等在家里的婆娘或是上赶着嘘寒问暖，或是趁着唠叨的机会和丈夫说上几句话，喜怒哀乐都跟着爷们儿脸色变。

方择倒好，每天起得比自己还早，自顾自吃了饭挑好衣服画上妆就出门去了。

一上午也不知是到哪儿逍遥，回来时都是美滋滋的，坐在床头抱着电话，聊着诗歌啊、绘画啊，尽是些他听不懂的东西，时不时还抛出几句洋文。

每天看电影、跳舞、读书、写诗、画油画、记日记，晚上拿出针线盒给心爱的裙子钩边儿，每周末按时去教堂做礼拜……过得充实而愉快。

在章长风心里，方择仿佛是在坦坦荡荡地秉持着一个原则：花他的钱，当他不存在，还玩得特别开心。

好在他也不是那么太在乎，女人嘛，漂亮省心，带出去有面儿就行。他军务繁忙，要不是老爷子催着，他也不会随手挑了一个姑娘就结婚。

这天他军务完得早，下午就回家了。他也知道媳妇得陪得哄，八师长约他看戏他都给拒了，方择那股劲儿可比唱戏有意思多了。

照理说他进门声也不小，可方择压根没搭理他，捧着本书婷婷地坐在书桌前，还煞有介事地翻了一页。

她长发整整齐齐盘着，用一枚别致的发卡固定住，穿了套白绸子的暗纹小洋装，领口袖边飞着西洋褶子，颈子上挂了两圈小珍珠链子，午后的日光透过半透的窗帘映在她身上，给那雪白的人、乌黑的发都镀了层淡淡的金边。

本来赏心悦目也是桩乐事，可章长风乐着乐着，想到方择打扮这么漂亮也不是为了他，那股邪气儿又上来了。

怎么？当你爷们儿不存在？

他拖出把椅子，舒舒坦坦往椅背上一靠，右脚摞左脚两条长腿往桌上一架，拿出了他在军中的那副架势。

他那双军靴底下倒没沾什么尘泥，但方择这书桌擦得也是半点灰不沾，最重要的是他正对着方择，两条腿就差支到她脸跟前了，想不看他都不行。

果然，章长风看见方择放下书，不轻不重掀了他一眼，那双清亮亮的眼瞪得他很是受用。

“媳妇。”他按捺着快意，故作不经心地唤了一声。

“哎。”方择不打算再理会他，又捧起书。

章长风只好自找话题：“读什么呢？给我念念。”

方择懒得废话，放开声音韵律和谐地念了一遍，二十四行的长诗念了好一会儿，听得章长风心里像清风荡过似的，浮起一层层涟漪。

他心想，这念书人的趣味是和咱们不一样，从前他家哪有这讲究人？他娘和大姐二姐平日里打发日子不是搓麻，就是侃闲话，嚷得他脑仁都疼。

一首诗罢了，章长风点点头，抽出右脚往左脚上重重一搁，掏掏耳朵：“念得挺好，都啥意思？”

方择脸上神情很是复杂：“这是一首情诗，写爱情的。”

章长风融会贯通：“懂了，想我呢。”

方择重重合上书，“自作多情”刚要脱口而出，又怕他听不懂这个成语，顺嘴来了句：“凭什么我读情诗，就得是想你啊？”

章长风顿觉火大，收起架在桌上的双腿坐直了：“你是我媳妇，你读情诗的时候想别人那就坏了，我告诉你！”

方择最看不得他这横眉立目的模样，便也坐得越发端正：“章长风，我们又不是自由恋爱，怎么结的婚你也知道，说强买强卖都不过分。

“我承认我方择反抗不了现实，我们也可以继续这种肉体关系，但你永远也约束不了我的精神自由，就算我死，我的爱情也不会属于你这种恶棍强盗！”

她字字句句说得铿锵有力，听得章长风眼前一阵阵发黑。

他脑子一热，就容易做浑事儿，抬起那能徒手捏碎骨骼的巴掌，盯着方择那张脸看得眼睛都发红了，还是没打下去，恶狠狠地把桌上那珐琅彩的花瓶砸到地上，摔了个粉碎。

这一声震响，再加上紧接着章长风的摔门声，一连串的脚步恨不能将楼梯踏个窟窿，楼上楼下登时都知道了，纷纷嘀咕着这小两口怎么刚结婚就闹这么厉害。

偏是章长风还在气头上，谁也不敢多嘴劝一句，生怕一不留神惹着了这少帅，引火烧身。

但这转眼一个礼拜过去了，章长风愣是再没回过家，而这边方择也没有服软的意思，家里章老夫人先坐不住了。

她知道方择和她家几个女儿不一样，搬出婆婆身份来硬的绝对不行，回娘家或是当晚就离家出走这种事，她这儿媳妇绝对干得出来。

休说将来不好收场，就是传出去了，也实在不好听。

在自己屋好不容易想好了一套体己的说辞，章老夫人摆好脸色推门进了儿子的屋，结果抬头一看，新媳妇一点事没有，在那儿放着留声机浇花呢。

“阿择啊。”她关门进了屋。

方择赶忙放下水壶，甜甜叫了声“娘”，给她拉好椅子请她坐。

章老夫人看她脸上压根没有一点那件事的影子，也不好直接提，便扫了一眼桌面，道：“这花瓶换了新的？”

“嗯，换了，前一个摔地上碎了。”方择倒也答得干脆，只是只字未提章长风。

章老夫人看不奏效，只好自己开头问道：“长风他……好几天没回来了吧？”

方择手指在桌下掐算了一下，应道：“是了，七天没回来了。”

章老夫人看她不急心里就更急，连忙解释道：“我们章家啊，就这一根独苗，从小就惯着，长大后又在军队学了些坏脾性，但他品行还是端正的。

“要是你们小夫妻俩有了什么疙瘩，坐下来好好解决，长风他也不是那种不好说话的人。”

她这一席话说得是苦口婆心，她知道自家儿子轻易不低头，就引着方择去主动和章长风解开矛盾。

她心里计算着，要是方择不肯，她就接着说：“当娘的给你们搭个桥好好唠唠。”

结果方择想都没想，干脆道：“我们两个没矛盾，我和他能有什么矛盾？您就放心吧。”

这一下就把章老夫人的话堵了回去，媳妇都这么说了，她再劝一句都显得多余，只好缩缩脖没吭声，少顷才说：“那你也记着给他打个电话，让他知道家里有个人惦记着。

“娘跟你说句小话儿，这虽说是新时代了，但自己的男人还是得自己看紧，这男人的心都是野的，哪天被别人勾走了，你哭都找不着调门。”

方择心说，有什么可哭的，那我正好离婚。

但为了让章老夫人放心，嘴上还得应着，送走老夫人后，她走形式地给章长风拨了个电话。

结果电话一接通，是秘书接的，她还没开始问呢，小秘书就开始结结巴巴，最后窘迫得实在没办法了，说了句“少帅开会去了”就想敷衍过去。

方择听着好笑，回了句：“你家少帅开会不带秘书？”就挂了，紧接着一个电话打到了八师长办公室。

八师长那边的答复给得爽快，八师长和军部高层一行人浩浩荡荡都去了琳琅街，当中当然包括章长风。

而琳琅街是什么地方，方择没去过也听说过它的名声。

章长风嫖娼去了。

方择发现，章长风总是刷新她对军痞反感的底线，就算她对章长风确实没感情，这回她也真的生气了。

她开始感到与他保持肉体上的夫妻关系都是种耻辱，她第一次觉得他恶心。

章长风此刻要是知道方择在怎么想他，非得气得背过气去。

且说他那天怒气冲天地离开家，心里那股火怎么也压不下去，本来想找个酒楼喝他个天昏地暗，迎面正好碰上了八师长。

八师长这人浪荡豪放，明明年纪和大帅差不了几岁，非要拉着二十出头的章长风一口一个“老弟”。

一眼就看出来章长风是在媳妇那儿受了气，回不去家，就拉着他到了自己家，说：“让你嫂子给你准备一桌子好酒好菜，咱们哥儿俩喝酒。”

就这么被八师长死乞白赖留住了，加上他也还不想回家，就一连住了好几天。

他知道是自己不对，不该对方择发邪火摔东西，但想到她口口声声说着“永远不爱”，他就气不打一处来。

他在八师长家住着，还时时惦记着方择是不是回娘家了？怎么都不知道找自己？心乱如麻。

这天下班时，八师长再来找他，他披上风衣就说，不能再耗了，自己得回家了，媳妇在家等他呢。

八师长将他一拦说：“这可不行，今天有件大事你可得帮帮老哥。”

原来是今天京城那边来了客，八师长满口答应着要拉着他那少帅兄弟一起去琳琅街喝酒，话都说了出去，不好收回了。

章长风心里可清楚，这帮莽汉武夫到了琳琅街还能干喝酒？忙摆摆手说：“不成，我去不了那种地方，我光待着都不舒服。”

他说的是实话，别看他整日厮混在军队里，但怎么说也是二十刚出头，清清爽爽的少年郎，喜欢的是那种俏皮清丽、有点小脾气的姑娘。

一群人集体到那满是烟粉风尘气的地界解决肉欲问题，他觉得自己没有那种需要和想法。

可八师长哀求得实在凄切，他这些日子又欠了人家人情，只能叮嘱好秘书，不情不愿地上了车。

这一夜大家喝得烂醉，各自搂了中意的姑娘去睡觉了，他也不好先回，就在酒楼里开了个单间，抱着酒壶喝喝睡睡，听着隔壁和隔壁的隔壁床板声和高叫声直到天色泛白。

他想方择了。

他也不知道那个女人哪儿好，可他就是想了。

所以他第二天一大早离开琳琅街后哪儿都没去，直接就回家了。摸出钥匙开了门，家里空荡荡的一片寂静，他不管不顾地上了楼，还没进门，就开始高喊方择的名字，酒气作祟，他感觉嗓子眼都要烧着了。

一进门，方择正背对着他在床上坐着呢，也不知是醒得早，还是一宿没睡。章长风改了口，叫了声“媳妇”。方择没搭理他。

章长风是本着认错的心回来的，脚底下还有点不稳，就轻手轻脚地走过去单膝跪在床上，从后面抱住方择，好声好气道：“怎么还生我气啊？”

话还没说完，他就感觉方择的身子在他手底下颤栗了一下。

方择挣开他，站起来转过身看着他，她的眉目间没有愤怒也没有伤悲，像读诗时一样柔和平静，她说：“章长风，我们离婚。”

她原本没打算一开头就提离婚，但章长风身上那冲鼻的酒味让她立即联想到他昨晚去干什么了，章长风抱她的时候，她本能地反感到发抖。

章长风抱着她的手还未来得及完全收回，就僵在了半空，他不想和方择发火，转过身调整了一下情绪，但回身时还是没忍住吼了出来。

“我就摔了个瓶子，你他娘的还想闹到什么时候！”

还想离婚？这要是传出去他章长风连媳妇都留不住，他还有什么脸面立于人前？

虽然章长风那架势，直接能扑上来扭断自己的脖子，但方择还是忍住了，一步也没有退后，只是眼圈晕了一圈红，出口的话也有几分哑了。

“你嫖娼。”她说，带着十万分的排斥和拒绝。

这距离让章长风心烦意乱，他气急败坏地道：“我是个男人，嫖娼怎么了？你看那军队里哪个不嫖？你嫁给我这样的人就该想到有这么一天！”

这当然是违心的话。但是方择越看不起他，他就越不想在她面前低头。

他都恨不得把一颗血淋淋的心剖出来给方择，让她看看她男人到底是一个怎样的人。

“死心吧，我不离婚，国法上也没有哪一条写嫖娼就要离婚的。”他脸色阴沉。

方择眼泪花儿在眼眶里打转，点点头道：“好，但是国法上可是写了男女平等！你嫖娼，那我也有权利找男朋友。”

酒气上涌，章长风觉得自己都有点站不稳了，他眼眶里爬满了血丝，沙着嗓子恶狠狠地威胁道：“你要是敢给老子戴绿帽子，信不信老子扒了你的皮！”

摆出那一副心狠手黑的样子，似乎他说得出就一定做得到。

方择还真就找了，还不要命地撞到他跟前了。

方择带着皮手套的手挽着一个油头粉面的男人，大方地站在他面前，微微一笑介绍道：“这是我男朋友。”

又偏头向旁边的男人，“魏斯，这是我先生章长风。”

章长风摸摸帽沿，气乐了。

他本想着方择说的不过是气话，就算她真的去找，哪有男人会愿意和已婚女人耍朋友，没想到还真叫她找着了。

皮具店内客人来来往往，既然方择不要脸面，那他也用不着觉得丢人。

他穿着熨得板正的军服，肩上压着挂衔的大衣外套，分外有气势，伸出手去向那魏斯道：“我太太可不是好伺候的主儿，真是辛苦你了。”

魏斯不敢不接，颤颤巍巍去与他握了手，像生怕他一把将自己手指攥断一般，想道句“承让……”，半天也没有张开嘴。

方择却将人挽得亲密，炫耀道：“魏斯是德国留学回来的，油画作品在国立中央美术馆展出过，在音乐方面也有造诣……对了，他还是西洋棋高手。”

章长风点头一一应着，目光却一直停在她搭着魏斯胳膊的手上，吓得魏斯直想往外抽。

“今天是魏斯的生日，我想来给他选条皮带，不知章少帅是来干什么的？”

方择话音刚落，就见章长风一把抽出腰间的枪，黑洞洞的枪口直指魏斯眉心，魏斯的腿当时就软了，方择紧扶着他都站不稳。

未及方择开口呵斥，那枪就在章长风指间一转，又被收回枪套中，就见他面上无半点戾气，和颜悦色道：“枪套旧了，来换个新的。”

章长风出去的时候还听见那个魏斯在小声抱怨着，嗔怪方择为什么要把他带到她丈夫面前，方择就在一旁轻声安抚着什么。

他脸上始终挂着的轻松一扫而光，大步踏出门去，他怕再多待一会儿他会忍不住拔枪把那个魏斯打成血葫芦。

八师长发现章长风去靶场的次数明显变多了。他估摸着又是和媳妇闹不愉快了，想劝劝，听着不绝的枪声，看着他那煞神样，又把话咽了回去。

章长风其实也想请教请教这位前辈，毕竟这是位在同一个家里和五个姨太太和谐相处的人物。靶场显然不是能平心静气说话的地方，于是他破天荒地和八师长喝了个咖啡。

章长风自然不能问："媳妇给我戴绿帽子怎么办？"他丢不起那人，而且这话只消对八师长一说，第二天整个军部都会敲锣打鼓传起来。

于是他斟酌了一下，问道："你说为什么这些女的，都喜欢那些个油头粉面的东西？"

八师长从雾气氤氲的杯口抬起头，推起几行抬头纹："弟媳给你戴绿帽子了啊？"

章长风："……"

整个军部敲锣打鼓的景象仿佛近在眼前了。

近在眼前的显然还有别的。

八师长眼看着章长风眼神一变，"腾"地站起来，留下一句："我先回去。"就赶着投胎似的大步流星而去了，留下他独自坐在那嘀咕着："你说这到底谁请谁……"

章长风派人在门口严守着，自己开车油门一踩就奔着家去了。

到了门口正赶上方择和女伴约着要出门，被他一把拽上了车，那女伴不认得他，直失声喊着："抢人啦！"方择想摆手告诉她没事，但章长风已经把车开远了。

"你又犯什么病？"方择拢了拢被窗口风吹得散乱的头发。

"带你看戏。"章长风冷冷地笑了一声，带她下车时也是用拽的。

魏斯还坐在原位，对面的女人已经被吓得站起身来，章长风直指着他们，向方择道："你的好男朋友？"

方择不说话，偏过头去，脸红到耳根，此种状况又是被章长风亲自揭出来，她只觉得羞愤不堪。

那魏斯看气氛尴尬，又想总得保全一个，就向他们道："是她自己有丈夫还硬贴上来！不然我怎么放着好好的女孩不交往去找她这样结了婚的！不是我的错！都是她贴上来找我的！"

他不住向章长风解释着，又想去拉对面女人的手。

整个咖啡厅的人都抬起头来看热闹，任方择多独立坚强也受不了这么多指摘的目光，无声地淌下眼泪来，泪珠还没流下脸颊，就被伸过来的一只大手温柔地拭去了，带着熟悉的体温。

方择没指望章长风会替自己说话。章长风还真的不会说什么话，所以他把魏斯揍了一顿。

拳脚并用，尖叫连连的那种，章长风给他留了命但没留情，他看那张脸不顺眼好久了，一鼓作气直把他踢得鼻青脸肿才罢休。

章长风打起架来和魏斯可不是一个等级，他神情都没变动分毫，魏斯愣是爬了半天怎么也起不来。

咖啡厅老板过来了也不敢拦，离老远问："先生您这是要干什么啊？"

章长风又踹了一脚："没看过管教媳妇的啊？"

老板看了看这位高大的军爷，又低头瞧了瞧那哀号的小白脸，用力咽了下口水。

魏斯爬到方择脚边求情。方择此时已恢复平静，抽出鞋低头对他说："我觉得你说得很有道理，我是个结了婚的女人。我丈夫再怎么样不好，和我也是一家人，这次我应该站在他的这一边。"

回去的路上，方择看着窗外，章长风开着车。外面是街市的喧嚣，车里却安静得让人不安。

还是方择先开口。她刚哭过，嗓音有些清哑："我和他交往，并不完全是为了和你赌气。如果我没被你家逼着结婚，也许我真的会谈一个这样的男朋友。

“这些日子我们没有做过什么，只是在谈恋爱，我们有一样的审美、一样的学识，我们一起逛街、聊音乐、看画展，就像我向往的那种柏拉图式的爱情……”

她怕章长风听不懂，又解释道，“就是那种不是为了伦理、生育，也不是为了家族的爱情。魏斯找到我可能就是看中了我的这种心理，还是谢谢你把我拉回了现实……”

章长风一直沉默着没有说话，这样过了好一会儿，他终于忍不住一转方向盘，把车停在了路边，想了一会儿开口道：“你说的意思我也明白。你追求的是那种罗曼蒂克的爱情，我知道我永远也给不了你；我想要的那种，就是你给我当媳妇当一辈子，你能顺着我，我高兴，你要是不愿意伺候我，我也惯着你，宠媳妇又不是什么丢人事儿。”

在方择的记忆中，章长风总是带着一身光芒来去，即使有时会灼伤人的眼睛，而此时他摘了帽子，头发有些许散乱，露出了雏鸦色的眼眉，多半个身子都隐没在阴影里。

“我没嫖娼，你相不相信都可以，我和你吵是因为你一点也不在乎我，总想要离开我，我……”他嗓子里低呜了一声，“我明明那么喜欢你。”

“我喜欢你。”他用缴械一样的口气说，“从第一眼见到你就想娶你当媳妇。”

方择沉默了很久：“可是我不喜欢你。”

现在她觉得章长风这个人不坏，甚至说得上是个很好的男人，所以就立刻爱上他？没有这样的道理。

“哦。”章长风仰起头，光影深刻了轮廓，却淡化了嘴角勾起的弧度，“我好像知道。”

长风有信（下）

作者：温裘

章长风和方择结婚的第三年，一直未断过的战事愈演愈烈。军阀之间的吞并时有发生，厮杀惨烈，章长风隔三差五就要外出带兵，为父分忧。

这一回，开拔时方才初秋，归来时已是深冬。章长风开车离了军部，给家里人带的礼物没舍得扔后备箱，都堆在了后座上，顶上头就是托人给方择从东北捎来的狍子皮手套，怕她不中意，挑的是最时髦的款式。

那人与他是老相识了，把东西塞给他的时候顺口说了句："现在东北封锁得厉害，我可是费了好大劲儿才搞来了一副，上好的皮料。"接着又问，"你不是向来不计较吃穿这些吗？这回怎么这么上心？"

章长风唇边的笑容藏不住，回道："我倒怎样都行，我媳妇的手那是握笔的，可冻不得。"

出了大门，他没径直回家，而是绕到了当地一所大学。

车刚停下，就有个穿紫色呢子大衣的女孩开门坐了进来，怀里抱了两本书，一上车就感叹道："哥，你这哪儿是娶了个媳妇？你这是请了尊菩萨，天天香火不断地供着。我这当妹子的，可要挑理了。"

"都结了婚了，脾气还像头小活驴！我和你嫂子这么长时间没见了，给她买点东西怎么了？"章长风从来不缺理，"托你给买的书都买好了？"

他心想着方择喜欢读书，他自己又实在不会挑，特地提前打电话拜托在师范大学念书的小妹帮忙买好。

“你都放心吧，新月社的新集子还有两本外国小说，都是我精挑细选出来的，保准她高兴。”

他妹子眼珠子一转，忽然阴下脸色跑出一句：“你那么宠她，也没见她给你生个儿子出来。”

话音刚落，车子就一个急刹车，他妹子被吓了一跳，急道：“哥，你干吗啊？”

“章沐雨，这要是换别人，我早一个大嘴巴抽过去了。”他重新开动汽车，“花钱送你念书，怎么一点进步思想没学到，脑子里还是那些老东西？”

章沐雨不敢惹他哥，还是没忍住嘟囔道：“因为这事，咱妈都愁病了，你就知道惯着她。”

“咱妈病了那是心脏的老毛病，又不是因为阿择才病的，你少跟我讲这种歪理。”章长风道，“再说了，怀没怀上那是送子娘娘的事，你有那心多替咱家烧几柱香，别的你少管。”

章沐雨一见着他哥就被训了，心里不舒服，缩着肩膀蚊子一样问了句：“哥，你问问自己的心，你就真的不想要个儿子？”

章长风没有说话，静默地望着行车的方向，摸出根烟叼在嘴里，想起是在开车，又把打火机塞回兜里，没有点燃。

回到家里，那狍子皮的手套方择没太宝贝，反倒是捧着那几本书翻了好一会儿。章长风歪在床上咧嘴笑得灿烂。他离开的这段时间，方择把一头长发剪到齐肩，烫了卷，显着整个人添了几分温柔，他看了心里没来由地欢喜。

这种得意没维持多久，方择就放下书，瞥了他一眼：“洗澡了吗就往床上躺？”那股灵精劲儿一如往常。他赶紧从床上坐起来，摸出包东西进了浴室，方择的心思还在书上，没太留心。

家里的浴室是西洋的设计，在卧室内，听得见里面哗啦啦的水声。方择寻思着，章长风到家时天已经黑了，错过了晚饭，就吩咐厨房给他简单热了点饭菜。可饭菜端进屋，放得都要凉了，章长风还没有出来，她不由有些担心。

“章长风？”她唤了一声，许是水声太大，没有回音，“章长风，你没事吧？”她走到浴室门口，敲着门喊着，声音也高了几分。

话音刚落，就听里面乒里乓啷一阵瓶罐落地的声音，吓得她赶紧开门，抬眼就看见一片光裸的后背和背上几道触目惊心的伤口。

章长风把浴巾围在腰间，潮湿的毛巾搭在一旁的浴缸上，淋浴头的水哗哗放着，地上掉落了几个药瓶。他方才应该是刚擦了身子，在浴室里偷偷上药。他身上有伤不敢淋浴，那水声分明是放给自己听的。

“章长风，我没欺负你吧？”她也不顾地面湿滑，踩着棉拖就进去把章长风拉了出来，又进去关了水，把药瓶一个一个拾起来，“也不怕感染了……”

章长风被推着坐在床上，方择怕他处理得不干净，用干毛巾和棉签又把伤口细细处理了一遍，才跪在床边，拿出药瓶熟稔地给他上药。

章长风着实有些受宠若惊，哪里还感觉得到什么疼痛，一时欢喜得手都不知道该往哪儿放。

方择的指尖滑过他背后那些狰狞的枪伤，心中却是难以抑制的酸楚。

她是做过义工的，旁人受苦她尚且心疼，更何况章长风怎么说也算她的家人。时至今日，他上药还要避开自己，想到其中因由，方择不免有些自责，手底下也轻柔了不少。

“疼不疼啊？”她一边绕着绷带一边问着。

“不疼，舒坦……”

瞧着后脑勺都能想象到他眉开眼笑的样子，方择本想斥他句轻薄，却还是咽了下去，专心为他缠好绷带。

谁知章长风见方择放任着他，嘴上越发不知收敛，腻着道：“阿择啊，你说说你这名怎么起的？像别的姑娘叫个秋儿啊，凤儿啊的，多有女人味……”

不知是有意无意，身后方择手上顿时失了轻重，疼得他龇牙咧嘴，并着一句：“那你找你那些秋儿、凤儿去！”

章长风上床躺下来，好大个人了，撒娇似的枕在她膝上，仰望着她道：“不找，别人哪有我的阿择好。”

方择看着他眉眼间目光蒙眬，知他是真累了，也就由他枕着。许是窗边白纱透过的月光太过温软，此刻，她心头也像有什么在潺潺流淌着一般。

“章长风，你很辛苦吧？”

一句话说出，悠长得像叹息。

“不辛苦，你男人什么扛不住？”章长风舒了口气，伸开双臂去圈她的腰。

他不与她说男人世界的烽火枪炮，他希望那些离她越远越好，但血与汗里捞将出来的沉甸甸的爱意，她不能坦然笑纳。

“你若真的爱我，就该让我知晓你的痛苦和不安，真正的夫妻该是彼此信任、互相扶持的，不是吗？”她伸手轻轻拂过章长风的眉头，他就偏过头去贴她的手心。

“成亲的那天你没有猜错，我是真的想死。”

他笑，呼吸擦过她指缝儿，方择不由颤抖了一下。

“生在这么个年头，随我爹东征西伐，圈出这么一块地来，换得一声‘少帅’的名号。可在一方百姓心中，我们算什么？”他嘲弄地自问自答，“恶霸、土匪、无道之师。”

方择低头看着他，没有否定他的说法。

“你应该比我更清楚，那些大国有哪个瞧得上我们中国人？租界划了一个又一个，就连东夷的小日本也敢来咬上一口……可我们在干什么？争地盘，同胞之间相互屠杀，中国人打中国人。”

他沉声说着，声音在空中回荡，仿佛那些场景又近在眼前。

“每当我站在城楼上发号施令，枪炮声响起，我心里都会有个声音在说：死的都是我们中国人。我的军队，我的敌人，没有区别，赢了也是惨败。”

方择从不知道他心中是这样的清明，他混迹在那些拥兵自立的草莽中，烟酒喧哗，却暗自怀揣着不合时宜的悲天悯人。

“可现实是，我们不去争斗就会被别的军阀吞并。我们的父母、妻儿都会惨遭屠戮，我们只能纷争，只能厮杀。我手里握着枪，却只能被生存推着走，我为什么杀人？我的手上沾的都是谁的血？为什么要这样满身罪孽地活？”

他紧闭着双眼，皱着眉头，仿佛沉浸在极度的痛苦中：“我不是什么少帅，我是……我是……”

恶毒的自我贬损被阻断在一个拥抱里，方择俯下身子把他拥在怀里，贴着他接着说道：“你是我的丈夫，是个顶天立地的男人。”她抱紧了他，用自己的体温去驱散他周身的寒意，“我都明白的，你的无奈，你的痛苦，我现在都了解了。”

章长风回握住她的手，放在心口，极虚弱似的：“我就知道你会懂的。他们所有人都不明白，他们觉得一切都是理所应当……”

“我懂。”方择轻轻应和着，“我懂，还有我站在你这边。”

这一夜，章长风将她整个人紧紧拥在怀里，睡得极安稳。碍于他身上有伤，方择亦没有挣动，任由他抱着。

转眼张灯结彩，又是一个农历新年。外面打得厉害，但战火没有波及的此处，年味不减，仍是一片平静安宁的喜气。

去年初春时，章老夫人心脏病发倒下了，之后身体就一直不好，只能靠轮椅代步。身体这一坏，脾气也莫测起来，常给方择摆脸色看。其中的缘由，方择心里多少也明白，在家里就尽量避着与她碰面，免得双方都不痛快。

但避来避去，躲不过年关。

大年初二当天，章家的三位小姐就都带着姑爷回来了，大小姐还抱着白嫩嫩的小儿子。

章老夫人与女儿们多时没见了，正眼巴巴盼着呢，一开门就看见小外孙裹在棉衣中浑像团儿小汤圆。外孙从大女儿怀里出来，直扑到自己身边，奶声奶气地说着：“姥姥过年好！”

孩子被帽子围脖捂得严实，只露出一双黑白分明圆溜溜的眼，长长的睫毛上挂着雪霜，煞是惹人疼爱。

章老夫人心花怒放，不住摸着孩子的小脸儿说着：“好，好……”又忙不迭伸手去掏压岁钱。

章长风也别提多疼爱这个小外甥了，进屋后抱起来就舍不得放下，一会儿让孩子骑在脖颈上，一会儿又把孩子一下一下扔得老高，吓得他大姐直骂他胡闹，那孩子却也是像舅舅，一点不害怕，咯咯地笑个不停。

方择喜欢小孩，给那孩子织了好几件小衣裳，拿出来章家几个姐妹都夸她心灵手巧，逗起笑来难免失了分寸，臊得方择脸通红。她低头瞧瞧手里的小衣裳，又抬头看看抱着孩子笑得开怀的章长风，心头浮起一股难言的情绪。

她娘家方家已经算是相当进步的家庭，她嫂子怀孕的时候，她母亲还去庙里祈福，求个男丁，更何况章家呢？章老夫人没病倒时就常把“单传”“独苗”这些话挂在嘴边上，仿佛这是自己的大功一件。

便是别人的想法她都可以不听不管，可在这种环境长大的章长风呢？他心里是怎么想的？

这种念头在她头脑中盘桓不去，方择在这个家中第一次感觉到了彻骨的孤独。

她开始失眠，整宿整宿地睡不安稳，脑中一团乱地辗转反侧。

每当这时，章长风就会伸出手臂把她圈紧在怀里，方择贴着他胸口，感受着他的体温和心跳，心里更加难过。

这天夜里，她忽然惊醒，章长风却不在身边了。她披上件衣服，到处找他不见，推开门，却见楼下似乎亮着灯。

顺着楼梯往下走了几步，恰好能看见客厅中靠着窗的地方，章长风站着和谁说话。她坐在楼梯角，摒住呼吸静静听，是章老夫人的声音，隐约能听见说着什么“纳妾”“香火”，紧接着章长风沉声说的什么，她就听不清了。

听了章长风的话，章老夫人似乎很激动，呛着嗓子说着“活不长了”还有什么“孝道”，方择再听不下去，放轻脚步却也逃似的上楼回了房间。

她坐在床上，衣服还披在肩头，没有开灯。她忽然感到眼角鼻腔都酸涩得厉害，揉了两把脸，没把委屈压下去，反而更觉不堪了，渐渐地，连呼吸都带着哭腔。

她认识到了自己是个人，但身边的所有人却仍未把她当作一个人，这便是身处这个时代最大的悲哀。

她无法想象，她花费那么多时间读书、参加社会活动，终于将自己武装成为了一个有知识、有思想、视野不比任何男人窄的女人。可她存在的意义，仍只是一个子宫，一个畜生一样只为繁衍后代的子宫。

没有人在意她的头脑，就像没有人在乎她的灵魂，不孕即是无用。这算什么道德？

听见章长风的脚步声，她抓着枕头的手指都在发抖。她已经做好了准备，一旦章长风和自己提起延续香火的事，自己一定要放声骂他：“你们一家人脑子都僵了，生不出孩子又不一定是我的事！”

门被无声推开，章长风一抬头，发现她还醒着，月光映照下眼角微微发红。

“做噩梦了？”他走过去拉上被子，坐在她身边，“你最近几天好像睡得都不好。”

方择偏过头去不看他，自顾自道：“大半夜的，你干什么去了？”

章长风犹豫了一下道：“我娘她身体不好，睡不着，我去陪她聊了一会儿。”

“聊什么了？”

章长风有些纳闷，对这种事，方择很少问得这么细，此刻他竟有种被步步紧逼的感觉。

“没什么，就是一些琐事，老人上了年纪，想起一些过去的事就讲个没完，不用放在心上。”他揉了把方择的头发，搂着她躺下，“别想了，睡吧。”

方择一句话没说出口却也没撂下，压在心头堵得呼吸都不畅了。第二天章长风一走，她就去了趟医院。

倒也不是什么难查的事，几天后，她就拿到了检查结果。临走时大夫还在劝她：“虽然很遗憾，但现在是民国了，思想要开放一些，看你也是位新女性，应该想开一点。”

方择脑子里一片空白，已经听不进去了。

夜里，她躺在章长风身边，试探着问他：“我们要是一辈子都没有孩子呢？你会把我怎么样？”

章长风吻着她发间，极温柔地说着："我们还这么年轻，有很多年可以等，不急。"

说的是不急吗？

已经足够了，她总不能指望章长风说不要。

既然她希望章长风尊重她，理解她的观念，同样的，她也就不能强迫章长风彻底改变他的想法。这点觉悟她还是有的。

生活在这样的家庭里，她不难想象章长风有多想要一个孩子，母亲的责难、外界的流言，哪一个都是直接落在他身上。

他那么好面子的人啊，难保心头多气急败坏呢。可他对自己什么都没有说，风轻云淡地自以为瞒得严实。方择不是瞎子，她看得出章长风是真心实意地待自己好。

压在章长风心头的无奈已是那么重，她不希望自己也成为他的负担。方择狠下心来，她不是向世俗低头，她是为了章长风。

章长风已经好些日子没回家了。

东北全线封锁，日本人眼看着就要打进关内。被夺了地盘的各方势力发了疯似的往南涌，军队一批批往外派，没一天安稳日子。

那天他困得厉害了，正坐着打盹，电话就炸了似的响起来，惊得他头昏脑涨。他紧皱着眉头接了电话，开口就骂了句娘，问又哪儿出事儿了，却听见听筒里传来了断断续续的哭声。

章沐雨在电话那头哭着道："哥你快来医院，嫂子出事儿了。"

章长风是自己开车去的医院。

他当时上下牙碰着，想喊司机都喊不出声，还好腿脚比嘴快，哆嗦着也硬把车开到了医院。

章沐雨说，方择也不知从哪搞来的求子偏方，才煎着喝了一副，人就被抬进了医院。洗胃开药什么的忙了好半天，可算是救过来了，她这才想起来给章长风打电话。

她哭起来没完，抽泣着不住地问：“哥，嫂子是不是因为我说的话才喝药的？我不是故意的，我也没想到会变成这样……”

章长风手脚还是凉的，煞白着一张脸，没管妹妹，径直进了病房。

方择靠坐在病床上，输着液，脸色惨白。她一辈子难得犯怵，此时还捂着胃呢，就在被褥下不住往后缩着身子。

倒也怪不得她，章长风下手打起人来绝不含糊。她就见他红着双眼，狠狠地、用尽全力地抽了他自己一巴掌。

那一声响得章沐雨都禁不住推门来看，一句“有话好好说别动手”刚发出来，又被章长风一个凶悍的眼神吓得关上门退下了。

方择这边惊魂未定，就看见章长风在床边慢慢跪下来，自被子下拉出她的手握住了。他凝望着她，打从嗓子里划拉出一句话：“阿择，你要是觉得你爷们没用，护不住你，咱们离婚啊……”

他深吸了口气：“我同意。可是你糟践自己的身子干什么？你不是一向思想最进步的吗？”他斥责着方择，语气咄咄逼人，但眼泪却一颗颗温热着砸在方择手背上。

“嗯，我思想进步。”方择应着，委屈劲儿全上来了，“可是只有我一个人进步有什么用啊？”

她几乎是用喊的，带动着胃一阵阵抽痛：“你不想要儿子吗？这个社会就要求你有儿子，逼着你章长风延续香火，我能怎么办？”

我不知道惜命吗？明知是愚昧的，但为了你，我都愿意尝试。方择不知道她什么时候成为了这样窝囊的自己。

这彼此相爱的两个人，坦露起真心，却像要真刀真枪打一仗似的。

章长风试着去摸方择的头发，继而把她紧紧拥住抱在怀里，而方择也霎时脱了力般地，靠着他号啕大哭起来。

“我不懂什么平等，可既然是我看中娶回来的媳妇，我就得把她当人看，不然自己不也成了畜生？生孩子和哪个不能生？可知我懂我的阿择，人世间只有一个。”

章长风说的这段话，方择到老仍一字不差地记着，隔几年想起来，还忍不住无声地抹眼泪。不是哭那时候处境多么苦，而是想着当时当事，但凡换个人，她便不一定会落得什么地步。

彼时不觉，许多年后想来，才知惜缘。

这年刚过，章家爷俩就带兵打仗去了，几乎是倾力而出。日军打进关内不过几个礼拜的事，却已攻下了几省，气势汹汹地由北南下，看来相当不好对付。

章大帅几乎将整个军部搬到了北门口，随时准备应战，而章长风则把守着西南要塞，防止日军绕道南攻。能守多久，谁心里也没有数，但总不能坐以待毙。

百姓一批批地往云川之地涌，城中虽未见烽火，却已被战争的恐怖浓浓笼罩。

半月后，电报传来章大帅血战牺牲的消息，北方陷落，日军继续向南扫荡；而西南方，章长风驻守的城池也被日军团团包围，陷入苦战。

章老夫人听闻消息悲痛难已，当晚旧病复发，就随大帅去了。一桩丧事并成了双，方择作为章家唯一的媳妇，丈夫在外，好歹也独自把葬礼操持了起来。

章府大门卸下了红灯笼挂起了白幡，灵堂里格外冷清，大小姐随婆家人南下避难去了，葬礼都没能回来参加。二小姐和三小姐回来也是上香磕头，匆匆就走了，章三小姐临走时拉着方择，丧着脸说：

“嫂子，我知道你是在等我哥，可你看这日本人马上就要打过来了，要是再不抓紧逃，命没了可就什么都白费了。这样，你先和你娘家一起走，往后保不准什么时候还能遇上……”

正说着话呢，就听外面一声动地的震响，整座房都跟着晃了几晃。看距离，轰炸的位置已经离城里不远了。三姑爷赶忙拉着章三小姐离开，方择也匆忙捡了几样值钱物件，给娘家拨去了电话。

信号不稳，两处人讲了好一会儿才说清，是在城门口会合。方择抱着包袱出了门，到处都是往外跑的老百姓，人挤着人，没有一班电车通行，汽车开到了人行道，堵得人车都不好走。

雪地难行，方择打着滑好不容易瞧见了城门的影儿，忙加快了脚步，分拂着人群往那边挤。

不多时，却听见接连不断的枪声和行人的惨叫。她担心家里人，也不管危不危险，高喊着“爸！妈！”，不要命似的逆着反向奔逃的人群，向城门口跑去。

那头方家离城门口近，先到了一会儿，才刚落脚，却不知为什么这南边的大门竟也蜂拥进来一批日本兵，步兵冲着拥挤的人群就是一通扫射。向城外奔逃的人在流弹中不断倒下，能跑出去的寥寥无几。

方择她爹拉着他娘就往车里塞，到底是钢铁壳子的东西，横冲直撞地还真出了城，车身挨了几枪，好在人没事。

方择她娘推着他爹一直要开门，哭喊着：“我看见我女儿了，她还在城里呢，咱们得回去救她啊……”

她爹用蛮力抱住她娘，喝斥着：“能出来都是万幸，现在回头，咱们全家都得死你知道吗？”

她娘爱女心切，泪流满面地吼着：“那是我的心头肉啊，我就算死也不能不救她啊！”

“那儿子呢？咱孙子呢？”她爹含泪训斥道，“阿择怎么说也是女儿，你是要让咱们方家断子绝孙吗？”

方择她娘看看儿子，又看看被儿媳抱在怀里哭个不停的小孙子，失声痛哭起来，只是不再要求调头回去了。

方择站在人群中，正看见一家人开着车绝尘而去。

情势紧急由不得悲戚，听着城门在身后轰然紧闭，她只好跟随着人群四处流窜，像虫豸一样瑟缩着求生。

其实这天，章长风驻守的城池已经失陷了，只是消息还没传到家里去。这一仗军力悬殊，打得极其惨烈，八师长还未来得及和他那五个姨太太告个别，就胳膊腿四散地被炸上了天。他们以弱敌强打了半个月，战得弹尽粮绝，一时流血成海。

军队打光了，败局已定，但命得留住，章长风他二叔只好带着他们去投奔他爹的故旧——占据川北的吴大帅，可此时却传来了家中被日军攻占的消息。

章长风不肯去，方择还在城中，他说什么都要回城中接她。

章二叔也是个急脾气，上去就踹了他一脚，骂道:“成大事者不拘小节！你要是出什么事，我怎么和我天上的大哥交代？”

“我他娘的不成什么大事！我要回去救我媳妇！”章长风才不管那一套，赤红着眼横下一条心。

“我们现在可没有兵让你带了，你光杆着回去吗？那你回去就是个死！”

“我不管！”章长风哑着一副破锣嗓子吼破了音，“我不能为了保命抛弃我媳妇！”

章二叔被震得脑袋疼，一时愣怔了，纳闷着他老章家竟还能生出这样的情种。

方择觉得自己真是命大。她这几天挨过饿，住过陋巷，喝雪水充饥，见识了无数活生生的人变成尸体。她怀抱着沉甸甸的珠宝银元，却连花都没处花去。

说来可笑，她出门时走得急，高跟鞋忘了换，半路跑不快就扔掉了，此时只穿了双袜子奔逃在雪地里，脚上冻得全是裂疮。她手上戴着章长风送她的狍子皮手套，此刻才感觉到真暖和啊。

也不知道章长风他是死是活。

吵什么架？要什么孩子？早知道这样，她就应该陪着章长风，能多待一会儿是一会儿。

城中的混乱渐渐平息下来，明明满地的尸体还未收，日本人就开始宣扬“大东亚共荣”那一套。一方面是粉饰虚假和平，另外一方面也是为了让工厂店铺重新恢复生产，以战养战。

这帮丧天良的，把整座城重重封锁了，外面的人进不来，里面的人出不去。

方择知道家里早就被占了，现在她孤苦伶仃，无处可去。这街面上日本兵枪杀平民的事还时有发生，光是活着，就已是战战兢兢。

她把包袱塞进了衣服下面，提防着被流民抢走，溜着墙根找到了家当铺，心里计算着要是待会儿里面的伙计咬准她无依无靠，坑上她可怎么办。

这一没留神，就被一双有力的手从后头紧紧抱住了。包袱从衣服里掉落在地，她想大叫却被捂着了嘴，余光瞥见身后一点日本兵的衣边。

她心想这是完了，便狠狠一口咬在那人手上，劲头狠得像是能撕下一块肉，眼泪却噼里啪啦往下掉。

“阿择，是我！”身后人疼得直抽凉气。

她松嘴，回过头去，哭得更狠了，天昏地暗。

“章长风，我就知道你会来找我的……”只这一句，就窝在来人怀里呜咽着再说不出话了。

章长风哄媳妇向来是把好手，又是亲又是抱的，搂着她不住宽慰着：“没事没事，我这不是来了吗？好了好了……你就是我心尖上那块肉，我章长风就是丢了胳膊断条腿，也会爬着来找你的……”

几句话逗着方择哭笑都不成，她从他怀里出来，第一件事就是用手背擦了擦脸，又去捋一头散乱的卷发，哽咽着：“我现在是不是特别丑啊？”

“丑！”还未及方择发火，章长风就立即在她脸蛋儿上亲了一口，“丑得和现在的我刚好般配。”

阴暗的小巷中，遍地未消融的积雪，实在不是个谈情的好地方。方择摘下一只手套，伸手去触碰章长风同样沾满尘灰的脸，仿佛只有体温的交融，才能确切地证明彼此的依存。

有自家爷们儿壮胆，方择坦荡多了。

将一路护着的包裹往当铺柜台上一散，该多少银钱就换他多少，她算得可明白着呢，看谁敢少她一分？

章长风虽未在日本人的通缉名单中，但身份也实在敏感。为今之计便是在城中安顿下来，隐姓埋名打点短工维持生计，等有了机会，他们二人再一起出城，投奔川北的吴大帅去。

“那怀表是镶红宝石的！我托人从瑞士捎回来的，怎么能就出这么点儿？”方择不干了，上前就要和人理论。

章长风一边拦着她，一边向柜台那边道：“稀罕货，再添点儿？”

那伙计掐算了会儿，道：“再加二百元，现在是战时，可不能再多了。”

章长风又挑出几样，打算当一半留一半，从那一堆中拾出个长条的小巧物件儿，还没看出来那到底是个啥，就被方择一把抢去了。

“这个当不了！这是我顺手带的……口红……”方择有些难为情地含糊着。

章长风立刻就明白了她那点女人的小心思，挑起嘴角一笑，转而向那伙计道：“就当这几样。此外，劳驾问一下，这附近有没有什么出租的房子，就我们两个，不用太好，不常住。”

章长风知道，方择和他不一样，她估计是从小到大都没住过这么小的房子。连个院子都没有，出门就是街，厨房和饭厅是一间，卧室里没床，只有一铺炕，烧土炉灶的。

方择倒是没挑剔，就是对自己能不能胜任烧炕这一工作表示了担忧。章长风生怕她把租来的房子燎着了，主动揽下了这门差事。

方择用了整整一个下午，把她自己和章长风拾掇整洁了，又把屋子每一个角落都打扫得干干净净。章长风几乎要怀疑，她是想把屋里的砖地擦得和地板一样反光。

其实两个人都一身疲惫，有个地儿睡觉就得了，不用这么彻底地折腾，但他看着方择里里外外地忙活，忽然就对生活充满了希望。

晚上，章长风刚沾枕头，就被困意包围了，方择却翻了好几回身，始终睡不着。

“怎么了？”

“炕太硬了。”方择为难道，“我有点睡不惯，习惯一下就好了……哎！”话还没说完，整个人就被身旁的章长风一把掀到了身上，惊得她惊叫了一声。

“这回好点了没？”

趴在他胸膛上，虽然隔着薄薄的衣衫，却也能感觉到他的体温和心跳，方择挪蹭着想爬回去，被章长风的长臂捞在怀里，哪儿都去不了。

方择有点脸红地想，自己丈夫是挺有肌肉的。章长风却已闭上了眼，紧紧搂着她，没多久就沉沉睡着了。

章长风曾经担忧过，方择这一夕之间就要开始操持家务，洗手作羹汤，能不能行？事实证明，怀疑妻子的潜力是每一个男人最大的愚蠢。

因为不能暴露身份，他在货场找了一份出卖力气的短工。每天回到家里，饭菜都在桌上备好了，尽管手艺生涩，但准保有菜有汤。方择还学会了自己烧炉灶，只要他想用，家里随时都备着热水。

有一次，他甚至看见方择拿着剪刀拆他干活儿的衣服，说什么，外面卖的衣裳针脚太粗了，她要拆了重新缝。

一起的工人常常说笑，道他衣服干净得真不像干力气活儿的，反倒是像个当大官的。他就应和着，有个这么好的媳妇，给多大的官都不换！

乱世之中，日子不可能永远这样平静。

那天傍晚，他上工回来，刚进巷子就听街坊间议论纷纷，说是日本人抓了好几户的人，说是什么危险分子，场面可吓人了。

他听得头皮发麻，魂飞魄散地跑回家，一开门就见大片血迹泼洒在地，延伸到里屋，满眼的猩红。他脑子里“嗡”地一声，后脊背就全凉了。

“择！阿择！阿择你在哪儿？你别吓我……”卧室里没人，他“哐当”一声推开厨房的门，正瞧见方择蹲在炉灶旁，揭开锅盖看呢，听到他进来，还问了句：“闻着香味没？”

章长风靠在门上，冷汗下来，腿就软了，当时日军兵临城下都没这么害怕过。

方择也是习惯了他平时手底下没个轻重，听到这么大响声，都没瞅他一眼，自顾自看着锅里的小鸡炖蘑菇。

“我今天买了只鸡，想给你改善改善伙食。头一回杀鸡没经验，一刀下去脖子没剁断，那鸡挂着脑袋满屋跑，可把我给吓坏了。待会儿看看那血能不能擦掉，擦不掉没准还要赔房东钱呢……”

章长风从身后把她抱住了，脸贴着她的后脖颈，好久都没动。渐渐地，方择感觉有什么温热的东西，把她衣领都浸湿了。

“后来……后来怎么的来着？”从外面回了家，章长风还不住念叨着。

幸好这一段，老妻还帮他想着：“后来日本人和吴大帅那头打起来，我们趁乱出了城，见到了吴大帅他老人家。”

当时章长风决意随吴大帅抗日，但吴大帅念着与他父亲的交情，希望能保全他的性命，提出有个在领事馆任职的机会，希望能送他和方择去法兰西。

“你当时满口答应，直到上了船我都当你是真的，谁知道开了船，却找不着你人影了。”方择眯着眼睛骂他，“你个良心喂了狗的骗子！还留下字条让我在法兰西等你，你那两笔邋遢字，叫我等了你八年啊！”

“我说过来找你，就一定会来的。”章长风回身轻轻拍着她的手，温声安抚着。

当年方择也是这样坚信着，既然章长风说了会来找自己，他就一定会来，哪怕是废了一条腿，哪怕这承诺延续了整整八年。

方择把他推到窗前，那盆惨遭摧残的风信子依旧蓝得纯粹。章长风腿脚不灵便但离不了她，她去收拾一下家务，过会儿还得抓紧回来。

最近，她在窗户缝里、床底下和各种地方都捡到过一张张小纸片，上面笔画笨拙地写着“方择”两个字，她知道章长风的记忆力已经大不如前了。

能陪他的时候多陪陪他，其余什么都是次要的，这是花了一辈子总结出的经验。

她再次推门进屋的时候，章长风仍坐在窗前的那个位置。看见自己进来了，他有一时半刻的失神，随即状若恍然，浊泪已不管不顾地冲出眼眶。

这可把她给吓坏了，章长风多少年没这么哭过了？她赶紧上前蹲下来，抚着他胸口不住地问着："不舒服吗？哪里难受啊？章长风你说话啊……"

章长风慢慢抬起头，仍哽咽得说不出声，只拉着她两只手，一刻不放地轻轻摇着。他说："阿择啊，刚才我一下子认不出你是谁了……就刚才那一下子……我认不出你……"

像惩罚自己一样，他抬起掌心不留情地拍击着自己的头，一下一下。方择一时拦不住，只听他在自己耳边重复着："我怎么……我怎么能啊……"苍老的哭腔颤抖着，仿佛心有余悸，又委屈得像个小孩。

方择心里都明白，章长风一遍一遍说着那些陈年往事，只是害怕忘记。他太在乎方择了，远胜过在乎自己的生命。

"我想好了，要是哪一天我连你都记不起了，我就死。"

章长风扶着轮椅把手，遍布皱纹的松弛手背上绷起凸出的血管，他的语气坚定而庄重，仿若誓言。

"说什么傻话？我们俩就在一起，到什么时候都不分开。你要是真的忘了，我就一遍一遍告诉你，我是方择，我是你媳妇方择……"

方择伸出手去碰触他的脸："你可得想起我来啊，黄泉道上你还得拉着我走呢，要不我一个人多害怕，你疼我不疼？"

章长风点点头，两个人眼中都噙着不能落的泪花。

方择将白发苍苍的头靠在他腿上，休憩似的，说着的话已含糊如呓语："然后你就想起我来了……"

豪门新婚告急

作者：轻薄桃花

楔子

“这样不好吧，我们才认识九个月零二十一天……”

“哟，田凌文，你这般厚脸皮的还忸怩呢！”

“说话注意点，我哪里厚脸皮，本人一直走的清纯路线。”

“你要清纯谁都能上树。”

“裴瑾瑜你嚣张啥，你这么有钱这次还不是我请的？”

“才九块九，你咋好意思端出来说的？”

“我就好意思，下次你请。”

“下次？这事不会有下次吧……”

第一章

“我为什么不能和她在一起？”

贵妇人扬起唇角，翻着手边的照片——儿子和一个穷酸女子的亲密照：“你告诉我，她是哪家的千金？这种女孩子我见得多了，为了飞上枝头变凤凰，不择手段。你以为她真心爱你？她不过爱你的身家背景……”

裴瑾瑜忍不住打断她，不耐烦道："妈，你别用有色眼光看人。"

裴女士换了一个姿势，语重心长地说道："瑾瑜你还年轻，不知道人心的险恶。听我的话，乖乖地和李小姐相亲去，她不会比那个女孩差。就算你不喜欢李小姐，还有王小姐、林小姐和尤小姐。"

她结束了和儿子的谈话，拨了另一个电话："许秘书，安排我和田凌文见面。"

田凌文，女，23岁，毕业于一家名不见经传的大学。父母早亡，现为某公司小职员，能力平平，长相平平。此生最大的成就便是钓到连锁大酒店的总经理裴瑾瑜，最爱除了裴瑾瑜便是烤鸡翅。

"给我两对鸡翅，要麻辣口味的。"

侍者面有难色："小姐，咖啡店里不供应鸡翅……"

"你咖啡店不卖鸡翅卖什么？"

"……"

裴女士看不下去，难堪地对侍者笑笑："两杯咖啡，谢谢。"她打量田凌文，一声不屑的轻笑从嘴角溢出。

田凌文聚精会神地搅动水杯，闻声抬起头，嘻嘻一笑："你会不会往我脸上泼水？"

她一笑露出两颗小虎牙，脸上挂着有恃无恐的表情。裴女士心里有气，毫不掩饰地在脸上表现出来："田小姐，你是聪明人，应该知道我今天找你的目的。"

"我知道，你想棒打鸳鸯。"

"瑾瑜对你不会认真，他不过贪图一时新鲜。你现在离开他还来得及，免得最后情难自禁，要死要活。"阳光在她的太阳镜上反射出刺眼的光，"田小姐，你们不会有结果。"

田凌文皱起眉，齐耳的短发微微晃动，她一脸非常纳闷的样子，"既然这样你担心什么？哟，敢情你是为我担心来着，多谢多谢。"

裴女士板起脸，不再和她兜下去，从包里掏出一个厚厚的信封丢在桌上：“你无非为了钱，拿了钱不要再出现在瑾瑜面前。”

她眉毛一抬，拿过信封。裴女士见她这样干脆，对她更加没有好感。却见田凌文数了数里面的钱，嘴角一撇：“就这么点钱，难道你想分期付款？”

“你……”裴女士伸手去拿水杯，田凌文先她一步按住杯子，慢慢站起来。

“你要泼我水，我就泼你尿。不好意思，我还有别的事，我和裴瑾瑜的事看来您还得继续费心。”她把包甩到肩膀上扬长而去，没有忘记将那个信封塞进去。

刚刚回到公司，裴瑾瑜的电话就到了，特别急切地询问她和他家老佛爷谈判的结果。她跷起二郎腿，不紧不慢道：“哟，您的消息够灵通的，这么快就得到消息了。”

“你没把她怎么样吧？”

“你有没有良心啊，怎么不问问她把我怎么着了？跟你说，她进门先扇了我一巴掌，然后泼了我一脸咖啡，将我骂得狗血淋头。”

裴瑾瑜在电话里笑出声来：“可我见她活着回来了。”

“那是因为她拿一套房子的钱安抚了我。你妈出手可真阔绰，我心里纠结啊，挣扎啊，面对眼前的巨大诱惑努力克制着自己。”

“我可听说你收了钱。”

田凌文叹一口气：“所以我现在思考的是不是该卷铺盖走人，带着钱安享晚年。要不你先让我怀个孕吧，配合一下女主角带球远走他乡的凄惨。”

那边传来磨牙的声音：“喂，田凌文，皮痒了是不是？你尽管忽悠我吧，我去相亲了。我要是看上人家姑娘，你就躲在被窝里哭吧。”

她一惊，急急叫起来：“你去哪里相亲，跟谁？”

第二章

李小姐做完自我介绍便羞答答低下头，不时抬眼偷看裴瑾瑜。这上流圈子中，裴瑾瑜是公认的美男子，难得他品性良好，如同他的名字——握瑾怀瑜。想到这里，她偷偷笑了，大着胆子引出新的话题："你喜欢什么样的女孩？"

裴瑾瑜神游太空，没听清她的问话，缓了几秒将将反应过来，"善良的，温柔的，孝顺的。"他顿了顿，含笑看着她，"就像李小姐这样的。"

此话一出，李小姐的脸红得像苹果。便在这时，包厢外响起"咚咚"敲门声，一个短发女孩大步流星闯进来，正是田凌文驾到。

李小姐不由问："有什么事？"她以为是服务员。

"没事，我找他。"田凌文冲她露出两颗虎牙，手指指向裴瑾瑜，"再给我一千块，最近物价上涨，连人流都涨价了。"

"不是让你去中院嘛，那里院长是我朋友，上次他说给你免费的。"裴瑾瑜说。

"别提了，他说都免费五次了，这次不能免费了。你说他这么一个大院长，咋这么抠门的？"

田凌文愤愤不平。裴瑾瑜数了钱给她："好了好了，钱给你。我和李小姐相谈甚欢，你就别打扰我了。"

那厢，李小姐听得这番谈话脸色变了几回，结结巴巴问："裴……裴瑾瑜，她是谁？"

"没事，我一情人，不碍事的。"

他毫不在乎，李小姐却不能不在乎，急急忙忙谎称有事拎包走人。她一走，田凌文扑过去掐他脖子，将他摁在地上。

"相谈甚欢呀！"她咬牙切齿。

裴瑾瑜毕竟是男人，她力气再大也制不住他。他一个翻身将她压在身下：“别着急，后面还有什么王小姐、许小姐，千万别被她们比下去啊。”

“我一枝梨花压海棠，艳冠群芳，哪个女人比得上我这如花似玉的大闺女？”她揪住他的耳朵死命喊。

“把一千块给我。”他记得重点。

“那算我的精神损失费。”田凌文抬起膝盖在他腹部一顶，裴瑾瑜痛得挪开身子，她趁机爬起来，潇洒地掸掸衣服上的灰尘。瞧他吃痛捂着肚子，很体贴地上前给他整理弄皱的西装。

在田凌文心中，裴瑾瑜的形象很重要，直接和股市的升降有关。

他却忽然低头去吻她，将她唇上的口红统统蹭到自己嘴巴上。虽然在心中嘀咕每次吻她都不打个招呼，但她还是很享受地闭上眼睛。等他一放开她，她便拿餐巾纸擦去他唇边沾上的口红。

裴瑾瑜说：“口红印说不定让媒体联想到两大家族的联姻开花结果。”

她略一思索，觉得有道理，重新抹了口红踮起脚尖在他脸侧种上几朵鲜艳草莓，然后郑重其事道：“警告你，和别的女人相亲时不允许有肢体接触。”

“你怎么不警告我别和那些女人相亲？”裴瑾瑜问，“我裴瑾瑜在圈子里闻名遐迩，万一哪个女的死心塌地看上我非要对我以身相许，我可是很为难的。”

田凌文拍拍他脸颊：“哟，我不让你去你就不去了？难道你准备和你家老佛爷光明正大地对抗？”

他念经似的算账：“和老佛爷决裂的直接后果——车子、房子都被没收，信用卡被冻结，说不定还要从总经理的位置上滚下来，不划算不划算……”裴瑾瑜嘀咕着，声音陡然清晰，“我们私奔吧。”

“奔你个头！你这锦衣玉食的公子哥离了你们家酒店能做什么？净身出户可太对不起我被贴上的‘攀龙附凤’的标签。所以，我们眼下的目标不是逃亡而是夺权，懂吗？”田凌文特鄙视地上下打量他一番，没想到裴瑾瑜也在打量她的德性。

“你说你怎么不投胎个有钱人家？我谈个恋爱容易吗，摊上你这么个要什么没什么的女人，一定瞎了眼了。一堆珍珠摆在眼前竟捡了个鱼眼，我从小运气就不咋地，没想到长大了还这样。”

“告儿你，我要是家财万贯指定看不上你这样的。你除了有钱哪里配得上我？”

“我就是有钱怎么着，你要晚上给我做饭，我一高兴说不定丢一沓钱给你，你要有骨气别做饭！”

田凌文一直立志做一个钱多得可以和裴家媲美的富婆，无奈挣钱这回事和想象差太多。只恨中国传统教育，到如今门当户对的观念都根深蒂固。于是，她很努力地将裴瑾瑜的钱变成自己的钱。

所以，她很没骨气地蹲在家里做饭。

裴瑾瑜下了班在客厅打游戏，她忽然举着平底锅出来，吓得他连忙戒备。

“老早就想问你一问题。”她严肃地说，“老实说，你就从来没有和别人一样，认为我是为了你的钱跟你在一起吗？”

虽然此女写着一脸“彼此坦诚相待”，但手中平底锅已经扣在他的脑袋半空，大有听到不顺心的话就一把扣下的趋势。

“本来……有这么想过，等等……等我说完。你可还记得那次我在山顶发高烧的事？救护车上不来，你背着我下山，在雪里摔了好几次，硬是将我送到山下。我当时生了病心里比较脆弱，就想啊，就算你是看上我的钱，我也要和你在一起。”

“……”平底锅颤抖。

“听了我这么煽情的表白，感动得说不出话了吧？”

“我感动得想要扣球。”

咣啷！轰！咔嚓！砰！哗啦……

第三章

田凌文和裴瑾瑜的第一次相遇可以用天雷勾地火、电流通过、刹那间一道闪电划过等等来形容。田凌文不是相信一见钟情的人，很久以后她想，她可能是和裴瑾瑜的钱一见钟情了。裴瑾瑜那时风度翩翩，捧了鲜花到她面前：“我被你煞到，和我交往吧。”

她很好追。圈子里的人都当出淤泥不染的裴少开窍了，终于懂得品尝女人了。

谁也不相信富家子弟的爱情。就连他自己都困惑，一开始便和她说：“我不是那些玩弄女人的纨绔子弟，你是我的第一个女朋友，此时此刻我喜欢你，被你吸引。但一见钟情这回事又有些不靠谱，听说来得快去得也不慢。”

“如果这种感觉消失了，我们好聚好散。”她把他的意思说出来，因为那也是她的想法。

谁知两人腻腻歪歪竟然在一起这么长时间，感觉不但没有减少反而越来越深。她常常叹气：“该相信一见钟情，还是该相信日久生情呢？”

在这种强烈的感情攻势下，两人终于在一个阳光明媚的日子走进婚姻的坟墓。注意，是田凌文花了九块九的手续费，请的裴瑾瑜。

“你说我什么时候把这事告诉我妈呢？”

田凌文果断掐灭他的这点念头：“我看你妈那面相，绝对是个传统的、要求门当户对的、超级挑剔的婆婆。先不要告诉她，指不定我俩哪天就离了，她也落得个清静。”

事实证明田凌文的决策是正确的。裴女士仅仅查到她是裴瑾瑜的固定女朋友就暴跳成这样，要知道她已经冠了裴姓还不知道气成啥样。

没几天，田凌文就在报纸上看到裴瑾瑜的照片，脸颊上一道唇印拍摄得角度极好，引了记者朋友们不少故事出来。她自是不关心这个，她关心的是自己手里的股票。裴大公子即将和白富美强强联姻，这消息一经放出，裴氏股价一路飙升，她跟着赚了不少。

田凌文正春风得意着，BOSS（老板）一个电话将她唤去，竟是二话不说开除了她。

“先在家歇着吧，我估摸着没有哪家公司敢用你。”他很好心地告诫她。

冰雪聪明的她立刻明白发生了什么事。不带这么势利的吧，好歹她生活在社会主义和谐社会中。她情愿老太太用钱砸死她。

她跑到裴瑾瑜办公室，凄凄惨惨抹眼泪。

裴瑾瑜说：“炒就炒了呗，我又不是养不起你。我早看你那份工作不顺眼，一年的工资只抵得我一个月的收入。”

田凌文不乐意，挺直腰杆说：“我是新时代的女性，首要的就是经济独立。”

他嗤笑：“全身上下，除了你那头发，哪件不是我的钱买的？还经济独立呢。”她一记杀人眼光射过来，要工作而且要走后门工作的心蠢蠢欲动，他惊恐道：“你不会妄想当我的秘书吧？”

“裴瑾瑜，注意用词。”妄想？简直侮辱她的智商，好歹她也是大学生。

“想都别想，你在身边，我眼里除了你什么都看不到，还怎么工作？”

她现在是失业游民，面临经济危机，自动剔除他的情话，不依不饶：“不行，我一定要工作。要是哪天你不要我了，我岂不是没人养活？不要瞪我，我这是目光长远，找个工作傍身，不是离了你就会活活饿死的。”

他眼睛斜睨：“得，放一百个心，我要是不要你了，肯定给你一笔丰厚的赡养费，可以考虑分期付款，免得你一下子花光。”

她斩钉截铁道：“我要做你的秘书。”

“没得商量。”

“那我去拉皮条。”

威胁到这个份儿上，他依然风平浪静，淡定地说：“我会经常光顾的。”

她跳起来，将他扑倒在沙发里，双手不安分地乱摸。隔着薄薄衬衫，她的手像猫咪的爪子，挠得他心底痒痒。他的呼吸变得沉重，粗着嗓子说：“我没试过在办公室……”

“谁让你试啊，我这是美人计。让不让我工作？不答应的话你就自己解决。”清楚他的敏感地段，她邪恶地伸进衬衫内，在他的脊椎骨上一点点往下。

裴瑾瑜倒吸一口气，咬牙：“该死的。”搂着她的双臂一紧，正打算好好惩罚这个小妖精，办公室的门忽然开了，伴随着秘书长机械的声音：“总经理，董事长来了。”

裴女士看到这香艳场景当即僵化，嘴唇哆嗦着半晌没说出话。裴瑾瑜高举着一只手喊：“妈，她是我秘书。”

她淡定地从裴瑾瑜身上爬起来，扣好扣子鞠躬：“董事长好，今天是我第一天上班。嘿嘿，总经理就好这一口，没办法。”

“你……”老太太长期寡居，估计被刺激了，以迅雷不及掩耳之势给了田凌文一巴掌。这一巴掌抽得狠，抽得田凌文忘记了自己不打女人的原则。

裴瑾瑜连忙抱住她，牢牢箍住她的手臂："冷静冷静！"

"老娘这辈子没被人打过，你让我怎么冷静？"她直要冲过去，在他怀里死命挣扎。

他吼道："她是我妈！"

"她不是我妈！"

"这么大动静闹下去股市肯定跌！"

还是他了解她，一句话下来，她恢复平静，恨恨地对裴女士说："饶你一次，谁让你是他妈。"

裴太太早已气坏，站在秘书长后面心有余悸。她打定主意不能这么算了，这件事一定要速战速决："如此没有教养的女孩，我还是第一次看见。瑾瑜我告诉你，我绝对不会同意你们在一起。就算她有了你的孩子，我也绝不会同意，除非我死。"

她拂袖而去。

这老太婆自己男人跑了，就见不得别人相亲相爱。田凌文恶毒地想，回头冲裴瑾瑜温柔一笑。

她一这样笑，他就感觉不妙。有一次他工作忙放了她鸽子，她也是这样笑，然后整整三天没有搭理他。那滋味特别不好受，他拿来冰块给她敷脸，低声下气地说："打在你脸上，我心里更疼。"

她躲开他的手，从鼻孔里"哼"一声。

"我的脸给你打。"

"如果有一天，我和你妈同时掉到水里，你一定先救你妈。"她忽然感慨，长吁短叹，"女人真不容易，果然是当妈的比较厉害。"

他提醒她："你俩都会游泳，就我一人儿不会。"

"要是就你一人儿会游泳呢？"

裴瑾瑜呻吟:“折磨天下男人的这个问题，我可不可以是个例外?”

她又是温柔一笑:“可以。”

代价是她整整一个星期没有和他说话。睡觉的时候拿背对着他，偶尔假装梦游将他踢下床。裴瑾瑜天不怕地不怕，就怕田凌文不说话。这个时候只得放下男人的自尊和面子，反正在家里再怎么窝囊都没人看见。

她就趁着这个机会好好虐待了他一番，从他身上坑了不少钱——沉默果然是金。

第四章

拿着裴瑾瑜的信用卡疯狂购物，田凌文心里稍微平衡了一点。

回去的路上，一辆货车忽然失控朝她冲过来，还好躲得及时，保住一条小命。奇就奇在她躲开后，那辆车刹那间就恢复正常，悠然而去。

被抽过的脸颊特应景地作痛，裴女士的电话打过来:“制造一场意外很简单，今天只是给你一个警告。”

她心里那个寒啊，现在的世道咋就什么人都有，讲不讲王法了?她站在路边不敢走，打了电话叫裴瑾瑜过来接。

裴瑾瑜不知在干什么，说了句“在忙”就把电话挂了。她只得打110说迷路了，一路警车护送到家。对着警察叔叔想揭露裴老太罪行，但无凭无据的她哆嗦着嘴唇没说出口，人警察还以为她激动的。

裴瑾瑜回来特别兴奋，神采飞扬地刚要宣布什么重大消息，她一句话赌了过去:“你妈要杀我。”

他以为她开玩笑:“你这么彪悍谁动得了你?”

她忽然火了，那时候被他挂了电话，她就窝了一肚子火，此刻统统宣泄："严肃点！跟你说正事呢。我今天差点被车撞死，你妈她还打电话来警告我。我当时那个害怕啊，叫你来接我，你居然不管我，你怎么回事啊，什么事比我重要啊？"

他还没来得及确定事件的真实性，她又说："分手吧，我低估你妈了，她可能是混黑道的。"

她从来没说过这么严重的话，他脑袋一轰，竟是没反应过来："你说什么？"

"我爱你还没爱到准备献出宝贵的生命。"她耸耸肩，"所以分手吧。"

他把她按在沙发里不许她动，掏出手机打给裴女士了解情况。废话，裴女士当然不会承认，田凌文后悔没录个音啥的。

裴瑾瑜说："我保护你，你死不了。"

"你就是不相信我是吧？好吧，我要是你，也不相信。可是我要告诉你，这确实是真的，分手也是迫不得已，为了小命着想……"

裴瑾瑜吻她，堵住她的嘴。等他放开，她舔舔唇说："或许可以等她死了之后……"

他脸色不悦，抓了她狠狠吻。让女人闭嘴，男人就爱用这一招，不过这招很灵，她脑袋晕乎乎，四肢发软，有些陶醉地望着他。

"你打电话给我的时候，我正在和老太太谈判。"他说，"谈判的结果——现在除了这套房子，我什么都没有了。"

她眨了眨眼睛："不再是总经理？"

"和你一样是无业游民。车子被收回，信用卡被冻结，这套房子因为在我名下得以保存。"

田凌文哀号一声，理智一点点回来："早让你把那两辆车转给我，现在后悔了吧？"

“很感动吧？裴总经理为了女人放弃一切，不惜和老母决裂，被扫地出门，从此成为穷光蛋。”裴瑾瑜自吹自擂地说到一半，田凌文起身回房了。他面子上过不去，冲她喊：“喂，你就这态度？”

她抱着笔记本出来，横他一眼：“我把股票全部抛掉，裴大公子和家里闹翻的消息一传出，明天裴氏的股价肯定跌。”

“不分手了？”

“你不还有套房子嘛，值个几百万。”说到这里，她缓缓抬起头，回眸一笑。裴瑾瑜打个哆嗦，心里发毛。她阴阴笑，“别以为我不知道你背着你妈干了什么。”

他大惊失色：“你怎么知道？”

“我就是你肚子里的蛔虫，你上厕所用几张纸我都知道。早不想在裴氏干了吧，眼下正好有个走人的机会，还落个冲冠一怒为红颜的美名。哼哼，手头有个网上理财公司，投资、炒股赚了不少吧？”

“还不是为了你。你老觉得我离了裴氏就一无是处，一无所有。现在你瞧，不在裴氏的庇护下，我照样风生水起，财源滚滚。高兴了吧，你找了个这么有能耐的男人。”

“我好好高兴啊。”前一秒她声音腻得甜死人，后一秒她暴起掐着他脖子，“平日里假装公子哥，其实早有谋划。坦白从宽，是不是藏着钱在外面包二奶养小三？”

“要不你验验看，看我有没有在外面包二奶养小三。”他顺势滚到她身上，双手去脱她的衣服。

她骂道：“流氓。”

然后挣扎着，两人滚到床上去了……

第五章

这个裴姓男人要，小命也要。

田凌文给裴女士打电话："你儿子死皮赖脸缠着我，我要分手也分不掉。你儿子的脾气你也知道，又臭又硬，我也没办法。"

如此宣扬了一番，田凌文仍然不敢独自上街，拖着裴瑾瑜一起走。他到街对面买蛋挞，她等得不耐烦，穿街过去。还真巧，又有一辆车失控了冲来。裴女士不是一般的固执，非把她弄死才甘心。

她不就拐了她儿子嘛，搞得跟她有深仇大恨似的。

短短一秒钟，田凌文思绪翻飞，正打算来个侧翻躲过去，有人推了她一把。只听得刺耳的刹车声，还有围观人的大叫。

裴瑾瑜躺在血泊中，她吓傻了，腿软得走不动，四肢并用爬过去："裴瑾瑜！裴瑾瑜！"她喜欢连名带姓喊他，显得亲切。他从前埋怨没有昵称，只要她一喊就抗议，可现在一动不动，眉毛都不曾挑动。

直到救护车来了，她还只能重复"裴瑾瑜"三个字。

手术室的灯亮了很久，她想，他要是不死她就离他远远的。过一会儿捧着脸哭泣，碎碎骂："多管闲事，明明我能躲过去，你偏学个什么英雄救美！"

裴女士急匆匆赶过来，仇人相见分外眼红，田凌文忍着没抽她两大嘴巴，愤愤说："凶手！杀人凶手！"

她也眼眶红红，破天荒没有辩驳，呆呆望着手术灯，隔一会儿说："我只是叫人吓吓你……让你害怕了离开……谁知……竟发生这种事，我的儿子……"老太太的眼泪掉下来，泣不成声。

活该！作茧自缚！可怜的裴瑾瑜……她的男人啊，老天不会让她这么早守寡的……

或许老天听到她内心的号叫，虚惊一场，裴瑾瑜性命无碍。推出手术室的刹那，她扑上去搂着麻醉未醒的病人，一把鼻涕一把眼泪，“还好你没事，不然我可怎么活啊……”

医生护士们被感动得热泪盈眶。

裴女士给儿子张罗了豪华病房，派了保姆、护工过来伺候。田凌文以为老太太经过此事会改邪归正，没想她好了疮疤忘了疼，仍然看她不顺眼，一逮着她就警告她速速离开裴瑾瑜，说她就是一麻雀，不要妄想飞上枝头变凤凰。

她也不是吃素的，牙尖嘴利地回应：“你们不是断绝母子关系了吗，你还在这儿上蹿下跳的干吗？对了，你不就想等着裴瑾瑜受不了贫穷乖乖回去嘛？那你就遵守游戏规则安安静静等呗。我确实是一只麻雀，可我是一只变种麻雀哟。”

裴女士气得胸膛起伏，发了狠话：“好，我看你们能挨到几时。我家瑾瑜从小锦衣玉食、养尊处优，只是暂时被你迷了眼，你就等着被抛弃吧。”然后，慈禧太后似的带着人马离开，将她家瑾瑜丢进普通病房。

田凌文打赌她以后再不会叫人开着失控的车来吓她。

裴瑾瑜恢复得很快，出院那天她郑重其事地宣布：“裴瑾瑜，看在上帝的份上，我要和你分手。”

他不以为然：“为什么要看在上帝的份上？”

“我以为你要死了，所以我对上帝说，如果这次你脱离危险我就离你远远的。我是个诚实守信的人，一定要遵守诺言。”

“你什么时候对上帝说过实话？”

她歪着脑袋想了一阵，还真没想出来。打从小发誓第二天一定七点之前起床，她就没对上帝老实过。想来，上帝已经习惯了。于是矫情一笑，非常勉强道：“好吧，先不分手。”

“先？先？”裴瑾瑜想抽她，“注意措辞。”

“你老母发了狠，我就一小麻雀估计弄不过。你们裴家家财万贯，势力熏天，万一哪天我真顶不住了，只能和你拜拜了。”

“你不是一变种麻雀吗？”

她的眼睛忽然眯起：“那会儿你不是昏迷着吗？哪有耳朵听我和老太太唠嗑？”

裴瑾瑜说：“你们那叫唠嗑？只差动刀子干上了。我生命中最重要的两个女人对上了，我就是死了也要爬起来。”

上了出租车，裴瑾瑜念叨着坐着不舒服，琢磨着哪天看车去。她越想越不对劲，捅了捅那位刚出院的病人：“我记得你是跆拳道九段，你不会是为了让你老娘收手故意撞上去的吧？”

“我们买保时捷还是买兰博基尼？”

“裴瑾瑜，坦白从宽。”

“不如买悍马吧……”

第六章

田凌文去几个公司面试，虽然老太太下了命令，但她抱着不向恶势力低头世界上还是有正义的希望，噌噌噌投简历。那些面试官开头还挺客气，等她自我介绍完毕就将她扫地出门。

真别说，一个星期下来没人敢要她。

恶势力啊，小人啊，可耻啊……

裴瑾瑜捣鼓他的理财公司，眼看着蒸蒸日上，他劝她：“我还缺个端茶倒水的，你勉强凑合。”

她跷着二郎腿躺在沙发里，嘴里吐着瓜子壳：“你妈通知了拍卖行、典当行和银行不许收你的东西。她以为他养尊处优的儿子过不下去了，要开始卖屋子里值钱的东西。你说你咋那么虚伪，让她觉得儿子一无是处，就是米虫二世祖？”

“我这公司办得好，一是你男人有能力，二是老太太势力没那么大，打击不了我这块儿。”他抬眼瞅了一眼她日益健硕的身子，“能不能给我省点米，瞧你那两腿粗的。”

她吃得越发起劲儿：“我是胖子，我爱吃东西。”开了一袋薯片，话题绕回来，“电视剧不是这么演的。她该一手遮天逼得我们走投无路，然后你哭着鼻子抱着她俩腿发誓见我一次踹我一次。”

“不是让你少看点那些白痴偶像剧吗？哪天看成白痴了还增添我负担。”

田凌文沉浸在自己的思绪中，“原来你家没有我想象得那么有钱。”打了一个饱嗝，“我想吃蜜饯，给我买去。”

“没看见我忙着嘛，自个儿去。”裴瑾瑜话音刚落，背上遭了一记臭脚丫子。

她横眉冷对：“我重要还是工作重要？你不爱我了是不是？啊，你不爱我了……”

裴瑾瑜很淡定：“工作是赚钱的，你是耗钱的，你说哪个比较重要？”

“你欺骗我感情。”八爪鱼似的缠到他背上，“你买不买？我要吃蜜饯、话梅、橙条……你要不买我就学章小蕙，败家败到你破产。”

“人家章小蕙魔鬼身材，你哪里像人家，再吃下去都成气球了，还妄想蜜饯、话——”话音戛然而止，他小心翼翼兼诡异地一点点回头，“我说，您老人家不会是有了吧？”

挑动眉毛看她不正常的身材，裴瑾瑜紧张地“咕咚”吞口水。

她怔了怔，结结巴巴道：“不……不会吧……”后面顺溜起来，“我还是一青春无敌美少女，哪能蹲家里奶孩子？不会的不会的，对了，我昨天阿姨刚来。”

他颇为不屑：“得，你就是一人老珠黄的残花，少在这里装嫩。你阿姨什么时候来我会不知道？”

裴瑾瑜将她抱起，拾了车钥匙直奔医院。

她这边不祥的预感越来越强烈，赶在结果出来前扯着他的袖子献媚：“嘿嘿，我要是有了，零用钱是不是该双倍？”

“没问题，多少倍都行。”

这么好说话！唉，还得母凭子贵，男人没一个好东西。她自怨自艾，裴瑾瑜说：“你干吗愁眉苦脸的？”

“我在多愁善感，你走远点儿。”

过几天，化验结果出来，和她偷偷用早早孕测出的结果一样，千防万防兔崽子难防，这么着就有了。哪个家伙投胎投得这么急，也不打个招呼！

怀孕后，裴瑾瑜禁止了她的一切娱乐活动，包括她每天必看的股市行情，说电脑辐射，说胎教不好。她那个痛苦啊，只得订了报纸翻阅，那些印刷字一看就想睡觉。他鼓励她多吃多睡多运动，某天逮到他在看书，凑过去发现标题是《养猪十大窍门》……

“你只要是做对身心有益的活动，我都支持。”裴瑾瑜这样说。

于是她道：“我想开着宾利在你妈面前飙过。”

“这对身心有益吗？”

“我心里会非常爽。”

裴女士得知田凌文怀孕的消息，态度没有改善一点点，她当初斩钉截铁地表示有了孩子也绝不妥协。田凌文现在特喜欢挺着大肚子到裴女士的办公楼下散步，那种“你能拿我怎么样”的感觉让她通体舒畅。

有时遇到裴女士，她就说：“凄惨的晚年，一个人度过，唉……”

裴女士越发气得不轻，却发作不得。

裴瑾瑜试图让田凌文对母亲放低姿态："怎么说她也是我妈，你下次看见她能不能正常点？"

"我什么时候不正常了？"

"不指望你去拥抱她，只希望你甭牙尖嘴利地刺激她行不？"

"怎么说话的？我是孕妇，现在母爱大爆发，内心仁慈，一只蚂蚁都不刺激会去刺激她？你丫是不是趁着我怀孕出去偷人了，反了是不是？"

裴瑾瑜伤透脑筋："你是女人，肚子里有娃，稍微文雅点啊。"

"你说我不文雅？"她动怒。

他忙低声下气："老祖宗，你文雅得一塌糊涂。每次看你迈着小碎步优雅转身我都泪眼汪汪——我老婆是多么的大家闺秀啊。"

当孕妇真好，饭来张口衣来伸手，优哉游哉，要一千给五千，哈哈哈……不过后来肚子越来越大，双腿浮肿，走路蹒跚，还是蛮辛苦。

为了辛苦费，她坚持到底。

散步的时候遇到裴女士从时装店出来，很鄙夷地看着她和她的大肚子："没有教养连妈都不会当，这个时候还跑出来逛店。"

她和裴女士再次杠上。田凌文没事就喜欢刺激刺激她，不知怎的就充满力量。裴女士说："别以为生了孩子就是裴家少奶奶，瑾瑜一直不和你结婚就是心里还向着我这个母亲。你得意什么，有本事把结婚证领了再到我面前显摆。"

"你……"她脸色变得苍白，猛然间捂着肚子，眉头紧皱，"啊……好疼……你……你这样刺激太阴险了……"

裴太太大惊失色，到底她肚子里是瑾瑜的孩子，忙招呼司机扶着田凌文上车。一路上叫田凌文不要紧张，吸气呼气，孕妇喘着粗气，紧紧掐着她的手。

到了医院，田凌文忽然不喘了，也不号叫了，双眼一弯，笑眯眯地说：“谢谢哦。忘了告诉你，在我们第一次见面之前，我和裴瑾瑜就已经是合法夫妻了。你那么有本事，怎么就没查到呢？”

“你……你……”裴太太真正被气到，浑身颤抖。

她大笑：“哈哈哈……啊……”

乐极生悲，好像真的要生了。

“你真的假的？”裴太太不肯轻易相信她。

司机大叔眼尖，叫起来：“太太，流血了！”

唉，平日太嚣张，报应来了。

裴瑾瑜快来救你老婆，老娘保证以后一天只花一毛钱，保证再也不偷偷溜出来了……

尾声

三年后——

“奶奶，妈妈又拖着爸爸玩去了，叫我们来你这里住几天。”

“她就这样把你们丢给司机送过来了？太不像话了！笑笑，你长大了千万不要学你妈妈这样没教养。乐乐，你将来千万不要和你爸爸一样脑子碰线娶个你妈这样的女人。”

“奶奶，你什么时候让妈妈和爸爸进大屋啊。笑笑和乐乐好想和爸爸妈妈奶奶坐在一起吃饭饭。”

“等奶奶死了。”

“是带奶奶的照片一起吃饭吗？”

“嗯？这话谁说的？”

“妈妈说的。”

“……”

不要想起我

作者：文艺

1.大钻戒

关芯早上起来的时候还有些迷糊。

她看了看表，七点，还来得及，今天绝对不能迟到。忽然想不起昨天晚上到底有没有关门，她立刻翻身起来查看。

门好好关着，只是她身边却躺了一个男人。

关芯忍不住倒吸了一口气，脑子转得飞快，把自己昨晚做的事情回放了一遍：吃饭、吃感冒药、睡觉、被叫起来代驾、接了客人送到酒店、自己回家、睡觉。中间没有出现过激情画面啊？

她正在冥思苦想之时，那人已经悠悠转醒。看见关芯，他脸上显出惊恐和慌张的神色。

关芯汗毛一竖："天，你怎么会在我床上？！"

这时候她才终于想起来了，这人是她代驾接的客人。昨天晚上代驾公司老板来电话派活儿的时候，她本来是拒绝的，因为她在发烧。只是代驾公司老板说，今晚上生意出奇得好，所有人都派出去了。

这是个重要客户，如果她不去就别干了。她都换了好几个公司了，这次再被炒了，不知道还能不能找到工作。所以她只能咬牙撑着到了指定的酒吧，好不容易把这个喝得烂醉如泥叫穆天泽的男人弄上车，却发现自己怎么也摇不醒他。

左思右想之下，她只能把他拉到自己公寓附近的酒店，开了个房间把他弄了进去。她那时困得要死，只记得自己回来了，至于怎么回来的，实在想不起来了。

穆天泽用被子遮好自己雪白的肩膀，带着鼻音控诉她："是你把我拖回来的！"

她一米六，穆天泽足有一米八。虽然他咬着被子角的样子十分哀怨，虽然她的身手是不错，她还是怀疑，在高烧的情况下自己是否真的能把一个大男人给强行弄回来。

关芯干笑了一声："我们素不相识，您是不是弄错了？"

穆天泽一下蹦了起来，生动地讲述了她是如何把不胜酒力的他弄下车，塞进电梯，最后弄到了床上；他又是如何拼死抵抗，最后却敌不过她的淫威。

当他比画撕衣服的动作的时候，关芯已经听不下去了。因为她已经想起他那光滑肌肤的触感和温暖的怀抱。难怪她昨晚上做了一晚上在阳光下捡肥皂的梦。

穆天泽说完之后，立刻又钻回被子，把自己遮得严严实实。

关芯脸色苍白，哆嗦嘴唇半天只憋出一句："既然你都醉了，也不一定记得清楚，这件事不如就这么算了。"

他泫然欲泣："你还抢了我的结婚戒指，你不负责任！"

关芯的心抖了一下。

啊，对，中间他"诈尸"了一次，哭哭啼啼说自己被女人伤透了心，他要让这个倒霉的戒指立刻在眼前消失，不然他就开车门跳下去。当时车子时速100迈，还在桥上。

关芯被他吵得头晕，怕他做傻事，劈手就把戒指抢了过来。她隐约记得自己在送他回房间的时候把戒指放回了他的口袋，难道自己记错了？

手忙脚乱地掏遍了自己所有的口袋，然后找到了那个硕大的钻戒。她忍不住闭眼哀叹，那个感冒药果然叫“明儿见”，自己竟然糊涂到了这种地步。

关芯干笑了一声，把戒指放在他手上：“我们当时的状态都不正常。现在你就把戒指好好收着赶紧走。我们当什么事都没有发生过。”

穆天泽固执地说：“我不管，你要对我负责。”

关芯耐心耗尽，吼了一声：“我对你负毛责任，你还欠我代驾费呢！”

穆天泽用被子捂着脸号啕大哭。

钻石在阳光下发出耀眼的光，晃得关芯头疼。她捂脸哀叹：完了，自己摊上大事了。

2.大老板

穆天泽说关芯的发烧刚好，所以他不能走。此时关芯正喝着他给她煮的粥，由着他摸她的额头探温。

现在这个情形极其诡异，他们仿佛是老夫老妻，而像家庭主妇一样忙碌的是他。她脑子还有些混沌，还没有从刚才的震惊中反应过来，所以没有力气反抗。

关芯忽然想到一个重要的问题：“你昨晚上到底是醉了还是没醉？”

穆天泽点头：“醉了，绝对醉了。”

既然醉了怎么比她还清醒？关芯正要问这句话，忽然接到上司的电话。上司在电话里面怒吼，今天她要是敢迟到，就直接卷铺盖走人。

关芯“噌”地站起来，早上被他这么一搅和，连上班这么重要的事情她都忘记了。公司前不久被收购，今天神秘的新总裁要来。据说新总裁手段狠辣，雷厉风行。

像个乖宝宝一样收拾餐具的穆天泽愕然看着她："干什么？"

关芯手忙脚乱地拿包找外套，像个老鼠一样在屋子里乱窜："上班啊，你以为我跟你一样，只要躺着花钱就行了。"

穆天泽叹气："我也要去上班的。你去哪儿？我可以送你。"

现在是早高峰，要是坐公车绝对要迟到。

关芯想了想，点头："朗天国际。你欠我的代驾费就当作今天拼车的钱，刚好。"

穆天泽咧嘴一笑："好巧，我今天也要去朗天国际上班。"

到了朗天国际，看见站在门口的那些平日根本没资格照面的老总们，关芯的腿肚子有些发软。

穆天泽竟然是新总裁，真是巧合得令人发指。还好她机灵，在前一个路口死活都要下车，不然现在就要被这么多人的眼光戳成筛子了。

在穆天泽与那些老总寒暄之时，她挡着脸想要从墙边溜进去。只是穆天泽现在那副狂狷酷炫总裁的样子，跟半小时之前唯唯诺诺的"小受"模样判若两人，所以她忍不住停下脚步看了他一眼。

他绝对是人格分裂，忘吃药了！关芯的脸拧成一团。

穆天泽往她这边瞟了一眼，有意无意地说，自己还缺一个司机，最好是一个什么车型都能开、随传随到、有代驾经验的司机。

他好毒！公司明确规定不准兼职。他这是要赶她走吗？关芯咬牙瞪着穆天泽。

穆天泽嘴角微扬，又接着自言自语，最好有人自告奋勇，他可以出比代驾费多十倍的价钱。

关芯叹了一口气，举手声音响亮地应了一声，然后低头越过老总们走到穆天泽面前装作狗腿地说："我！穆总，我可以。"

穆天泽一脸惊喜："哦？你是哪个部门？"

他不去做演员真是太可惜了。关芯脸上带着谄媚的笑，心里却在暗骂。

关芯的经理立刻从一堆老总后窜上来："是我们人力部的。"

穆天泽满意地点头："好，这个人从今天开始跟我了。"说完带着那群老总扬长而去。

经理满脸嫉妒羡慕恨："关小姐如今成了总裁身边的红人，真是一步登天。"

她要是告诉经理，昨晚上她刚把总裁强了，经理会不会直接气晕过去？关芯干笑一声，欲哭无泪地暗暗在心里嘀咕。

3.大冒险

自从升任穆天泽的专职司机之后，关芯真是闲得发慌。

她坐在总裁办公室吃着水果和营养午餐，还有单独房间午休。在午后，慵懒地醒过来的她眯眼看着窗外的夕阳，忽然觉得这事情发展得太诡异了。

自己最近真是倒霉透顶，先是炒股失败，导致公司破产的父亲为了躲债跑了。而她多管闲事，扶了一个倒地的老太太，然后就被缠上了。

莫非老天终于折磨够了她，想要给她一点甜头，不然穆天泽怎么会看上去那么像救世主？

正琢磨着，穆天泽忽然从门口伸个头进来。

关芯吓了一跳，下意识就说："我不会跑，我会对你负责。"

穆天泽笑眯眯地说："梳洗一下，我带你去玩儿。"

穆天泽所说的“玩儿”，原来还是代驾。他说虽然他已经是她的人了，但是在公司里为了掩人耳目，关芯还是要干活儿的。比如他现在要去打高尔夫，她就要开电瓶车。

这话关芯听着实在是太别扭了。把电瓶车开到无人之处，她眯眼咬牙切齿地问：“总裁，你到底玩儿什么？直说吧。漂亮、技术好的女孩多得是，干什么一定要找我？”

穆天泽握住她的手一脸深情：“我自然是从一而终。”

他的指尖带着微电流一样，电得关芯一身鸡皮疙瘩都起来了，所及之处酥麻一片。她一哆嗦，心狂跳起来。

车子一颠，方向盘忽然不受控制。关芯慌乱地踩着油门，尖叫着把车开进了草地。穆天泽扑过来想要稳住方向盘，可是已经晚了，电瓶车直接冲进了湖里。

关芯没想到这个湖这么深，她根本踩不到底。水无孔不入地钻进她所有的毛孔，她惊慌失措地在水里挣扎，却只是沉得更深。

就在她已经开始追忆往事之时，一双有力的手忽然抓住了她，将她托出了水面。

再看见穆天泽，关芯竟然有种久别重逢的心酸。她忽然觉得自己真是如惊弓之鸟一般作死。终于等到一个对她好的人，她却想方设法地试图证明这不是真的。刚才还差点把自己的小命都搭进去了。

穆天泽把她抱在怀里，一边搓揉着她替她取暖，一边打电话叫人来。

关芯安静地在他怀里窝着，望着他的侧脸发呆。

挂了电话，穆天泽忽然笑了一声：“你竟然没有推开我，吓傻了？”

关芯红了脸，虚张声势地嚷嚷：“你才傻了！我不过是忽然想通了。”

穆天泽一挑眉很好奇：“想通了什么？”

关芯干咳了一声，声如蚊蚋："就冲着你刚才救了我，我决定对你负责到底了。"

穆天泽对她太好，好到她有些心虚。所以刚才她故意把车开进湖里，回去好凭着这个，说自己干不了这个工作。

只是如果不是真心，他怎么会跳到水里救她？而且她也没有什么可失去的，所以他是不是真心也无所谓了，就顺其自然吧。

她叹息：这几天真是好刺激，一步登天不说，还玩了一回真心大冒险。

4.大绯闻

公司里忽然传开绯闻，说关芯给穆天泽下了药，然后色诱了他。好男人高富帅穆天泽为了对她负责任，才委曲求全。

早就料到这件事情打死都不能让人知道，否则不堪的流言就会满天飞。关芯在茶水间外听到别人绘声绘色把她描述成一个手段高明的狐狸精时，还是忍不住一口水喷了出来。

她觉得好笑，推门进去说："你们弄错了，我没那么委婉。其实吧，是我提前知道穆总那天晚上会喝得大醉，所以守在那里，把无力反抗的他拖回了家，然后生米煮成熟饭。"

那些嚼舌根的人听得嘴角抽搐，忙不迭地走了。

关芯大笑过后，才发现穆天泽不知道什么时候站到了她身后。他表情凝重，眼神幽暗。

关芯笑了笑："怎么？你跟我说的故事再由我讲给你听，你就觉得太恐怖了？"

穆天泽嗤笑一声，摇着头叹息："听人说你像块花岗岩，脾气硬、嘴巴硬、心肠硬，不接受任何帮助，也从不与人方便。我原来还不信。现在看，确实有七分像。”

原来他曾调查过她，难怪这一阵子她总觉得有人跟踪她，还以为是某个债主，原来是他派的人。

这个评价若是从别人嘴里说出来，关芯最多笑一笑，不知道为什么听他说起来，她的心忽然好难受。就好像她巴巴地把心捧到他面前，他却在质疑这颗心看起来不那么鲜红。

她红了眼眶，好想告诉他：如果不是连一辆破车都留不住，还被人大冷天赶到街上，她也能一直傻乎乎地纯真无邪下去。可惜没人给她这个机会。

只是满腹委屈，却不知道从何说起。最后她只是轻轻叹息一声：“你后悔也还来得及。”

“不后悔，怎么会后悔？越靠近你，我越觉得你有趣。其实你只是不肯服输。你越是这样我越欣赏，也越觉得心疼。以后你不用这么硬撑着了，因为有我。”穆天泽慢慢走近，托起她的脸，轻轻在她脸上吻了一下。

他的唇带着怜悯和心疼，关芯舍不得推开，闭上了眼。按他所说，他们应该什么都做过了。可是为什么轻轻的碰触都能让她心猿意马、浑身酥软？

听见他的心也像是受惊的小鹿在胸膛里乱撞，她忍不住闭着眼微笑：其实他也很紧张啊。

流言戛然而止。因为就连传流言的人都觉得关芯本人提供的版本口味太重。而穆天泽对这个版本几乎就是默认了。这真是太刺激了，让人心脏受不了。

关芯的耳根终于清静了，她窝在小休息室里面，等着穆天泽的传召。

今天报纸上有一条关于穆家的消息，说穆天泽的奶奶前些年常因为老年痴呆症走失，最近更是遭遇事故，卧床不起。

不知道为什么，关芯忽然想到了自己一年前那天晚上扶起的老太太。那天她倒霉透顶，所以记忆深刻。天快黑的时候，忽然有人来敲门，说被她父亲抵押的公寓和车子都要被银行没收。

被扫地出门的她拖着箱子从公寓里出来，就在路边看见了那个不省人事的老太太。老太太被她送到医院后一直昏迷，身上没有任何证件，医院不准她离开，就连代驾公司的活儿也接不了，她直接被炒了。

她反正也无处可去，索性住在了重症监护室外的椅子上。原以为自己从此就这么在椅子上住下去了，没想到一直投简历却没有回应的朗天国际却忽然打电话来告诉她，她被录用了。

她趁着护士不在，悄悄拖着箱子前去报到。只是等她在公司提供的公寓宿舍里安顿好再到医院时，护士告诉她，老太太已经被接走了。

当时她站在重症监护室门口愣了很久。虽然不指望被重酬，但是对方一句谢谢都没有，真是让她心寒。

门忽然被推开，关芯的思绪被打断，从报纸上移开了眼。一个美女进来走到面前冷冷地问:“你是关芯?”

关芯茫然地点头。

美女忽然扬手就是一个耳光:“狐狸精，原来是为了你，穆天泽才跟丢了魂似的。”

5.大诱惑

关芯被打得脸一偏，半边脸立刻肿了，火辣辣的疼。

她冷冷地说:“美女，你最好有个合理的解释。不然我动起手来，你就不止肿半边脸了。”

大概是没遇见过被打了还这么镇定的，所以美女被吓得退了一步：“我是穆天泽的未婚妻。我打你一点也不冤。”

关芯一脸恍然大悟的表情，慢悠悠地掏出那个戒指：“这么说，这个戒指原本是要给你的了？”

原本想着穆天泽可能最近糊涂了忘了戒指还在她这里，担心他不知道什么时候清醒了来找她要，所以她才一直把戒指带在身上，没想到还真派上了用场。

美女眼睛一亮扑上来抢。只是关芯眼明手快，一把捉住她的腕子反拧过来压在桌上。美女立刻尖叫起来。

如果连一点防身的本事都没有，她哪敢孤身一人半夜出来兼职代驾？关芯得意地笑了笑，说：“你要是不动手，我还能跟你好好说。你偏偏不识时务。”

“这是怎么回事？”穆天泽冷冷的声音在门口响起。

毕竟是他的地盘，她还是不要太嚣张。关芯不情愿地松了手。

美女立刻梨花带雨地扑到穆天泽身边哭诉。

穆天泽冷冷推开美女，走到关芯面前盯着她的脸，仔细查看了一番，脸上满是怜惜和心疼，转身冷冷地对美女说：“婚事我还没同意。胡小姐出身名门，该有自己的分寸，你若再敢出手打伤我的人，我就不会那么客气了。”

胡小姐大概没有想到穆天泽会这么护着关芯，满脸羞愤地走了。

不记得有多久没有人这样拦在她面前，这么护着她了。关芯原本不觉得委屈，如今盯着他的背影竟然红了眼眶。

穆天泽转身满是歉意地说：“我应该早就告诉你的。我也是出于无奈，才想缠上你让你替我挡一挡。”

哦，这就能解释清楚他这个从天而降的大馅饼是怎么回事了。关芯心里绷了好久的弦忽然松了。

忽略心中涌上的怅然若失，她一挑眉：“为什么是我？”

“那天你抢了戒指，我就觉得，这是天注定的，所以才选中了你。只要熬到我找到想娶的人就行。作为报答，我帮你把你父亲的债务还清，怎么样？”穆天泽脸上有些讪讪的，害怕她会拒绝。

“好说好说。”就冲他挡在她面前，她也会答应，更别说有这么大的诱惑。

穆天泽皱眉，伸手轻轻抚摸着她的脸：“抱歉，疼吗？”

她侧脸轻轻躲开他的手：“还好。”

他的手停在半空，有些尴尬和失落。

她笑了笑：“没人的时候，你就不用这么违心地演甜蜜了。大家都省省。”

听到他说以后还会找到喜欢的人，她的心里就像忽然放进去了一颗带刺的酸梅，放在哪里，哪里就会又酸又痛。无计可施，无处发泄，所以她忽然就使起了小性子。

穆天泽收回手，红了脸：“不要躲着我，我是真的有点喜欢你了。”

6.大恩人

穆天泽说要请关芯吃大餐作为补偿。

坐在法式餐馆雪白的桌布前，关芯有种恍若隔世的感觉。过去，她从没想到自己会连吃顿正宗牛排都是奢望；现在，她没有想到自己还能吃上正宗牛排。

这一切都拜害她父亲炒股失败的那个神秘人物所赐。她曾发誓一定要找到那人悉数奉还。这也是她进入朗天国际的原因，因为父亲买的就是朗天国际的股票。可惜到现在，她还没有找到那个人。

穆天泽趁着她高兴，问她对于公司现在的运营有什么意见。

这可是个非常得罪人的问题。只是吃人家嘴软，不好一言不发，关芯只能提了几个无关痛痒的建议。

可是关芯万万没有想到，穆天泽回去后，把她这几句话扩大深挖，还加了许多他自己的意见，然后写了一份长达万字的公司整改建议提交给了董事会。这触动了很多人的利益，却对公司的运营十分有好处。董事会一致通过。

最让关芯头疼的是，穆天泽在报告后特别鸣谢了关芯，说她提出了许多有建设性的意见。这明摆着告诉大家，关芯就是老员工中的叛徒。所有人都把矛头指向了关芯。

关芯苦笑：如果有一天他翻脸了，她不但在朗天国际待不下去了，就连别的公司也不敢要她了。现在她恨不得给自己一个耳光。早知道那天晚上就让他去作死好了，干吗抢了他的戒指救他。现在被他缠上了，进退不得。

虽然知道他是故意的，关芯却一句话都不辩解。最后是穆天泽自己憋不住问她。关芯才淡然地说："听说你谋划了几年，才等到股价大跌收购了朗天国际。我知道，你刚接手不能得罪太多人。我现在唯一能做的也就是帮你挡几句骂名。所以你不用放在心上，我没关系。"

穆天泽握住她的手，忽然红了眼眶，满腹的感动和深情无从说起，最后只是说了一句："你真好。"

关芯如今成了朗天国际最让人牙疼的人物。所有人表面上都恭敬客气，暗地里都避之不及。所以当胡小姐又来找她时，关芯不但不惊惶失措，还有些高兴。吵架也好，总有人肯理她了。

胡小姐客客气气，说要带她去见穆天泽的长辈。

虽然不知道胡小姐葫芦里卖的什么药，她还是去了。因为她迫切地想了解穆天泽的家人。越是靠近，她越觉得他是一团谜。可是越是觉得他难捉摸，她却越想要靠近。

这真是让人心惊。她绝不能陷下去，说不定哪天他玩腻了就会走。她想，如果去见了穆天泽的长辈，穆天泽的长辈再做出不可一世的样子侮辱她几句，她就彻底死心了。

胡小姐没有把关芯带到她想象中的巨大别墅，而是把她带到了医院，一个老太太的病床前。这个老太太她认识，就是她救起来的那一位。

关芯忽然明白了什么，有些惊慌失措。

胡小姐说，虽然关芯当时救下老太太的时候，没有留下任何个人信息，但是护士隐约听见她打电话时说到代驾公司。

穆天泽花了一年时间，找遍所有代驾公司找到了她，把她的情况调查清楚，然后才来接近她。所以穆天泽才拒绝了明摆着跟他门当户对、有百利无一害的婚事，所以他才对关芯这么好。

真相真是残酷啊，关芯的心像是忽然被挖了个大洞，呼呼地往里面灌冷风，冰冷透骨。

关芯一个人呆坐在走廊里忽然苦笑起来。原来他早就查清楚，她是那种吃软不吃硬的人。所以才装出那副小受模样让她狠不下心赶走他。

他一定也知道，她不会接受任何莫名其妙的帮助，所以用这么狗血的借口来给她一个钱多事少的工作。

哪怕他是为了尝鲜，玩一玩也好啊，至少他也是对她动了心。她最不想做的就是他的大恩人，特别是在她已经爱上了他之后。

7.大惊喜

关芯装作一无所知，默默享受着穆天泽对她的体贴，和他时不时拿出来的小惊喜。她在等着他觉得报恩报够了，让她离开的那一天。那一天或许就是他说的，他找到真正想娶的人，然后帮她还清债务的时候。

大概她总是默默在他身后表情犹豫地望着他，所以穆天泽都有些察觉了。穆天泽似乎猜到了她的心思，摸着她的头说，给他时间，一切都会跟她解释清楚。

关芯生日那天，穆天泽说有惊喜给她，还送了一套漂亮的礼服和首饰给她，说让她在公寓里安静等着他来接。关芯像是等着南瓜车的灰姑娘，有些紧张又有些兴奋。

其实穆天泽不说她也知道。他一定是准备了一个大Party，要将她介绍给他的家人。

不久前，他说为了方便关芯上班，要给关芯买一部车。关芯说，她什么车都不要，就要自己原来那部，那是父亲送她的生日礼物。今天他说的惊喜自然就是他已经从银行赎回来的车。

夜幕降临时，穆天泽才打来电话，让关芯到楼下等她的车，记得带上那枚戒指。

关芯有些失望，她以为穆天泽会自己来接她。难道他在那边等着，是因为还有什么更大的惊喜给她？

关芯一路上都忍不住带着微笑，恨不得立刻飞到他的身边。

穆天泽的家很大，像是一个大酒店一样。关芯感叹着，然后被领到一个门后站着。

她听见里面拍手大笑和喧闹的声音，忍不住紧张起来。她按着自己“咚咚”乱跳的心，深呼吸，等着门打开。

里面忽然传来穆天泽的声音。他说:“谢谢各位今天来参加我和胡灵的订婚仪式。”

像是一桶冰水兜头浇下来，关芯觉得浑身的血都流到了脚底，心都冷得停跳了一下。她晃了晃，不肯相信一样往前走了几步，却又停在了门边。

穆天泽接着说:“今天我要特别谢谢关芯小姐。如果没有她的关心和帮助，我无法顺利接手公司，也不可能认识到胡灵小姐对我的重要性。”

门忽然打开，关芯就这么茫然失措地暴露在所有宾客讥笑的目光之下。关芯觉得自己被胡灵眼里得意的笑又狠狠打了一个耳光，远比那天要痛，痛得她的心都在打颤。

她应该拔腿就跑的，可是腿却像被定在了那里，不能动弹。

穆天泽朝她走来，低头盯着她，脸上温和的笑没有进到冰冷的眼底:“我说过，请你替我保管戒指，直到有天我找到想要娶的人。谢谢你今天替我送来。”

关芯全身都在发抖，抖得她能听见自己牙齿作响。她狠狠咬了一下舌尖，逼着自己镇定下来，掏出戒指，放在他手上笑着说:“祝你们百年好合。”

那枚戒指像她初见时那样，闪着冰冷刺眼的光。她忽然有点舍不得，想要扑上去，把它抢回来，最后僵硬地站了许久，却只是退了一步。

穆天泽一直在往前走，她却在往后退。等到穆天泽发现时，她已经不见了踪影。

关芯一路走回去，就像是那天被从自家公寓赶出来一样，冷得发抖，孤独得想要哭。兜兜转转，来来去去，最后结果还是一样。

其实她没有什么可伤心的，不过就是回到了原点。她一边走一边安慰自己。回到宿舍，已经天亮了。她关了电话昏睡了一整天，像是大病了一场。

一打开电话，父亲就打电话来说债务神奇地还清了，他不日就将回来与她团聚。然后就有人送来了车钥匙，还有公寓的房产证。

他果然好守信，弄得她想不告而别都不行，而且穆天泽还欠她一个解释。关芯呆坐了一会儿，苦笑着。

8.大仇人

只是这个解释已经有人替穆天泽说了。

关芯在去总裁办公室的路上，听见有人议论：关芯哪里是狐狸精，简直就是毒蛇。她为了接近穆天泽，故意撞了老太太再救她，然后假装不求回报地悄悄离开，等着穆天泽找到她。

穆总为了找到她煞费苦心，派人不停打代驾公司电话，一直到把她找出来。现在，如果不是穆总把关芯的车赎回来之后，无意中打开行车记录仪查看了一下，还被她蒙在鼓里。

关芯脑子嗡地一响，快步走到总裁办公室门口，猛地推开门。

穆天泽听见声响，抬头看见她，冷冷地看着她。

关芯扑到桌子前，瞪大了眼睛问："行车记录仪的事情是真的？"

穆天泽冷笑一声："你不用再假装了，我没打算追究你，不然也不会删了行车记录仪上的记录，还洗干净了血迹，修好了车。我真是小看你了，你果然是心硬如石，为了报复我压低股价导致你父亲投资失败，你竟然用这种方法来接近我！"

关芯张大了嘴："是你在幕后操作股价？"

穆天泽站起来用手撑着桌子俯身逼近："不管你从哪里查到是我在幕后打压股价再抄底的，千错万错你不该伤害我的亲人。"最后几个字他说得咬牙切齿，甚至红了眼眶。

关芯急得眼泪都出来了，说:“我没有！我是半路遇见了她。我也不知道她是你奶奶。”

穆天泽转身疲惫地说:“你走吧。我不想再听你狡辩了。现在我奶奶醒来了，我们算是扯平了。”

关芯踉跄着退了一步:“其实你一开始就怀疑我，是不是?”

穆天泽的背影僵了僵，没出声。

他已经在心里给她定了罪，现在她说什么都是错。关芯满心悲凉地看着他的背影许久，没再说话，把辞职信放在桌上转身走了。

穆天泽转过头，握着那枚钻戒一拳砸在桌上。钻戒嵌入了手心，钻心地痛，他却像是没有知觉一般。

他没把这个戒指给胡灵，那天发现关芯走了，他想也没想就跟着她出去了，订婚宴不欢而散。他跟着她慢慢地在黑暗里走了一夜。他想告诉她，其实他对她的爱不比她少，却因为被欺骗的愤怒，一句也说不出口。

关芯又搬回了自己的小公寓。父亲也回来了，重新开了一个小公司，一开始运营就接到了一个大单子。她的车像刚买的一样，崭新锃亮。好像所有事情都回到了起点，像做了一场梦一样。

只有她自己知道，一切都不同了。

她曾大大咧咧地说，她没什么可失去的，所以不怕穆天泽。如今才知道她错了，她失去了一样最重要的东西——她的心。所以她整夜整夜地睡不着，她每夜都出去代驾，然后像是幽灵一样，在漆黑的城市里穿梭，把自己折腾到精疲力竭再回到家倒头就睡。

今晚有客人打通了代驾公司的电话，匿名指定要关芯服务，关芯有些发烧却还是出来了。当她看见摇摇晃晃站在酒吧前面的穆天泽，立刻掉头就走，只是穆天泽却忽然倒了。

关芯从后视镜看见，心里一抽，叹了口气，掉头又回到穆天泽身边。今天的穆天泽跟上一次装醉时不同，他满脸通红，是真的醉了。

夜里的风有些凉，这样躺在地上会感冒的。关芯犹豫良久，还是把他抗上了车。

上了车，穆天泽絮絮叨叨、含糊不清地说："你不会原谅我了……银行没收车的登记时间被人篡改过，撞人的是银行派去收车的职员，我错怪了你。"

泪水从关芯的眼睛里涌了出来。她深吸了一口气，把眼泪逼了回去，扯过自己身后的外套给他套上。

对面忽然来了一辆车，打着远光灯，只分了一下神的关芯被照得眼睛一眯。当车头冲进湖水里溅起漫天水花时，她才发现，自己已经把车开进湖里。

所以水咕咚咕咚从底板下冒进来的时候，关芯下意识就转身帮穆天泽解安全带。穆天泽却比她还快地替她打开了门，并且手脚麻利地替她解开了安全带。

关芯咬着唇，扑上来帮他解安全带。穆天泽甩开了她："快走。你就不要拖累我了。"

她知道他是在故意气她想赶她走，所以不理会他，只是安全带像是故意作对一样，死活解不开。

水已经漫到了脖子，关芯忍不住哭出声来，穆天泽拉过她来深深吻了一下她的唇，然后用尽全力把她推了出去。车子一斜，彻底沉入了湖底。

湖水黑得伸手不见五指。

关芯知道，父亲公司接的生意，十有八九是穆天泽托人给的。她早就原谅了他，只是不知道怎么让他知道真相。

只要他能平安上来，什么她都不计较了。关芯伏在岸上，脑子里只有这个念头。

看见穆天泽从湖里上来时，关芯觉得自己像是死了一次又再活过来了，扑上去一把抱住了穆天泽。

穆天泽喘着气，剧烈地咳嗽着。

关芯哭得上气不接下气：“下次再不许这么吓人了。”

穆天泽搂着她笑：“如果能让你原谅我，再来一次，我也觉得值。别哭，对不起，我错了。”

你是年少的欢喜

作者：解忧君康慨

她说，你是年少的欢喜。

他却不知，她真正想说的是，喜欢的少年是你。

1

高中时班里流行起外号，罗洪波对这种幼稚的行为颇为不屑。

主要是他觉得自己的外号“萝卜”实在太怂，罔顾了自己是未来爱因斯坦的事实，也表达不了自己智商高、篮球打得好，又具有叛逆精神的雅痞气质。

他的同桌猪头却不这么认为：“你就是怂啊。身为体育委员，你要真有种的话，就应该跟学校对着干，把体活课给大家恢复了。”

其时，快期末考试了，学校宣布把体活课改为自习课。罗洪波对此怨念颇深，经猪头这么一撺掇，他被彻底激怒了。

只见他一个箭步冲上讲台，大声宣布：“都给我出去上体活课！”

正在自习的同学们愣住了。

竟没有预想中的掌声。

有人问：“学校追究下来怎么办？”

“出了什么事我担着，大家尽管出去玩！”罗洪波血气上涌，满脸通红，狠拍胸脯的样子终于让大家放了心。

“哇哦！”

“萝卜真牛！”

“爷们儿，纯的！”

……

欢呼声来得有点迟，但依然让罗洪波体会到了革命成功的快感。

只是这快感中暗藏着一丝阴霾。

因为坐在教室中间的班长一直冷着脸。他虽然没反对，但显然也不支持，只是跟着大家默默地出去了。

有几个女生不愿意出去玩。任萝卜怎么劝，她们就是不动。

“你玩你的去吧，我们都不方便，这个事你可担不起。”

一片哄笑。

又是文艺委员百灵！这个瘦瘦小小的四眼女生总是喜欢跟萝卜对着干，让萝卜恨得牙痒。

萝卜闹了个红脸，悻悻地来到操场。

百灵也跟了出来。

“你不是不……”

萝卜刚要问，却被百灵抢话说：“你是不是傻？大家只是不想跟你一起胡闹而已。你考虑过后果吗？学校要找你家长怎么办？”

“大不了开除我，又能怎么样？！老子就是不爽，凭什么不让我们上体活课？”

百灵抬起头，像看怪物一样看着眼前的这个傻大个儿，缓缓吐出日后她无数次对他说的两个字：“幼稚！”

“学校这种行为是对契约精神赤裸裸的践踏，就是去法院打官司，也是学校不对！”萝卜还沉浸在兴奋中，边说边激动地挥起手臂。

“你准是又被猪头忽悠了。”

2

事实上是猪头帮了萝卜。

学校果然要找萝卜家长谈话。

萝卜忐忑不安，他爸是个暴脾气，要是知道了萝卜的“光荣事迹”，肯定会狠狠揍他一顿。

猪头了解萝卜的情况，所以他拜托自己当教育局副局长的爸爸跟校长说情，让学校把大事化小。

校长很懂事儿，对萝卜通报批评了事，并未找家长。

萝卜很感激自己这个膘肥体壮的同桌，决定请他撸串。

然而这一撸就把萝卜一个礼拜的生活费撸没了:“猪头太能吃了!”

萝卜的心在滴血。

他还从猪头那儿得到了一个更加让他心堵的消息。

原来是班长告的状！那天大家都出去玩了之后，班长径直去了班主任办公室，跟班主任添油加醋地说罗洪波如何如何鼓动大家闹事，逼迫大家反对学校，败坏了全班积极向上的风气……

萝卜一向看不上班长，他私下里管班长叫“小老头”。这件事之后，他更是公开跟班长杠上了，发誓一定要取而代之!

妈的，老子比你聪明，打球比你好，个子比你高，长得比你帅，还更得人心。凭啥你是班长，我只是个体育委员!

不过冷静下来想一想，班长也有他的优势：他学习成绩比自己好。从高一到高二，在所有的考试中，萝卜只有一次考得比班长好，那也是班长唯一一次在班里排第二名。从全年级的成绩看，班长稳定在前十，而萝卜则在前一百名随机分布，成绩上蹿下跳极不稳定。

结论是：只要学习上能干掉班长，那么班长就没有任何理由尸位素餐！

目标确定之后，萝卜狠狠地攥拳，怒砸了一下空气，然后在课桌一角深深地刻下十个字：班级第一，成为新任班长！

3

高一高二本来是没有晚自习的，下午5：30就放学了。

但为了实现自己“班级第一”的小目标，萝卜自觉向高三看齐，晚上主动留在学校上两节晚自习。

这时他才发现，原来百灵竟也上晚自习的。

“你这个学渣何苦自虐？”看到一脸苦大仇深，专心致志地跟物理题较劲儿的百灵，萝卜颇为不解。

其实百灵文科成绩很优秀，只是被理科拉了后腿。

百灵家庭条件不太好，她爸爸是个出租车司机，妈妈是在早市做小生意的个体户。她从小喜欢唱歌，一直想去学习声乐，但家里没有条件供她学习那些昂贵的爱好。

她知道自己没有机会上专门的艺术类大学了，于是她便退而求其次，希望能考上一所有艺术学院的一本大学。然而如天书一般的数理化教材让她的前途黯淡下来。

班里理科成绩最好的就是萝卜了。她经常向萝卜问题，但萝卜却总是嘲笑她笨，让她很恼火。

这下可好，平时总是吊儿郎当的萝卜，竟然也开始上晚自习。有了更多问问题的机会，她心里自是欢喜的。所以面对萝卜的揶揄，她就当没听到一样，反而拿起习题册向萝卜虚心地求教十万个为什么。

百灵个子小，本来是坐第一排的，一到晚自习的时候她就主动坐到萝卜同桌，也就是猪头的位子上。

萝卜嫌她烦，想让她离自己远点，但耐不住她狗皮膏药一样缠着自己，也就听之任之了。

俩人放学后一起同桌自习的事儿被添油加醋传了出去。有人信誓旦旦地说，看到这对狗男女旁若无人地打啵、互摸，而且毫无疑问已经真枪实弹地干过了！

他们俩当然都极力否认。

为了避免再次被找家长的命运，萝卜反复陈述这个明显的事实来自证清白："像我这么优秀的男生，怎么可能看上瘦不拉几、还没发育的百灵。"

百灵自证清白的方式是，满脸通红，追着萝卜打，边打边说："都怪你，都怪你，都怪你……"然后嘤嘤直哭。

全班哄堂大笑。

还是猪头够义气，关键时刻站出来为兄弟救场。他怒斥大家都别胡闹了，为了证明萝卜和百灵是清白的，他宣布以后他也留下来陪他们晚自习。

大家都知道猪头家里有权有势，不敢得罪，于是渐渐也没人瞎说什么了。

猪头说到做到，这个考试成绩从来没出过倒数后三名的家伙，竟然真的天天来上晚自习。只不过他上晚自习看的不是"正经书"，而是小说、漫画，勾得萝卜和百灵心痒痒。

猪头对此自有一番歪理：教材是短暂的，艺术才是永恒的。殊不知这些年中国教材换了一波又一波，有些教材今天说东明天说西，你们也只能死记硬背，一毕业之后全都忘光了。而你一旦有了艺术修养，就会受用终生……

金庸、古龙、灌篮高手、足球小子、琼瑶……也算艺术？

萝卜虽然嘴上嘲笑，但久而久之，也被猪头带得满脑子东邪西毒、李寻欢、樱木花道、大空翼……

百灵一向就喜欢这些，也开始跟他们经常聊起黄蓉、赵敏、周芷若和《窗外》《还珠格格》……

于是，期末考试，班长仍然是第一，萝卜只勉强考了个第二,百灵中游偏上，猪头再次倒数第一。

所以下个学期，在重选班干部的时候，班长还是班长。萝卜由于之前的劣迹，连体育委员都不是了。只不过由于他物理学得好，单科年级第一，所以班主任才勉强让他担任物理课代表。

4

萝卜有点泄气。他觉得自己必须要再发展点别的特长，好让大家知道，他虽然学习暂时不如班长，但在所有其他方面都比那个“小老头”强。

正好学校要举办年级戏剧比赛，要求各班自行出节目。

作为文艺委员，这个任务自然落到百灵头上。

她自己写了个剧本，叫《你是年少的欢喜》，讲的是一对学生时代暗生情愫的男女同学，长大之后由于种种羁绊被迫分开，最后又终成眷属的故事。

男主是一个物理学家，大学上北大，后来去哈佛深造，毕业之后留在美国工作。最后由于思念在国内的女一号，毅然回国与之结婚。

女主是一个平凡但善良的职业女性，上普通的大学，毕业之后在普通的公司做着普通的工作。她唯一的不平凡就是她一直默默支持着男主，当男主遇到困难时她总会想方设法提供帮助，最后迟钝的男主终于意识到她才是自己生命的唯一。

班主任觉得剧本不太好，想让大家演样板戏《智取威虎山》，大家一致反对。后来班主任想让班长演男一号，但全班同学都知道萝卜的梦想是成为物理学家，拿到中国首个诺贝尔物理学奖，所以都想让萝卜演。

班主任想让百灵改剧本，百灵说啥不同意。

班主任快退休了，也不想跟同学们多计较这些了。

萝卜为了压班长一头，特别积极地跟班主任和全班同学自我推荐担当主演。

班长看这势态，知趣地说自己要筹备全国书法大赛，不想演。于是萝卜顺理成章地成了男主角。

女主角则公推由班花出演。

班花长得像当红明星高圆圆，清纯可爱，是班里男生集体爱慕的对象。

排练的时候由于要穿各种时装，班花原本被宽大校服遮掩得严严实实的身材，一下子显出了火辣的原貌。

萝卜有点把持不住了，眼睛总是情不自禁地瞄向班花丰满的胸部。

百灵作为导演，看萝卜这状态，气得直跺脚。她只好自己亲自上阵，跟萝卜对台词、走动作。等萝卜练熟了之后，再让班花上。

有一段台词是这样写的：

男主（困惑地，抱住女主）：“为什么过了这么多年，你还记得我们当初的点滴？”

女主（羞涩地，靠在男主肩上）：“因为你是我年少的欢喜，给了我太多美好的回忆。”

最后他们的节目拿了全校倒数第一。

百灵和猪头一直指责萝卜演得不好。

萝卜说是百灵剧本写得烂。

不过他私下跟猪头承认，自己确实没演好。可问题不在他，而是因为班花身材实在太火辣，让他浮想联翩。导致他没办法专心表演。

结果不知怎的，这话竟然传到百灵耳朵里。第二天一起上晚自习的时候，她就故意疏远萝卜。萝卜不解，问她为啥不来后面一起坐了？

百灵最开始不搭理他，脸颊微红，恨恨地吐出三个字："臭流氓！"

萝卜突然觉得百灵害羞的样子特别可爱，就来了兴致，故意调戏她说："你不会是喜欢上我了吧？哥哥能力很强的哦。"

百灵脸红得更厉害了，静默了两秒钟，然后咬咬牙，突然站起来朝萝卜裤裆踹了一脚，跑出了教室。

幸亏萝卜躲得及时，没有正中靶心，然而仍然中了至少7环，痛得他直流冷汗，完全没顾得上正在后排窃笑不已的猪头。

受此奇耻大辱，萝卜发誓大仇必报，以后一定要好好收拾百灵！

可是他没有机会了，因为百灵很快就转学了。

5

百灵的父亲出车祸去世了。

她的母亲要带着她回姥姥家所在的城市。

临走之前，全班给百灵送行。

百灵眼圈有点红，但没哭。

在这样的场合，萝卜不喜欢看到别人哭，那会让他感觉尴尬。

百灵跟同学们挨个道别。轮到萝卜的时候，百灵正要说什么，萝卜抢过话来说："没啥大不了的，十年后又是一条好汉，兄弟到时候带你闯荡江湖啊！"

百灵突然就泪流满面。

闯荡江湖多好玩啊，为啥要哭呢？萝卜正纳闷着。

百灵跑开了。

回到座位，萝卜发现百灵给自己留了一封信。真奇怪，她是什么时候留的，咋没发现呢？

信很短，笔迹还有点潦草，她说感谢萝卜一直以来的陪伴，如果没有萝卜耐心给她讲题，她不可能还做着上好大学、过好生活的梦。现在命运安排她去另外一个地方生活，她只希望以后能互相通信保持联系。

萝卜突然感觉心里很酸、很堵、头很晕，像生病了一样。

他问猪头:“百灵是不是喜欢我了？”

猪头说:“你这么好色，她变态了才会喜欢你。”

萝卜想想，也对。百灵太普通了，瘦瘦小小的，没胸没屁股，脑袋也不大灵光，她应该会喜欢一个踏实稳重专一对她好的男生吧，喜欢我这么放浪不羁的一个人应该会让她很痛苦吧。

可是为什么自己这么难受呢，像有一块千斤巨石压在胸前，呼吸困难。

“我不会是喜欢上百灵了吧？”萝卜又问猪头。

猪头说:“你看见她会硬吗？哲学家柏拉图说，爱和欲望是分不开的，没有人会爱上一个让自己没有性欲的人。”

嗯，哲学家说的话一定有道理，萝卜想。

经年以后，当他深夜无眠，被记忆的潮水淹没时，他突然想起猪头曾引用的哲学家柏拉图的这句话。

于是他上网搜，可怎么搜也搜不到。他才意识到，原来猪头真他妈聪明，他自己就是哲学家，老早就把自己这个傻子忽悠得团团转啊。

且说那时萝卜和百灵断断续续地通着信，每次来信猪头都要求跟萝卜一起看。

其实信上写的无非是考试又得了多少分，新班级又发生了什么逸闻趣事，甚至还有百灵百思不得其解的物理题要求萝卜回信解答。

萝卜觉得这些东西给猪头看也未尝不可。而且独乐乐不如众乐乐，他们俩一起为百灵取得的进步开心，总比他一个人开心要好。

高考萝卜如愿考上了北大，百灵只考上了她姥姥家附近的一所二本，猪头则考上了百灵姥姥家附近的一所三本。

百灵和猪头考上了一个城市的两所大学。这下可好，以后他可以去一个城市看望两位好兄弟了。萝卜想着。

可是，等等，猪头家里有权有势，他为什么不去北京不去上海，偏偏去了百灵所在的城市？

一记重拳打过来，是萝卜自己打的。

他想到了一种极为可怕的可能性：猪头喜欢百灵！

猪头可能和百灵手拉手、亲吻、搂抱，甚至……

一想到这样的场面，萝卜简直要疯了。

他终于意识到，自己是喜欢百灵的。

6

有了危机感的萝卜是可怕的。

当初他发誓要考班级第一，压班长一头。经过不懈的努力，高三之后，在所有考试上，他从来没输过当初看起来那么强大的班长。

现在，他发誓要先猪头一步，追到百灵。他相信自己一定可以做到！

事实上没过多久，他就成功了。

他拼命给百灵写信、煲电话粥、表白自己的心迹。

百灵答应他做她的男朋友了!

“十一”长假，萝卜终于攒够钱，去了她的城市。

百灵变漂亮了，穿上了高跟鞋，身上一件俏皮可爱印着猫图的连衣裙。她摘掉了眼镜，戴上了隐形，因此她精致的五官得以突出。

萝卜从没见过这样的百灵，这个让他怦然心动的小精灵。

然而猪头也来了。

让他意外的是，猪头竟然变瘦了好多。虽然整个人看上去还是壮壮的，但早已不是当年一身赘肉的大胖子了。

这个小城市枯燥乏味，逛半天就全逛完了。萝卜想跟百灵单独相处，然而看到百灵频繁跟猪头开心互动的样子，他心里不是滋味，也不好让猪头滚开。

晚上，他们把百灵送回寝室，然后萝卜约猪头喝酒。

一箱啤酒搬上来，连干三杯后，萝卜开门见山地问猪头:“你是不是也喜欢百灵？要不你干吗也来这里？”

猪头一点没隐瞒，痛快地承认了。

“是的，我是喜欢百灵，我喜欢她三年了，比你早。在你这个混蛋到处装逼的时候，我就在偷偷喜欢她。我知道她喜欢的是你，可你不适合她。

“你还记得她在高一入学自我介绍时说了什么吗？她说她喜欢唱歌，最喜欢的歌手是王菲。这些年王菲每出一张专辑，我都会买来，目的是借给她听，你呢？

“你知道她最喜欢的小动物是猫吗？她高二时每次放学，都会在学校旁边的公园陪一会儿猫。当她最喜欢的一只猫失踪了的时候，你知道她有多伤心吗？

“为了让那些猫不再失踪，我偷偷买了猫窝放在公园里，还每天给猫喂食，你呢？

“你了解过她心底的哀伤吗？她家庭条件不好，父亲去世了，被迫转学。每次她给你写信都报喜不报忧，你就天真地以为她的生活只有喜没有忧？

“你知道后来我们也一直在通信，而在信里她向我倾诉适应新学校的困难。高考的压力让她常常蒙在被子里哭泣。我总是写信安慰她。你呢？显摆自己总是考第一，压了班长一头，就能让她获得安慰吗？

“她现在答应做你的女朋友，只是因为她心里还残存一些对你的眷恋。但她早晚会意识到，我比你更适合她。我也比你更懂她。

“你的眼睛总是往天上看，从来不肯认真看看我们这些平凡人。她写的剧本《你是年少的欢喜》，那根本就是写给你的。她自己多想演女主角，她想对你说，喜欢的少年是你，但你呢？跟班花眉来眼去，气得她直哭，你很牛逼吗？

“我劝你离开她，你们根本不合适。你拼命追她，不过是因为你怕我赢了你，但是你这样是在伤害她！与其将来陷得很深的时候再痛苦地分手，不如趁她还陷得不深，早早地跟她划清界限！

“真正的男人，对于他喜欢的女人，不是给她一时的欢喜，而是给她一世的幸福。而这个人是我，不是你。”

酒已喝干，泪流满面。

微风渐凉，相对无言。

两个站都站不稳的人，拼尽全力干了一架。谁也不肯相让，即使拳头都已软绵绵。

萝卜听见自己大着舌头说：“我喜欢百灵，我不会放弃她的。咱们公平竞争吧。”

7

百灵先提出的分手。

问题不只是因为异地恋，也因为他们越来越远的心理距离。

萝卜之前申请去美国MIT做交换生的机会下来了。百灵当然是鼓励他去的，那毕竟是他一直以来的梦想。

没有任何理由不去，不是吗？

然而一去就是半年。MIT汇聚了世界最顶尖的头脑，萝卜要想跟上大家的思路，就必须拼命。连吃饭、睡觉都觉得浪费时间的那种拼命。

他固然想念百灵。可每次收到百灵的信息，都是鼓励他要专心学业。

他能跟百灵说什么呢？我想你，我不想追逐理想了，我想回到你身边，做一个安安稳稳的工薪族，生一堆孩子，执子之手与子偕老？

那就不是萝卜了呀。

他也只能说，好的，我在努力，你也加油啊！

然而命运的悖谬在于，越努力，就越在远离。

8

百灵的独白：

我拼命想要陪在你身旁，可仅凭一己之力我做不到。

所以我求求你，帮我结束它。

我要你，我现在就要你回来，我受不了你离我那么远，我不想要你去追求理想，我只想要你安安静静地陪在我身边，我们生一堆孩子，执子之手与子偕老。

你知道为什么过了这么多年，我还记得我们当初的点滴？

因为你是我年少的欢喜，给了我太多美好的回忆。

然而那毕竟只是年少的回忆。

年长的我们，只能生活在各自的此时此地。

陪伴是最长情的告白。当我伤心得需要安慰的时候，当我绝望得连哭泣都没有力气的时候，当我思念得满眼都是你的时候，当我的开心需要分享的时候，当我的平静需要一个简简单单微笑的时候……都是猪头在我身旁。

不止是大学以来，事实上在高中的时候就是这样。

只是我好迟钝，视线一直落在光芒耀眼的你的身上，忽略了一直在身旁默默陪伴的他。

爱是什么呢？

是年少时情不知所起，一往而深的怦然心动？

还是年长时阳光正好，而你恰在身旁？

我太累了，我只是一个有着七情六欲，且喜怒哀乐皆形于色的普通人。

总会有更合适的女孩陪着你。

而一直陪着我，让我心安，给我最长情的告白的，是他。

尾声

2月14日是他们的婚礼。

太平洋另一边的萝卜接到了请柬。但他回不去。

他微笑着看他们的结婚照，男人憨厚踏实，女人笑容甜蜜。

幸福溢出了相框；眼泪溢出了眼眶。

他给他们分别送上了祝福。

你是年少的欢喜。

你也是年少的欢喜。

祝福你们。

祝福，我们的青春。

和撩妹高手相亲的下场

作者：竹水流

1

段太太的消息很灵通，段小荷才跟方程分手没两天，她就打来电话慰问。正好小荷发烧，请了假在公寓休息，病歪歪的没什么精神，声音跟快断气似的，段太太很自然地联想到情伤、失恋、自暴自弃之类的词语。

她花了半个小时的时间来叙述段小荷是如何如何优秀，方程是如何如何没眼光，最后用“天涯何处无芳草，何必单恋一枝花”总结了演讲。

在她发表言论期间，段小荷炖了一锅完美的小米粥。

段太太挂了电话，想起最重要的事情还没说，于是又打回去语重心长地说：“小荷啊，这个周末回来吗？妈妈给你介绍一个朋友，人是大学副教授，长得那叫一个……”后面是段太太满意地咂嘴声。

段小荷成功地被小米粥呛到了，啊啊啊，老妈，你的效率也太高了！

段小荷底子好，白天还烧得跟火炉似的，连眼窝子都是烫的，结果睡了一晚上烧就退了，没打针没吃药。

病假还剩下两天，她坐车回家探望老妈。段太太看到她，表情瞬间变得十分丰富、复杂，总结出来就是一句话：“女儿啊，你如饥似渴到这种地步吗？”

择日不如撞日，段太太当即拨了个电话，过了十来分钟，段小荷就看见她小学的谭校长带着一个清俊雅致的年轻人颤巍巍地过来了。

“小年轻”长得的确是令人啧啧称赞的好看，而且风采绝佳。只不过神色有些冷淡，带着几分旁若无人的味道，让人觉得很难接近。

段太太热情地向两人介绍彼此：“韩以澈，谭校长的孙子，29岁，X大最年轻的副教授。段小荷，27岁，展翘集团首席秘书。”

谭校长“咦”了一声，转过脸问自家孙子：“是你爸爸的公司？”

韩以澈平静地说：“是。”墨黑的眼眸抬起，有意无意地在段小荷脸上扫过。

段小荷不平静了，眼角嘴角手脚都忍不住抖了起来。这是什么情况，为什么董事长的儿子会坐在这儿跟她相亲？

她是烧还没退出现幻觉了吗？她求助地看向老妈，段太太已经被“展翘集团的太子爷”这个身份华丽丽地震撼到了，露出“我女儿走了什么狗屎运”的欣喜表情。

段小荷想起来了，她每年给董事长的儿子挑选生日礼物，送货地址可不都是“韩以澈”？她有些口渴，端起茶杯连灌了好几口茶。

韩以澈问：“今天是周三，段小姐不是应该在上班吗？”

段小荷还没张嘴，段太太就抢在她前面说：“叫段小姐多见外啊，叫小荷就行了。”

韩以澈“噢”了一声，淡定地看着段小荷，很自然地叫了一声“小荷”。

段小荷的脸忽然就红了，老妈真的是太不要脸了，她的脸都被丢光了。

她还没有回答，段太太又抢着说：“她一听说要相亲就请假回来了。”

韩以澈的嘴角微微扬起，段小荷的脸更红了，她的小宇宙愤怒地燃烧起来！这位一定不是亲妈，亲妈不会总把女儿的脸往地下丢！

接下来的时间变成了段太太和谭校长的追忆会。小荷努力把注意力从韩以澈身上移到她们的话题上，做出一副听得津津有味的样子。

但实在是没什么好听的。

她的注意力又转移到韩以澈身上。

他淡定自若地品着茶，手指葱白修长，没有留长指甲。她低下头看了一眼自己的手指，白皙修长，同样也没有留长指甲。她习惯把指甲剪得很短，不像都市中的女性，修得圆润漂亮，涂着艳丽缤纷的指甲油。

“你的手很好看。”韩以澈忽然说。

段小荷的脸又一次红了，难道刚刚偷偷看他的手被发现了？

“你的也很好看。”她诚恳地赞叹。

“那么，握个手吧。”

诶？小荷诧异地看着他，他已经站起来，并且伸出了手。段太太和谭校长眼神热切地望着小荷，小荷努力无视，站起来朝他伸出手。

韩以澈握住她的手，不松不紧，力度刚刚好。

2

段太太觉得，既然他们已经握过手了，就应该一起吃顿饭（这是什么逻辑）。

韩以澈主动说：“不如就在伯母家吃吧，我和小荷去买菜。”

段太太一百二十个乐意。

小荷“碉堡”了，为什么她刚刚相亲，八字还没一撇，就要跟这么优雅的男人去龙蛇混杂的菜市场做买菜这么没气质的事情？好在他们的交通工具是小清新的单车，让这么没气质的事情上升了一个档次。

一路上，她就“待会儿要不要杀价”这个严肃的问题纠结了半天。

到了菜市场，她才发现根本就没有她的用武之地，韩以澈很明显是个常逛菜市场的人，熟练地挑选新鲜的蔬菜、肉类，比她妈还在行。

小荷立马就生出了一股崇拜之情，这才是新世纪的好男人啊，入得了菜市场，出得了大商场，斯文有礼，风度翩翩。就是气质冷了些，不过没关系，气质冷才不会招惹狂蜂浪蝶。

啊，她在胡思乱想什么，人家招不招惹狂蜂浪蝶关她什么事？段小荷，端正态度，不要以为相了个莫名其妙的亲，人韩以澈就是你的了！

“你在想什么？”韩以澈一边把食材放到车篮里一边随口问道。

“没……没什么。”小荷心虚地说。

车篮里放了太多东西，车子骑起来摇摇晃晃的，小荷视死如归地抠着车座下面的部位。忽然间，车子磕到一块石头，剧烈震动了一下，小荷的手没抓紧，一下子摁到了韩以澈的臀部。

刹那间，小荷的大脑一片空白，耳根子红得能滴出血来。更要命的是，韩以澈停下车子，回头一本正经地问她：“手感怎么样？”

她半张着嘴巴，机械地回答：“还不错。”

啊啊啊，她说了什么，她为什么要回答这么淫荡的问题？

韩以澈貌似很满意这个答案，转过头去重新骑车。

段太太看到食材，满意之余不忘损小荷，“一看就是以澈买的，”笑眯眯地看向韩以澈，“上次让她去买鸡菇菌，结果给我买了一包平菇，你说搞不搞笑？”

卖女求荣，后妈啊后妈！

开席了，小荷低头只管吃，夹菜的时候偶尔接触到韩以澈的目光也是迅速地避开。段太太笑着说：“以澈啊，你是男生，我们小荷脸皮薄，以后麻烦你多多主动，该出手时就出手。”

这话听着怎么那么不健康？偏偏韩以澈还很认真地回答：“伯母放心，我不会客气的。”

小荷差点没把嘴里的米饭喷出来，哎，她永远跟不上火星人的思维。

段太太很高兴地夹了一块糖醋排骨给韩以澈，随口问道：“什么时候回学校？”

“预备今天傍晚。”

“我们小荷也准备今天傍晚回去，正好一起。”

小荷怨念地看了老妈一眼，她才刚回来好不好，好歹让她睡一晚再走。段太太无视女儿的冲天怨气，继续说：“我们小荷怕走夜路，到了L市，麻烦你送她回公寓。”

韩以澈说：“伯母不这么说我也会送的。”

小荷小声抗议：“我可以自个儿打的到楼下。”

“没关系，”韩以澈露出笑容，“我顺便认认路。”

认路？认路做什么？小荷一下子觉得他的笑容很大灰狼。

3

客车里很闷，段小荷把窗户打开。韩以澈坐在她旁边，拿着手机噼里啪啦地发短信。也不知道是在跟谁发，半天头都没抬起来。

段小荷盯着窗外，碧绿的树木、金灿灿的油菜花如同模糊的胶卷，一闪而过。忽然一只虫子飞到她的眼睛里，她不由“哎哟”了一声，拼命眨眼睛，眼泪都眨出来，虫子还顽强地附着在眼球上。她伸手揉了几下，虫子非但没出来，反而感觉又深入了些。

“怎么了？”韩以澈问。

她看着前方：“虫子进到眼睛里了。”

“我瞧瞧，”韩以澈把她的脸转向自己，扒开她的眼睛使劲吹了几下，“怎么样？”

“还在。”

于是又吹了几下，小荷眨眨眼睛：“好了。”

韩以澈说：“眼睛都红了。记得下次眼睛里进了虫子、沙子什么的，千万不能揉。”

小荷点点头，忽然觉得自己很像他的学生，忍不住笑了一下。韩以澈也笑了笑，说：“刚刚是学生给我发的短信，有学习上的问题。”

小荷“噢”了一声，心想：特地跟我解释呢，我又没有以为是某个红颜知已、红粉女郎、红颜祸水。

到了L市是晚上七点钟，韩以澈把段小荷送回公寓，临走时，段小荷叫住他说：“那个，我不是特地回来相亲的，我是有多余的病假……”

“我知道。”韩以澈闲闲地说。

他知道？他为什么会知道？段小荷震惊了，以至韩以澈的身影消失在暮色里，她都没回过神来。

下次见到他一定要问他为什么知道。

隔天去上班，一大帮同事表现出了异常的关心。

“小荷，还有一天病假你怎么就过来了？不用解释，我明白，忙碌总比胡思乱想好。”

“这种事过一段时间就没事了，谁年轻的时候没爱过一两个人渣？”

“小荷，我姑父的女儿的同学的哥哥很不错，介绍给你认识？”

段小荷明白了，她红肿的眼睛让大家以为她沉浸在失恋的悲痛中，她解释说:“是眼睛进了虫子。”

同事们纷纷附和:“明白明白，是进了虫子。”

被他们气死。

给董事长汇报日程安排——她有点打鼓，不知道董事长知不知道她跟他儿子相亲的事——董事长听到一半，忽然说:“男人和钱，都是生不带来死不带去。”

段小荷怔了半天后才明白，董事长是在安慰她。难道她今天的样子真的很怨妇?

虽然跟方程分手是方程提出来的，但段小荷除了有些惋惜，完全没有悲痛之情。而且这仅有的惋惜在见到韩以澈之后，也已经烟消云散了。

倒不是段小荷薄情，当初跟方程在一起，完全是因为过了二十五岁的大关，终身大事还没有着落，把段太太急得跟热锅上的蚂蚁似的，整日催得她心烦。正好方程追她，她觉得这人还可以，就凑合在一起了。

中午休息的时候，她进一步明白了众人的悲悯。

方程带着她的新女朋友在各个部门间流窜，发蛋糕。有同事偷偷告诉小荷，昨天这对狗男女就过来炫过了。

小荷稍微一计算，今天是她跟方程分手的第四天，他昨天就带着新女朋友到处炫耀，也就是说分手第三天他就交到了新女朋友。他有这么厉害吗？不可能。也就是说这丫没跟小荷分手的时候就跟这女的勾搭上了。

狗男女!

4

那女的长得挺清纯的，二十一二岁的样子，很乖巧地把紫罗兰的蛋糕分到每个人桌上。方程在边上说："这是我女朋友王雯雯，刚到客服部工作，还请大家多多关照。"

大家念着小荷，不好太热情，随便"恩啊"含糊了几声。发到小荷桌子上时，王雯雯怔了一下，小荷头也没抬，直接把蛋糕丢进垃圾桶里。

王雯雯尴尬地立在边上，不知所措。

方程叹了一口气，沉痛地说："小荷你这是何必呢？是我负了你，你有什么不满尽管冲我发泄，不要怪到雯雯身上，她是个好女孩。"

王雯雯感动地凝视方程，哽咽着说："不，不是你的错，是我们太相爱，三个人的爱情，总有一个人会受伤。"

这姑娘一定是韩剧看多了，小荷想笑。她站起来，王雯雯露出受惊的模样，怯怯地缩到方程怀里。

两个女同事拉住小荷，劝道："冷静冷静，她再贱你也要忍住，不能动手。"

众人怀着激动、紧张、兴奋的心情看着三角恋的主角，期待有一场轰轰烈烈地爱情保卫战。却在这时，门口蓦地响起一道清冽的男声，"段小荷？"

众人循着声音望过去，只见门边站着一位……一位翩翩佳公子。是的，大家都不约而同地想到了这个词语。他随意地往那里一站，皱着眉头，眸光清冷，秀致佳绝的容颜让人赏心悦目。他的光华如此耀眼，整个办公室都明亮了起来。

段小荷十分惊讶，同时又有些欢喜："你怎么来了？"

他慢慢走到段小荷跟前，把一堆药品放到她的桌上："担心你的眼睛，去药店买了些眼药水。”

“眼睛没事。”

她下意识地就要揉眼睛，韩以澈眼疾手快，抓住她的手，轻斥：“别揉。”

小荷被他抓着手，脸孔渐渐烧红，想要挣脱，但是他抓得很紧。

众同事看看他们，又看看方程和王雯雯，暗暗打分。方程也算英俊，但跟韩以澈一比，顿时就黯淡了，而且，气质完全不在一个水平线上。王雯雯虽然漂亮，但只是一个青涩的小客服，比不得段小荷职场资历深厚，况且段小荷也是美女一枚。综上所述，段小荷这一对完胜。

韩以澈不大到公司来，所以公司里的人基本不认识他。但某些元老却是认识的。罗副总来找董事长，一眼就看到了韩以澈，打招呼说：“以澈，你怎么过来了？来找你爸爸？咦，你爸爸呢，怎么不在办公室？”

韩以澈淡淡地说：“来看女朋友。”

小荷抖了一下，罗副总的目光落到他们“牵”着的手上，顿时笑得跟黄鼠狼似的。

小荷窘迫地说：“副总，董事长出去了。”

办公室众位同事的内心又一次炸开了，翩翩佳公子居然是董事长的儿子！这简直甩了方程好几条街啊！

韩以澈问小荷：“几点钟下班？”

“五点半。”

“我来接你，一起去吃晚饭。”

“好。”

在众人炽热的目光中，段小荷镇定地跟韩以澈一问一答。韩以澈是真镇定，旁若无人是他的强项，段小荷是假镇定，实则内心早已翻江倒海、汹涌澎湃。

离开时，韩以澈盯着方程看了好一会儿，看似无意地问了一句：“这位是？”

旁边立马有人说：“销售部部长方程。”

韩以澈意味深长地“哦”了一声，“哦”得整个办公室的人都意味深长地看着方程。

方程的脸色很难看，小荷的心情爽到爆。

5

很快，整个展翘集团都知道了董事长的首席秘书在和他的儿子交往，众人羡慕嫉妒之余不禁感慨：肥水不流外人田啊。

至于谁是肥水谁是田就不知道了。

下午，小荷往董事长办公室送了好几趟文件，董事长几次欲言又止。哎，到底是长辈，怎么好跟年轻人一样八卦呢？不过，好歹是自己的亲儿子，当父亲的问一下又怎么了？董事长内心一片纠结。

段小荷不愧是首席秘书，从董事长憋屈的表情中读到了他的内心。她面无表情地说：“董事长有什么问题尽管问。”

沉默了一会儿，董事长问：“你跟以澈怎么认识的？”

“相亲。”

董事长差点跳起来：“相亲这么老土？”

小荷沉痛地点点头，就是这么老土。她幻想的王子和公主偶像剧般的爱情故事，为什么会有一个这么老套的开头？不应该是雨中邂逅或是蓦然回首时的惊鸿一瞥吗？好吧，她也是韩剧看多了。

晚上韩以澈接她去吃饭，高级餐厅，她一看菜单心里就刷刷地滴血，直感慨韩以澈文艺的外表下面藏着一颗腐败的心。

服务员彬彬有礼地问：“两位想吃些什么？”

小荷点着价目表往下看，一页，两页，翻了好几页，终于看到一个便宜的了，“情侣套餐。”她照着读出来，然后她的脸红了，偷偷瞟一眼韩以澈，发现他神态自若。于是她觉得自己脸红得太矫情了。

“就要一份情侣套餐。”韩以澈淡定地吩咐服务员。

吃饭，很安静，貌似韩以澈不喜欢吃饭的时候讲话。

主食吃完，小荷拿了羹匙开吃冰淇淋。韩以澈忽然把自己的冰淇淋杯放到小荷跟前，小荷正要推辞吃不了那么多，就见韩以澈从她的杯子里挖了一大勺冰淇淋到他的杯子里。他这一勺挖得可真够狠的，小荷的冰淇淋顿时少了一半。

她半张着嘴看着韩以澈，教授，你喜欢吃冰淇淋可以再叫一杯，为什么要吃我杯子里的？

韩以澈看了她一眼，慢慢说：“女孩子要少吃点冷的。”

小荷又不淡定了，心里仿佛有支烟花在噼里啪啦地绽放。

吃完饭，结账，拿包走人。包包的带子很长，潇洒地甩到身后的桌子上，一瓶红酒哧溜一声倒了。穿红色深V连衣裙的女人赶忙跳起来，但是晚了，红酒泼出来，溅了一两滴到她的裙子上。

她愤怒地回头看着罪魁祸首。

“对不起对不起，我不是故意的。”小荷赶紧道歉。

“一句对不起就完了吗？我这条裙子六千块买来的，现在完全不能穿了！”深V女柳眉倒竖，“你是哪里跑来的，拿个包包那么用力，一点不斯文，怎么这么没家教？”

干吗扯到她父母头上？小荷来气了，正想骂回去，韩以澈一把搂住她，特狂傲地看着那女人闲闲地说：“我惯的，怎么了？”

霸气外露啊，小荷的眼睛里冒出红心。

深V女怔了一下，估计被韩以澈的气势震住了，弱弱地说：“但是我的裙子……”

韩以澈取出一张支票放到她跟前：“一万块。”

深 V 女彻底傻眼了。

小荷眼里的红心不住往外跳，她的男人真是太帅了！

韩以澈搂着小荷走出餐厅，小荷忍不住赞叹道：“你刚刚的样子帅呆了。”

韩以澈十分平静地说：“我一向都这么帅。”

6

算是有了肌肤之亲。

小荷洗澡的时候，盯着自己的腰瞧了半晌，忽然就觉得怎么那么粗啊？

周六，韩以澈给小荷打电话，一本正经地说：“我没有钱吃饭了，你帮我做个便当送到学校来。”

大学食堂不是很便宜吗？没钱吃饭？哇，很明显的诈骗行为，其实是为了见她吧？哎哟，实话实说她又不会笑话他。

韩以澈像是知道她在想什么，继续说：“上次赔给餐厅那个女顾客的一万块钱是我未来半年的伙食费。”

仿佛一群乌鸦从小荷头顶飞过，她说：“你不是富二代吗？”

“我是一个自力更生的富二代。”

小荷做了一盒寿司送到 X 大，正要打电话给韩以澈，一个男生跑过来问：“是段小荷小姐吗？”

小荷点点头。

那男生朝她鞠个躬：“师母好。”

师……师母？韩以澈的学生？

小荷还在受惊中，就见那个男生朝不远处挥了挥手，大声叫道："师母在这里！"然后，轰的一下，一群青春洋溢的大学生跑过来，排排站好，齐齐鞠躬，"师母好！"跟黑老大手下见嫂子似的。

小荷内心又翻江倒海了，但是她不能给韩以澈丢脸，镇定自若、仪态万千地朝他们挥挥手说："你们好。"

"师母真大方啊！"

"长得也很漂亮！"

"能拿下韩教授，一定是个了不起的女人！"

他们叽叽喳喳地一边讨论一边簇拥着小荷朝一栋红色的教师楼走过去。

最先来的那个男生把小荷带到办公室门口，小荷探了一眼，看到韩以澈正在跟一个卷发的女生说话。

"师母，你要小心那个女生，她叫骆佳，我们全校都知道她喜欢韩教授。"男生小声说。

"多谢提醒。"

小荷在门口站了一会儿，细细观察敌情。骆佳是混血儿，五官很美，手里拿着一张卷子，细声细语地问着问题。

韩以澈看到小荷，招手："进来，"又对骆佳道，"你先回去，还有什么不懂的可以问班长。"

骆佳不甘心地收起卷子，跟小荷擦肩而过时，她瞪了她一眼，带着鄙视和嘲弄的笑意说："老女人。"

小荷如被雷劈中，不敢相信这么美的外表下藏着一颗这么丑陋的心。刚刚她还觉得这女学生暗恋无果，很可怜。现在蓦然发现，可怜之人必有可恨之处！

"没办法，我们家以澈就是喜欢老女人。"小荷大声地回应她。

骆佳没想到她敢大声回答，顿时涨红了脸，尴尬地立在原地。韩以澈那么聪明，一听就知道发生什么事了。他不悦地叫住骆佳："以后没事不要来找我，我女朋友不喜欢。"

骆佳眼泪汪汪地奔出办公室。韩以澈犹自板着脸。

小荷把便当放到他桌上："你也不要这么生气嘛，女学生很容易暗恋高大帅气的男老师的，想我读高中那会儿……"

韩以澈看着她的眼睛，声音带着一丝寒气："你读高中那会儿怎么了？"

"没什么，吃饭。"小荷咽了咽口水。

韩以澈低头吃饭。小荷摸出一张银行卡放到桌上说："这里面有一万块钱，给你吃食堂。"

韩以澈怔了一下，抬头看着她，他的眼眸比往常深沉了些，小荷默默抖了一下。韩以澈漫不经心地说："你们家以澈不喜欢吃食堂。"

你们家……

小荷又抖了一下。

7

韩以澈不喜欢吃食堂（认识小荷之前他是吃什么的）。

但是小荷要上班，不能天天给他送便当。

所以他们想了一个折中的办法，其实完全是韩以澈一个人拿的主意。他决定每天中午到展翘集团的员工餐厅吃饭，刷小荷的卡。

在韩以澈频繁地光顾展翘餐厅后，董事长大人也加入了他们的行列。公司其他员工见董事长居然在员工餐厅吃饭，不禁感动得热泪盈眶，纷纷表示，就算餐厅的饭菜比猪食还难吃，他们也不会出去吃了。

于是冷清多年的员工餐厅开始欣欣向荣。厨师见到一派繁荣景象，感慨自己多年的努力终于得到了回报，更加卖力地研究新菜式。

小荷吃了一个多月的员工餐厅，终于受不了了，一本正经地跟韩以澈提意见："你们家小荷不喜欢吃员工餐厅。"

韩以澈说："那我让家里的厨师每天做了饭菜送过来？"

要不要这么高调啊？小荷说："我还是吃员工餐厅吧。"

韩以澈闲闲地问："晚上有空吗？到我家吃顿饭。"

"好。"小荷不假思索地说，反正之前也去过几次他的宿舍。

韩以澈加重了语气，"是我家，不是宿舍。"

小荷大脑短路了，见家长？要不要这么快啊？虽说她每天都能见到董事长，但都是老板跟员工的关系。忽然以未来儿媳妇的身份觐见，会不会被误认为急着嫁入豪门？还有董事长夫人，听说是英国剑桥大学毕业的，高贵优雅，会不会不满意她这个没有任何家世背景的儿媳妇？

呸呸呸，什么儿媳妇，人韩以澈说要结婚了吗？端正态度，端正态度！

韩以澈不知道小荷的小思想九曲十八弯地拐了N遍，闲适地开口："我已经在你家吃过饭了，所谓礼尚往来，你也应该在我家吃一顿饭。"

不带这样算的，那时他俩是相亲来着。

洗澡，洗头，洗脸，务必使自已以最好的状态出现在韩以澈的家人面前（其实你对着电脑满面油光的样子董事长早已见过了）。

穿什么衣服好呢？小荷套了一件白衬衫，半干的长发垂在肩上，站在衣橱前苦思冥想。

门铃响了，她知道是韩以澈，打开门把他丢到一边，又站到衣橱前苦思冥想。这件太暴露，这件太花，这件太素，这件有扮嫩嫌疑，这样太廉价……哎，女人的衣橱里永远缺少一件衣服。

“韩以澈，你觉得穿哪件衣服好？”

良久没有回答，她下意识地回头，却觉腰间一紧，灼热的手掌像烙铁一样牢牢抓住了她，炽热的气息从身后贴近，然后身体不知怎地一转，韩以澈俯下身，狠狠压住了她的唇。

之前也亲过，但只是蜻蜓点水，不像这一次，仿佛狂风骤雨袭来，炽热的唇舌肆无忌惮地深入。她快喘不过气来，混乱中，她被按到沙发上，韩以澈的唇移到她的脖子上。她全身软绵绵的，一丝力气也没有。

空气越来越热，韩以澈的手伸到衬衫里面，小荷喘着气，拼着最后一丝力气推开他。韩以澈也喘着气，眸子里像燃着一团无法熄灭的火焰。

“我……我反对婚前性行为。”因为害羞，小荷结结巴巴地冒出了这一句话。

韩以澈笑了，轻松地说：“那就结婚吧。”

8

最后韩以澈帮小荷挑了一件素色的小碎花连衣裙。

原来董事长夫人就叫展翘，公司是以她的名字命名的。她平易近人，很喜欢小荷，一点没有韩剧中恶婆婆的架势。小荷慢慢就放松了，听她讲韩以澈小时候的趣事。

董事长大人插不上话，很是郁闷。然后他想到一个很热乎的话题：“你们准备什么时候结婚？”

仿佛平地一声雷，轰完之后整个客厅都寂静了。

小荷结结巴巴地说：“我们认识不到两个月，哪有那么快的？”

董事长夫人说：“你们不是相亲的吗？在相亲界，两个月已经是迟的了。”

董事长说：“我和展翘也是相亲的，七天我们就结婚了。”

小荷完全说不出话来了。

韩以澈平静地插了一句：“明天领证，婚礼日期你们跟小荷的父母商量着办。”

于是，整个客厅都说不出话来了。

于是，第二天他们真的去领证了。

领完证，韩以澈欢呼：“我终于可以持证上岗了。”

流氓……

两人去展翘集团发喜糖，发到方程的时候，韩以澈说：“谢谢你用灿烂的青春年华陪伴了小荷无知的童年。她现在长大了，懂得分好坏了。”

小荷无语了，这段子她在网上也看过，为什么从男人嘴里说出来跟从女人嘴里说出来差别那么大呢？听着好像方程恋童似的。

不过，效果都是一样，方程的脸成功地变绿了。

滚床单无数次后，小荷想起一个问题：“你跟我相亲，为什么你爸妈不知道？”

韩以澈说：“因为是我让奶奶安排我跟你相亲的。”

沉默了半晌，小荷严肃地问：“韩以澈，老实说，你暗恋我多久了？”

“也不是很久。”

韩以澈低下头吻她的小新娘。

是什么时候知道她的呢？

二十五岁的生日，他收到一整套的龙珠纪念玩偶，喜欢得不得了。一直知道他的生日礼物是由父亲的秘书挑选的，但之前不是名车就是名表，什么时候品味上升了？

他稍稍一打听就知道父亲大人换了秘书。在她不知道的情况下，他见过她几次，很清秀的一个女孩子，爱笑，自此便上了心。

二十六岁，她送他金庸全集。二十七岁，她送他一副名家对联“春蚕到死丝方尽，蜡炬成灰泪始干”。二十八岁，是一把会变色的雨伞。

四年，不算久。

所以二十九岁的时候，他的生日礼物是她。

夏璇她喝多了

作者：竹水流

1

公司年会上夏璇喝多了，她酒量不好，酒品也不好，倒不是会发疯撒泼什么的，就是喜欢拉着人剖析内心，解读情感。

依稀记得昨晚她拉着不放的人是总裁虞信品，说了什么不记得了，只记得最后吐了总裁一身，那套意大利纯手工西服全部报废，兴许皮鞋上也滴了几滴……

哦，那场景太美，她不敢再回忆。

虞信品有轻微洁癖，作为他的秘书，夏璇十分清楚，平日里下属送上来的文件，他都会吩咐她先用纸巾擦一遍。喝水有专用的杯子，吃饭也有专用的碗筷。

每回陪他赶饭局，一桌人寒暄坐定，只她特“傻缺儿”地从包里拿出他的专用碗筷摆好，活脱脱似他的保姆。

他不喜欢别人碰他，说是有不舒服的感觉。

有一回，她见到一位身材火辣的美女故意在他面前摔倒，他没有扶人家也就算了，还很嫌弃地一跳三丈远，那美女的脸色她至今都记得。

但平日里交接文件，偶尔碰到他的手指，他却没有这样大的反应。兴许相熟的人，他比较容易接受。

不过再相熟，抱着他的胳膊整晚，吐了他一身秽物也是不能容忍的吧？

夏璇呻吟一声，头越发疼。

幸好今天开始便是年假，虞信品沉浸在过年的喜庆气氛中，会忘了她不小心留下的污点吧？

事实很快证明，她想得太美好了。

“酒醒了没？”电话中的虞信品没有想象中暴怒，反而比平时多了点温柔，语气里甚至有她从没听过的亲昵和戏谑。

她一时想不明白，握着电话不知说什么，细碎的阳光透过明黄窗帘的缝隙，点点照在她的手指上，银色的指环发出耀眼的光芒。

她一惊，电话掉在地上，那是虞信品的指环，不是什么贵重物品，但意义重大。据说是他外公留给他的，他一直戴在右手食指上。

如今为什么会跑到她手上，还是套在无名指上！

难道昨晚她不仅吐了总裁一身，还顺手牵羊偷了他的戒指吗？

她颤颤巍巍捡起手机，虞信品说：“我在你家楼下。”

她一惊，手机又掉到了地上，这下子彻底摔坏了，黑屏。

她鞋也顾不上穿了，飞快地跑到窗户边上，小心掀起窗帘一角，果然小区楼下停着虞信品黑色的宾利。

完了，她想，总裁来找她算账了。

她衡量了一下战况，觉得正面冲突对自己很不利，得采取拖延对策，说不定拖着拖着，总裁的气就消了。

她火速收拾好行李，从小区另外一边溜走。上了飞机后还心惊胆战，生怕一不小心虞信品就从哪个角落里冒出来。

飞机飞四十分钟就到了老家，老太太来接机，特别高兴：“不是说过几天才回来的吗？”

“想你和爸了。”

“鬼丫头，嘴巴跟抹了蜜似的。”

她嘴里却是一阵发苦。

虞信品手下一共有七个秘书，她资历最浅，却最受总裁重用。虞信品早些时候放出话，明年会在他们中间升一位特级秘书，工资翻倍，配公寓和车子。

同事都很看好她，可是现在，她的前程全被她吐没了。她想，或许她该诚恳地向虞信品道歉，毕竟这事和她的工作一点关系也没有。

2

可是虞信品并不是公私分明的人。

夏璇最初应征秘书时，竞争激烈，一百来号花枝招展的女人，有胸大无脑的，也有高学历高素质的，更有富家千金混迹其中。

总裁秘书的确是个炙手可热的职位，可虞信品这个人，更加招女人们喜欢，英俊，多金，高贵，优雅。

大部分人是来应征总裁夫人的。

夏璇能力是有，但不是最强的；学历有，但不是最高的；经验有，但不是最丰富的；身材也有，但不是最火辣的；相貌也不差，但不是最漂亮的。

总的来说，不出挑，不拔尖，属中庸人才。

虞信品选中她，原因很奇葩，她在特长那一栏里写的是会变魔术。

他很感兴趣，叫她当场表演一番。因为没有准备，她表演了最简单的“一根绳子剪断，捋一捋又接上”的魔术。

然后他说：“欢迎你成为我的第七个秘书。”

她做梦都没有想到，偶然在网上学来的魔术皮毛会护卫她披荆斩棘进入全球五百强的大公司。

想起虞信品因为这个八竿子打不着的特长录用她，她就觉得自己的位置岌岌可危，开除倒不会，下放、打入冷宫、给她小鞋穿却很有可能。

她好几个晚上没睡好，一闭上眼就是虞信品怒发冲冠的脸。

老太太忍了几天，问她："你是不是暗恋你们老板，我听你做梦老是总裁总裁的喊？"

她一口水全喷出来："妈，你想多了，我是太敬业了，做梦都在上班。"

老太太审视的目光在她身上打转，她有些心虚，努力挺直腰板，若无其事地又倒了一杯水，慢慢品尝。

家里的座机忽然响起来，老太太对着电话喂了几声，冲她喊："闺女，找你的，你们总裁。"

她嘴里的水又喷了出来。

总裁真是太神通广大了，连她老家的电话号码都查得到，看来这次她是真的惹到他了。

她接过话筒，趁老太太不注意，按了一下挂断键，然后装模作样地对着话筒说："总裁，嗯，你放心，那份文件我会准备好，好的，再见，新年快乐。"

为了防止总裁再打过来，她没把话筒挂正。

老太太说："你们老板真是会剥削员工，都过年了，还不让人歇歇。"

她"是啊是啊"地附和，左眼皮跳个不停。

3

一味逃避并不是办法，年假终有结束的一天。别人过年都是胖了，夏璇反而瘦了一圈。

年假后去公司的第一天，刚进入大厦，就听到方子鱼夸张的叫声。

“小旋旋，想死我了，一日不见，如隔三秋啊！”过来给她一个大大的拥抱，估计是抱着太骨感，方子鱼眉头一皱。

“你怎么瘦了那么多？为了总裁也不要这么虐待自己啊！”

夏璇余光瞟到虞信品正朝电梯方向走过来，也顾不上分析方子鱼说的是“为了总裁”而不是“因为总裁”，两腿一哆嗦，蹿到楼梯口，蹭蹭往上爬。

方子鱼跟在她后面，边爬边喘气：“我明白，避嫌。话说，你在年会上跟总裁表白真是勇气可嘉……”

夏璇脚一滑，骨碌骨碌从楼梯上滚下来，左脚腕传来钻心的疼痛。她还没叫，方子鱼已经叫得惊天动地了，惨烈的叫声成功吸引了大厅所有的人。

即使不回头，夏璇也能感觉到背后一道利箭般的目光，仿佛要将她的身体穿透。她想，原来她不仅侮辱了总裁的身体，还调戏了他的灵魂！

她挣扎着想爬起来，虞信品已经一个跨步到她面前，脸色难看得跟黑板似的，嘴巴抿成一条直线，严厉地看着她，伸出手。

“总裁，别打我，对不起对不起，我在年会上喝多了才会胡言乱语，你不要放在心上。”

虞信品的手停在半空，白皙修长的手指颤了颤，握成拳头，指节处泛出发青白。

夏璇咽了咽口水，继续认错：“真的，我一喝多就会拉着人表白，有一回还抱着我家的狗表白……”

虞信品的脸黑成了墨汁，大厅的气氛很诡异。

“不是，我不是说总裁你跟狗有可比性，我只是举个例子。”

虞信品慢慢收回手，就在夏璇以为他要走时，他忽地弯下腰，抱起她，吩咐身边的助理：“去医院。”

他的手臂强健有力，似一节钢鞭拦在腰间，夏璇动弹不得。

她闻到他身上传来的淡淡柠檬香气，混合着一点玫瑰木的味道，很好闻，是范思哲的男士香水“云淡风清”。

一般情况下，虞信品不会让秘书插手私人生活，那次他赶飞机，香水忘了带，吩咐夏璇到附近的商场给他挑一款。

夏璇哪里了解男士香水，会挑“云淡风清”纯粹是它价格够贵，包装够奢华。虞信品却很喜欢，这之后一直用这款香水。

夏璇仰起脸，看到他青色的胡楂和线条优美的下巴，心想，总裁不是不喜欢和别人有身体接触吗？难道被她吐了一身后，自暴自弃破罐子破摔？

4

只是扭伤，没有大事。医生开了点药，吩咐夏璇多休息少活动。

虞信品说：“既然是小伤，就不要请病假了。”

看，打击报复开始了。

夏璇哪里敢说不，摆出精神抖擞的模样：“是。”

不过倒没有耽误工作，同事知道她扭伤脚，需要走路的工作都由其他人代劳。

虞信品却故意和她作对，内线拨过来：“夏璇，我这里有一份计划书，你替我送到KD沈经理手上，文件很重要，旁人我信不过，你亲自去。”

“亲自”两个字咬得特别重，夏璇的脚踝隐隐作痛。总裁办公室的百叶窗半合着，缝隙中可以看到虞信品微仰在椅子上休息。

夏璇一瘸一拐去拿文件时，听到他的呼吸声平稳均匀，知道他睡着了。他累的时候很容易入睡，最快的一次是在从法国返程的飞机上，夏璇将将把手机关机，他就睡着了。

不要对帅哥的睡相抱有幻想，那种连睡觉都很帅的男人只会出现在小说里。虞信品熟睡时双臂习惯交叉于胸前，嘴巴微微张着，像个弱智。

夏璇悄悄把他的戒指放在桌上，祈祷他被戒指失而复得的狂喜冲昏头脑，忽视戒指为什么会丢，又为什么突然出现。

她打车去KD集团，文件交到沈经理手上，沈经理注意到她行动不便，问："夏小姐的腿怎么了？"

"来的时候不小心扭伤了。"

"我叫人送你回去。"

她笑一笑："谢谢，不用了，只是一点小伤，不碍事。"

出了总经理办公室她就后悔了，来的时候电梯还好好的，这会子，不知道什么原因旁边立了块牌子，"维修中"。

她差点就哭出来了。

十二楼，她一节台阶一节台阶地走下去，受伤的脚肯定会废掉。她琢磨着是等电梯修好，还是厚颜无耻地请沈经理派两个人抬她下去。

痛苦纠结中，楼梯口上来一个人，西装外套搭在手臂上，领带斜斜地套在脖子上，喘着气，走到夏璇面前。

"总裁，你怎么过来了？"夏璇嗅到强烈的男子气息，仿佛空气里充满了虞信品的味道，丝丝渗入她的皮肤，她的骨血。

虞信品隔了好一会儿才恢复元气，说："工作太多，我一时忘了你脚受伤了。"

夏璇一怔，半晌才意识到他是在委婉地道歉。

“你也不提醒我，”虞信品说，语气里有一丝责备，“脚伤加重就麻烦了。”

倒变成了她的错，夏璇心中委屈，阴阳怪气地说：“总裁吩咐的事我怎么敢推辞，就算是叫我这副德行去跑马拉松，我也一定遵从。”

虞信品意味深长地看她一眼，弯下腰：“上来，我背你下楼。”

“一共十二楼，总裁。”夏璇好心提醒他。

“上来。”虞信品又说了一遍，语气里有不容置疑的威严。

夏璇趴到他背上，双手勾住他的脖子。他将将背起她，电梯忽然开了，一名维修工走出来，将那块“维修中”的牌子收起来。

夏璇说不上是失望还是庆幸，低声说：“电梯修好了，放我下来吧。”

虞信品却没松手，背着她径直进了电梯。

他的背宽阔温暖，一低头就能看到脖子后面一块硬币大小的红色胎记，像一颗小星星。《来自星星的你》热播时，夏璇曾跟同事戏称他是货真价实来自星星的男人。

同事则大惊失色：“你怎么知道总裁脖子后面有星星胎记？”看她的眼神也变了，好像她与总裁有什么见不得人的关系。

她连忙解释：“就在脖子下面一点点，细心一点就会看见。”

当大多数女人看向虞信品的脸，看向他的资产背景时，只有夏璇看得到他的情绪、他的喜恶、他的习惯、他的一切。

她知道他穿多大码数的衣服和鞋子，知道他用什么牌子的牙膏，知道他喜欢喝花茶很少喝咖啡，知道他生气时手会插在裤兜里……

年会上，她不是酒后胡言乱语，是酒后吐真言。

5

虞信品不知怎地又改变了主意，强行批了夏璇三天病假，虽然夏璇一再表示没有严重到需要请假的地步。

病假期间虞信品来看过她一次，买了许多速冻饺子、泡面、火腿肠之类的食物，她想总裁果然狠，想到用这种垃圾食品来摧残她的身体。

摧残归摧残，懒人夏璇还是吃了大半。

她晓得虞信品看她不顺眼，任谁在年会上被她闹成那样都不会开心。她做好了被打入冷宫的准备，却没想到半个月之后，虞信品升了她的职。

特级秘书，工资翻倍，单独办公室，配公寓，配轿车……

不知道他是不是脑子被驴踢了，还是任督二脉通到了脚底。反正夏璇绝不会相信虞信品是被她的工作能力征服，以至忽略了她在年会上犯下的错。

果然，他很快露出了狐狸尾巴。

“夏秘书，你升职了，要不要请大家吃一顿饭啊？”

夏璇警惕地看着他，有这种逼下属请客的老板吗？有这种纡尊降贵蹭饭吃的老板？她甚至不用思考就知道他一定有阴谋。

“总裁，我去年在土地庙里烧香，祈祷保佑我今年升职，现在果然升了，我得去还愿，请客的事改天再说。”夏璇觉得自己太机智了。

“给你升职的是我，不是土地爷。”

“不知道你信不信，反正我是信了，猪头我都买好了，就准备这个周末去。”

“既然这样，”虞信品看她一眼，慢条斯理地说，“我陪你去，最近比较倒霉，想去去霉气。”

“……”

总裁说的霉气不会是指她吧？

现在已经很少有人用猪头还愿了，大部分人买香或者捐香油钱，土豪级别的甚至会捐座金身什么的。

夏璇想，她为什么要嘴贱说买猪头还愿呢？天知道她大半夜起来上厕所看到一只猪头似笑非笑地立在桌上是多恐怖的事！

虞信品来接她时就见她眼睛下面两只深深的眼袋，问：“怎么，夜里还和土地爷深度交流呢？”

“是啊，土地爷给我托梦，说特别喜欢我给他挑的猪头。”说着把猪头往前一推，几乎贴上虞信品的脸。虞信品脸色大变，连连后退了好几步。

夏璇的小脸从猪头后面侧过来，嘻嘻一笑：“她还说我今年运气特别好。”

猪头的味道不好闻，带着肥腻的腥气。虞信品脸色涨红，一副快吐了的模样。他从车里摸出一瓶矿泉水猛灌了几口，又嫌弃地看了一眼猪头：“你开自己车去。”

夏璇抚摸着猪头温婉一笑：“车子放在新公寓的停车场，你载我去取。”

虞信品“砰”一声关上车门：“自己打车。”

他开出去一米远又倒回来，摇下车窗：“我在庙里等你。”仿佛知道她会耍诈似的。

夏璇不得不捧着猪头到街边打车。

虞信品等了她一个多小时，其实他去他的霉气，她还她的愿，完全可以兵分两路，他偏要两个人一起行动。

还愿过程一切顺利，夏璇还摸了一块硬币放进功德箱。虞信品比她大方多了，许完愿，哦不，拜完土地爷，从钱包里抽了好几张红票子塞进了功德箱。

夏璇诚恳地说："总裁，你以后要是有什么烦心事完全可以和我说，我收得比土地爷便宜多了。"

虞信品斜斜瞥她一眼："你能保佑我早生贵子吗？"

"……不能。"

6

虞信品回去之后就病倒了，医生说是过度劳累，嘱咐他多休息，夏璇却觉得他是被猪头吓到了。

同事们接二连三去医院探望他，夏璇忙着搬家的事，一时竟耽搁下来，直到虞信品出院，她都没去看过一次。

方子鱼说："夏璇你够狠心的啊，铁了心要跟总裁划清界线，人住院你都不去看一眼。"

"我忙着搬家。"

"KD的沈经理都去看过总裁了，人日理万机，你搬个破家难道比他还忙？"

夏璇是真忙，连搬家都是请了假的，她在旧公寓住了四年，东西多得拉了三大卡车。

公司分配的公寓又是在十七楼，一箱箱搬上去又费了大半天的时间。晚上还要整理东西、打扫卫生，哪里抽得出时间去医院？

她也是这么跟虞信品解释的，虞信品倒没有怪她，反而和颜悦色地说：

"搬家是好事，同事们还没去过你的新家，不如今天你请大家吃个饭，一来恭贺你乔迁之喜，二来恭贺你高升之喜。"

我的旧家，他们也没有去过好不好！

夏璇就知道总裁不安好心，绕来绕去还是要她请客。外面的同事听见他们的谈话，纷纷附和："对啊，夏秘书你升职还没请我们吃饭呢！"

"我家还没收拾好，下次……"

虞信品打断她："那就去酒店吃，我们常应酬客户的那家，那边的经理认识你，还能打七五折。"

他是铁了心要蹭她一顿。

一大帮同事看着，夏璇再拒绝倒显得她小气了，她当着虞信品的面打电话到酒店订了一桌酒席。虞信品含笑望着她，笑得她心里直发毛。

吃饭的时候虞信品的目的暴露了，他一直撺掇其他人给夏璇敬酒。

"小林，夏秘书升职了，你要不要敬她一杯？"

"小孙，你不敬夏秘书一杯吗？"

"小沈，夏秘书搬新家了，你不恭喜她吗？"

"小李，我记得你最能喝酒，这么高兴的日子里，还不陪夏秘书喝一杯？"

"来来来，我们大家一起敬夏秘书一杯，祝贺她高升。"

去年年会后，夏璇已经很少喝酒，像她这种奇葩酒品的人本就应该滴酒不沾。她弱弱一笑，委婉抗议："总裁，我……"

话没说完，虞信品一个眼神甩过来："怎么，夏秘书连这个面子都不给我？"轻轻晃动手中酒杯，红色的液体上下沉浮。

他的眼神一向慑人，尤其是谈判的时候。

他教过夏璇，谈判桌上最忌讳没有自信地避开对手眼神。不论你的底牌是什么，说话时要摆出睥睨天下的姿态，一直看着对方的眼睛。

夏璇准备睥睨一下虞信品，可是眼睛刚对上他的眼睛就匆匆垂下，她咬一咬嘴唇，拿起酒杯，假笑："全靠总裁提拔，我也敬总裁一杯。"趁他不注意，将酒泼到身后的墙上。

其他人都看到了，可是没人吱声，一杯杯地敬过去，夏璇倒掉了大部分。同事们心照不宣，看她的眼神有同情也有佩服。

也到了该醉的程度，她装模作样地抓住一位女秘书，深情告白，"你知道吗？我喜欢你很久了。"

那位女秘书想笑又不敢笑，嘴角抽啊抽的跟中风了似的。

夏璇怕她忍不住，忙把她的脑袋按在自个儿肩上："乖乖乖，以后姐姐会好好疼你的。"

虞信品也不知信了没有，面无表情地看着她的表演，慢慢踱过来，夏璇顿时觉得整个后背都凉了。

她轻声对那位女秘书说："快点送我回家。"

女秘书却忽然背叛了她，将她往虞信品怀里一推："总裁，你送夏秘书回家吧。"

一群人意味深长地看着他俩，瞬间走得一个不剩。夏璇朝空空的门口伸出手臂，撕心裂肺地呼唤："亲爱的，回来，不要抛下我。"

虞信品嫌她丢人，一面轻喝"不要发酒疯"，一面把她拖上车。

7

夏璇一路上都在琢磨该在什么恰当的时刻酒醒，虞信品把车开得又快又平稳，没等她计算出醒酒和路程的关系就已经到家了。

她索性闭上眼，装成烂醉如泥的样子。

虞信品把她抱出车，抱进电梯，又在她包里找出钥匙，开了门把她抱入卧室，平放在床上。

他没有立刻走，在她床边坐了一会儿。

夏璇不敢睁开眼，只感觉到他的目光一直停留在她脸上。她心想，难道总裁在纠结要不要跟她酒后乱性？

说到这个，她同样很纠结，要是虞信品没忍住扑上来，她要不要拒绝呢？

万分纠结中，听到虞信品说："你只有在喝醉酒的时候才敢说爱我吗？"

夏璇犹如被雷劈中，整个人几乎忍不住从床上弹起来。

他这么说什么意思？他知道她爱他？

她眼皮子哆嗦了半天到底没敢睁开。虞信品叹了一口气，带上门离开。

第二天去公司，夏璇努力装作若无其事的样子，同事笑得一脸暧昧："昨晚有没有发生什么激烈的事情啊？"

夏璇白他们一眼："没有！"

虞信品也仿佛什么都没有发生过，好像昨晚她听到的话不过是个幻觉。

她疑心自己暗恋虞信品太久了，渴望将一切情感宣泄出来，才会生出那样的幻觉。

她提心吊胆了好几日，每每透过独立办公室的窗户望向总裁办公室——她现在的办公室和总裁办公室就只隔着一块巨大的落地窗——总能感觉到一股深沉的压力扑面而来。

有好几次她看向虞信品时，虞信品也正好抬起头，四目相对，虞信品嘴角一勾，只办公时才会戴的眼镜片上有寒光一闪而过！

就跟动画片中预谋杀人的坏蛋一样！

夏璇的冷汗嗖嗖直流，她觉得她得做点什么，证明自己对虞信品毫无非分之想。想来想去，又觉得除了年会上露出过马脚，平时根本一点痕迹都瞧不出来。

虞信品是诓她的吧？

这种事他也不是没做过，愚人节的时候把她骗得团团转，说自个儿在意大利见客户，有个重要的文件忘了带，叫她送过来。

她真就买了飞机票飞去意大利，结果连虞信品的人影儿都没见到。关键是，虞信品事后还不肯给她报销飞机票。

“你得为你的智商付出代价。”

他这么跟夏璇说，夏璇气得吹胡子瞪眼，如果她有胡子的话。

8

夏璇觉得她得再去庙里拜拜土地爷，特地挑了观音生日那天，因不是周末，写了请假条给虞信品。

虞信品没批，说：“正好是周四，那天是我妈妈生日，她请你到我家吃饭。”

“你妈妈生日，我去做什么？”

“你不是会表演魔术吗？”

所以说抓她过去给大伙助兴吗？她脑子一抽，问：“有出场费吗？”

虞信品意味深长看她一眼：“有。”

“多吗？”

虞信品眼角隐隐抽搐：“不会让你失望。”

既然有丰厚的出场费，夏璇也就不含糊了，拜观音的事暂且搁到一边，先到商场买了全套的魔术师表演服，又在网上新学了几个高难度的魔术。

她觉着照自己这么勤快的程度，老夫人多过几次生日，她就能赶上刘谦了。

结果周四到了虞氏豪宅，根本没人提魔术的事。夏璇以为会有一个盛大的生日party，没想到只是一个简单的家宴，简单到只有虞信品和他的父母。

那叫夏璇来是几个意思？

她还特意穿了黑色的燕尾服，头上还戴着礼帽，手里还拄着拐杖！如果不是虞信品死命拽着她的胳膊，她早就逃之夭夭了。

一顿饭吃得索然无味。

吃完饭，老夫人抓着她说了好一会儿话，最后把自己的翡翠玉镯从手腕上取下来套在她手上，说是见面礼。

夏璇哪里肯要，百般推辞下老夫人几乎生气，这才勉强收下，心想：难道这就是虞信品说的出场费？

之后四个人一起看录像，画面一闪出来，夏璇就暗叫不好——是去年年会上的录像。

她有点搞不清楚状况，这一家人是合起伙来“膈应”她吗？

夏璇看了录像才知道虞信品的父母也在年会上，也就是说他们看到了她吐了他们儿子一身，又厚颜无耻地跟他表白。

好丢脸，她脸色发烫，头越垂越低，猛然间听到自己醉意朦胧的声音。

“虞信品，你知道吗？我喜欢你很久很久了！我这里，”她指着自己的心，“满满都是你，快要爆炸了。”

夏璇扶住额头。

“你做我男朋友，跟我交往吧？”

夏璇捂住眼睛。

“好。”她听到屏幕里的虞信品说。

她诧异地转过头去看虞信品，虞信品嘴角一勾，眼里闪过恶趣味的笑意，“已经知晓的事情有什么好惊讶的？”

原来是这样，竟然是这样！

她暗恋虞信品，在年会上表白，虞信品答应了！而她酒醒之后忘记了，继续暗恋。

虞信品的父母一直以为他俩在交往，所以家宴有她的份。

之前好多想不通的事情瞬间明白了。

哈哈哈哈哈！她好想仰天大笑！原来虞信品也是喜欢她的。但很快她就笑不出来了，录像到后半部分，只听到她抱着虞信品狂吐的声音。

真是……丢脸丢到家了！

后记

“虞信品，你外公的戒指是怎么回事？”

“我怕你酒醒之后忘了告白的事，所以套个戒指提醒你，没想到你想法奇葩，又没胆量，只知道逃避。”

“虞信品，你是不是早知道我爱你？”

“对。”

“我自问隐藏得够深，你是怎么知道的？”

“这个世界，有三样东西越隐藏越明显，贫穷、咳嗽和爱。”